開高健 名言辞典

漂えど沈まず

巨匠が愛した名句・警句・冗句200選

◉滝田誠一郎

小学館

開高健 名言辞典

漂えど沈まず

◉巨匠が愛した名句、警句、冗句200選

目次

第一部◉開高健が愛した名句・警句・冗句

第二部◉開高健が愛した「言葉」

題字＝開高 健
装訂＝三村 淳

第一部◉開高健が愛した

名句・警句・冗句

朝露の一滴にも天と地が映っている

（『珠玉』文藝春秋刊　147頁）

《この石のことを思い出すたびに月下に輝やく白い宮殿と巨大な鐘の沈んだ深い淵という光景が登場する。（略）エンドウ豆ほどの石から宮殿を喚起するのは誇大妄想に近いけれど、最初の一瞥の魔力にとらえられているのだし、朝露の一滴にも天と地が映っているのだという託宣からすれば荒唐とは感じられない。》

エンドウ豆ほどの石とは、『珠玉』の主人公が六本木の〝石イロイロ。ゴキゲンの店〟と張り紙した小さな店で買ったムーン・ストーンである。

これとそっくりな言葉を小説家はいくつかの作品の中で引用している。

《一滴の水の滴のなかにも空と大地が映っていると詩人ブレーク、でしたかな、そうだったと思いますが、そう申したそうであります。》

（『新しい天体』光文社文庫　28頁）

《一滴の水滴にも天と地が含まれているといったのはブレークだが、その幻のたわむれに私もふけっているのだろうか。》

（『眼ある花々』中央公論社刊　196頁）

〝ブレーク〟とはロマン派の詩人であり画家であり銅版画職人でもあったイギリス人、ウィリアム・ブレイク（一七五七〜一八二七年）のことである。このウィリアム・ブレイクの言葉を、小説家は自分なりに少し味付けして「朝露の一滴にも……」と言い直したのだと思われる。

朝のように
花のように
水のように

開高作品の中ではこれまで目にしたことがないのだが、色紙を頼まれたときに、とくに女性に頼まれたときに小説家が好んで書いたのがこの言葉。簡素な言葉はすんなりと心に落ち着くし、さまざまなインスピレーションをもたらしてくれる。「生きる」という三文字を付け加えると、言葉の輪郭がにわかに際立ってくる。

朝のように生きる
花のように生きる
水のように生きる

さらに言葉を足すと、女性に頼まれた色紙に小説家が好んでこの言葉を書いた意味がわかってくる。

朝のように爽やかに生きる
花のように明るく生きる
水のように清らかに生きる

この言葉、『旧約聖書』のヨブ記の一節に触発されて小説家が創作したものではないか、という話を聞いたことがある。

《もしあなたの手に不義があるなら、それを遠く去れ、あなたの天幕に悪を住まわせてはならない。そうすれば、あなたは恥じることなく顔をあげることができ、堅く立って恐れることはない。あなたは苦しみを忘れ、あなたのこれを覚えることは、流れ去った水のようになる。そしてあなたの命は真昼よりも光り輝き、たとい暗くても朝のようになる。》

何らかのヒントになっていそうな気もするが、本当のところは定かではない。

朝読むなら、『流亡記《るぼうき》』。夜読むなら、『夏の闇』。

（『風に訊け』集英社刊　54頁）

『週刊プレイボーイ』に連載されていた『ライフスタイル・アドバイス　風に訊け』で、「ずばり先生の厖大なる著作の中で一冊、何を推薦しますか。」という大学生の質問に対する答えがこれ。

『流亡記』は雑誌『中央公論』（一九五九年二月号）に発表された小説家二八歳のときの作品である。その前年、一九五八年に『裸の王様』で芥川賞を受賞した当時新進気鋭の小説家が『なまけもの』『フンコロガシ』『白日のもとに』『日本三文オペラ』に続けて世に問うた意欲作である。小説家の代表作の一つである傑作だが、しかし、朝の読書に適しているかというと少々疑問だ。

話の舞台は中国。旅行者の目には〝黄土の平野のなかのひとつの点、または地平線上のかすかな土の芽〟にしか見えない小さな町である。数十年間もの間、絶え間ない戦争の中でさまざまな主張を持った将軍とその軍隊に町は蹂躙され、殺戮が繰り返され、始皇帝によって国中が平定されてやっと平和な暮らしが戻ったと思ったのもつかの間、万里の長城建設のために町の住人の半分が駆り出されてしまう……というのがそのあらすじだ。朝読むと気分が一新されるとか、やる気が出てくるといったような内容の小説ではけっしてない。

『夏の闇』は小説家が四〇歳のときに『新潮』（一九七一年一一月号）に発表した作品。六八年に発表された書き下ろし作品『輝ける闇』（新潮社刊）に続く〝闇三部作〟の二作目に当たる作品だ。ベトナム戦争で信じるべき自己を見失った「私」と、パリで10年ぶりに再会した「女」が、「私」が泊まっているパリの学生街の安い旅館の一室にこもり、その後は「女」が客員待遇を受けている大学があるドイツのボンに場所を移して「女」の部屋にこもり、部屋にいるときは共に全裸で過ごすと決めてただだひたすら眠り、貪欲に食い、繰り返し性に溺れる一夏の物語である。小説家自らが〝第二の処女作〟と呼ぶ純文学作品であり、〝人間の本質をえぐりとる開高健文学の最高傑作〟などとも称される作品である。その内容からして、その評価の高さからして〝夜読むなら、『夏の闇』〟という答えは納得できるところか。

一九七四年四月、東京地裁七〇一号法廷で開かれた「四畳半襖の下張」裁判で、弁護側証人として証言台に立った小説家は、弁護人に「自分で代表作というのはおかしいと思いますけれども、その他証人のお書きになった小説ではどういうものがございましょうか。」と聞かれて、次のように答えている。

《そうですね、私自身がいま好きなのは万里の長城の建設を書いた『流亡記』、りゅうぼう記、または、るぼう記と読みますが、そういう長編と、『日本三文オペラ』という小説があります。それからあと『輝ける闇』という小説と『夏の闇』という小説ですね。いま書きつつあるものを含めないでいっているんですが。》

（『白いページⅡ』角川文庫 214頁）

アジア的生産様式というべきか。エネルギーの永久回帰というべきか。大いなる輪廻というべきか。

（『私の釣魚大全』文春文庫 211頁）

〝アジア的生産様式〟も、〝エネルギーの永久回帰〟も、〝大いなる輪廻〟も、すべて小説家がベトナムで見聞し、体験した風変わりな魚の養殖法についての形容句である。ベトナムの田舎では、魚の養殖池のまん中に桟橋をつきだし、その先端に板の切れ端や木の枝、藁などで囲ったトイレが設けられている光景に出くわすことがある。そこで用を足す。それを魚が食べる。育った魚を市場へ持っていって売る。魚を買う。用を足す。魚が食べる。……こうした循環を、小説家はアジア的生産様式、エネルギーの永久回帰、大いなる輪廻と表現したわけである。

この逸話は小説家の大のお気に入りで、いくつかの作品の中で書いている。『私の釣魚大全』では、この逸話を紹介したあとに次のような一文を付記しており、思わずニヤリとさせられる。

《この挿話はこれで書くのが三度目であるような気がする。しかし、またまた書きたくなるような気もする。》

（文春文庫　211頁）

明日、世界が滅びるとしても、今日、あなたはリンゴの木を植える

小説家の名言中の名言として知られている言葉だ。〝あなたは〟の代わりに、〝君はリンゴの木を植える〟と書くことも多かった。

オリジナルは宗教改革で知られる十六世紀の神学者マルティン・ルターの言葉。「もし明日世界が滅びるとしたらどうしますか？」と聞かれたルターが「今日、わたしはリンゴの木を植える」と答えたのだそうだ。何があろうといたずらに慌てず騒がず、今日自分にできることをただ粛々とするだけだという意味がそこに込められている。

ルターは「今日、わたしはリンゴの木を植える」といったが、小説家はこれを「今日、あなたはリンゴの木を植える」「今日、君はリンゴの木を植える」と言い換えて使った。たとえ何があろうと「あなた」や「君」はいつもと同じように心静かに暮らすのですゾ、といいたかったのだろう。あるいは「あなた」や「君」がいつも心穏やかにいられますようにという願いを込めてこの言葉を使っていたのかもしれない。

もし小説家が今も生きていて、先の大地震と津波

で被災した人たちに何か一言メッセージをと求められたなら、きっとこの言葉を贈ったに違いない。

新しい御馳走の発見は人類の幸福にとって天体の発見以上のものである。

――ブリア・サヴァラン『美味礼賛《らいさん》』――
（『新しい天体』巻頭言　光文社文庫）

ブリア・サヴァラン（一七五五～一八二六年）はフランスの法律家であり政治家であるが、食にまつわる随筆集として名高い『美味礼賛』の著者として広く知られる。ちなみに、『美味礼賛』の原題は『味覚の生理学』と素っ気ないが、それに《超絶的美味学の瞑想》という副題がつき、さらに〈文学や科学のもろもろの学会の会員たる一教授からパリの美食家にささげられた理論と歴史と日常の問題を含む書〉という説明が付記されている。

『美味礼賛』の冒頭に、序にかえて《アフォリスム……教授がその著に対する序章としまた美味学永遠の基礎とした格言二十則》が記されている（白水社刊の関根秀雄訳では〝アフォリズム〟ではなく〝アフォリスム〟。英語の aphorism の発音表記ではなく、仏語の aphorisme の発音表記である。参考まで）。この格言二十則の九番目に「新しい御馳走の発見は人類の幸福にとって天体の発見以上のものである。」が登場する。『新しい天体』というタイトルがこの格言に由来することは言うまでもない。さらにいうならば、この格言こそがこの作品の主題そのものだといっていいだろう。

格言二十則には、このほかに以下のような言葉が書き連ねられている。

一　生命がなければ宇宙もない。だから生きとし生けるものはみな養いをとる。

二　禽獣《きんじゅう》はくらい、人間は食べる。教養ある人にして初めて食べ方を知る。

三　国民の盛衰はその食べ方のいかんによる。

四　君はどんなものを食べているか言ってみたまえ。君がどんな人であるかを言いあててみせよう。

五　造物主は人間に生きるがために食べることを強《し》いるかわり、それを勧めるのに食欲、それに報いるのに快楽を与える。

八　食卓こそは人がその初めから決して退屈しない唯一の場所である。

一一　食べ物の順序は、最も実のあるものから最も軽いものへ。

一二　飲み物の順序は、最も弱いものから最も強く最もかおりの高いものへ。

一四　チーズのないデザートは片目の美女である。

（抜粋）

作品としての『美味礼賛』だけでなく、小説家は著者のブリア・サヴァランを美食家として高く評価していたようで、『白いページⅠ』（角川文庫）に収録されている『食べる』と題したエッセイの中でサイゴンの美食のしきたりに触れて〝これがあの国のサヴァラン（食通）のしきたりだというのである。〟（25頁）などと表現している。

〝釣師のバイブル〟といわれる『釣魚大全』を著したアイザック・ウォルトンと並べて、次のような名言も残している。

美食の世界にブリア・サヴァランがいて、釣界にアイザック・ウォルトンがいる。

（『私の釣魚大全』文春文庫　18頁）

〝甘い〟のが幼稚で、〝ホロ苦い〟のが幽雅なのである。

（『眼ある花々』中央公論社刊　71頁）

『眼ある花々』の第四章〈茶碗のなかの花〉は、北京の初夏を彩るジャスミンの花の話からはじまり、茉莉花茶（中国語読みではモーリーホアチヤー）の話になり、茶に関しては茉莉花茶をはじめとする花茶（ハマナスの玫塊花茶、キンモクセイの桂花茶など）と緑茶が好きであると書き、「カフェインに自家中毒してめまいを起こす体質なので強い茶が飲めないこともあるけれど、砂糖で味つけをして茶を飲むのがイヤなのである。」と告白し、

《どの味が幼稚で、どの味が高貴であるかは人さまざまだからお好きにやってよろしいのだけれど》と前置きした上で、《私にいわせれば、〝甘い〟のが幼稚で、〝ホロ苦い〟のが幽雅なのである。》と断じている。優雅なほろ苦さの例として、小説家は次のようなものをあげている。

《たとえば淹《い》れたての緑茶である。とれたての山菜である。渓流のワサビである。キリキリと冷えこんだスーパー・ドライ・マティニにおとす半滴のビターズである。魚のはらわたのあら煮である。革の手袋である。雨がすぎたあとの深い森に漂う苔の匂いであり、辛酸をなめた男のふとした微笑である。》（同71頁）

味覚についての原稿の中で小説家はしばしば「酸、苦、甘、辛、鹹《カン》の五味がふつう〝味〟の大きな分類として数えられる」と書いている。〝鹹〟は塩味のことだが、わざわざこの漢字を用いるということは小説家の頭に中国の五行説が刷り込まれていることを意味している。五行説とは古代中国に端を発する自然哲学の思想で、万物は木・火・土・金・水の五種類の元素からなるという説であり、酸は木、苦は火、甘は土、辛は金、鹹は水にそれぞれ対応している。

酸・苦・甘・辛・鹹の五味のうち、《苦《にが》みは舌を洗って一新してくれるから、もっとも貴重で高位の味ではあるまいか。》（『花終る闇』新潮文庫 15頁）というのが小説家の考えである。一口に苦味といっても《もっとも微《かす》かに、もっともほんのりとしていなければなるまいから…》ということから、ホロ苦さこそが最

高位に位置するというのが小説家の味覚である。

一九七〇年六月、七月、八月と、小説家は『夏の闇』を書くべく、新潟県と福島県の境にある銀山湖（奥只見湖）のほとりにある旅館『村杉小屋』の離れの二階にこもっていた。このとき、小説家の言葉を借りれば〝うんこが緑色になる〟くらい採れたてのフキノトウ、ヤマウド、アケビの芽、コゴメ、ミズナなどの山菜を食べてみたという。その味をいかにも小説家らしいタッチで次のように描いている。

《とれたての山菜にあるホロ苦さはまことに気品高いもので、だらけたり、ほころびたりした舌を一滴の清流のようにひきしめて洗ってくれる。はしゃぐ童女の眼にあるような青く澄んだものと、辛酸をかいくぐってきた男の横顔にきざみこまれているもの、それが二つながらあるように思われる。料理らしい料理を何もせず、手も味も加えずに、そのままパリパリとやるのがよろしいのであるが、そのとき舌にさざ波のようにひろがるものを中国風に表現するなら、『鮮淡清苦』とでもなるだろうか。》

（『開口閉口』新潮文庫　81頁）

幼稚と決めつけた甘味については、小説家は次のようなこともいっている。《私は十四、五歳のころから酒を飲み出して、以後甘いものは食ったことがない……》（『風に訊け』集英社　191頁）

いくら何でも十四、五歳以降甘いものを食べたことがないというのは言い過ぎだろうと思いつつ『風に訊け』を読み進んでいくと、案の定というか、次のような記述を見つけた。

《あるとき、たまたま小笠原諸島に行ったときに、ミツマメの罐詰を何種類も買っていって片っ端から食ってみた。そうしたら酷烈な小笠原の夏の日光の中では、これが何ともうまいんだ。精神の疲労にはアルコール、肉体の疲労には糖分——というのは、古今の鉄則だよ。それで、ずいぶんいろいろなミツマメを試してみたわけだが、現在、私のミツマメ美学

としては、栄太楼をナンバー1《ワン》として推《お》す。》（326頁）

〝ミツマメ美学〟という表現がなにやらほほえましいが、やはり甘いものも食べていたのだ。と思いきや……。

《しかし、こうした名作も、野外でだけうまい。都会へ帰ってくると、もうミツマメはいくら栄ちゃんの名品だといっても、見る気もしない。手も出ない。罐詰の顔を見ただけでも顔をそむけたくなる。どだい、目が初めからそっちにいかない。人間というのは不思議なもんだよ。なぁ、君……。》（同326頁）

戸外での肉体の疲労時には生理的に甘いものを欲するが、それ以外のときは生理的にも味覚的にも甘いものはまったく受けつけないということのようだ。

この項の最後に、甘さと苦さではなく、甘さと辛さに関する小説家の名言を一つ付記しておく。

《アマさとカラさは一枚のカードの裏と表だと思うことである。これは料理の秘訣であり、文学の秘訣でもあり、すべての芸術のそれであり、ヒトの世に棲んでいく知恵のそれでもあるんであって、けっして忘れてはいけない。》（『生物としての静物』集英社　155頁）

アマゾンや、どれが尻やら乳房やら

（『オーパ！』集英社文庫　40頁）

一九七七年八月から一〇月にかけて全日程六五日。アマゾン河を上ったり下ったりすること全行程一万六〇〇〇キロ。総予算八〇〇〇万円を費やした大釣行記『オーパ！』の中で紹介されている俳句である。作者は南米銀行の頭取にまでなった俳句狂の日系人。それを小説家に紹介したのは当時サンパウロの日本人学校で日本語の講師をしていた『オーパ！』

の水先案内人、醍醐麻沙夫さんである。

八月一八日、アマゾン河口の町ベレンを出港した「無敵艦隊のオオカミ」号はくねくねした水路を一夜と一日航行したのち、アマゾンの本流に入る。

《（略）そうなると、空と水があるきりで、甲板の右でも左でも岸が見えない。青い空と黄いろい水の無辺際の膨張である。》（『オーパ！』集英社文庫　37頁）

《アマゾンの怪異は上流にいけばいくほど河がいよいよ海になり、支流は支流でこれまた本流とおなじくらい海であり、その支流から湖へ入っていってもこれまた前後左右に水平線しか見えない海であるということ。そういう形相《けいそう》がいつまでもつづき、どこにでもあるということ。》（同40頁）

そのような景色を詠んだ句が〝アマゾンや、どれが尻やら乳房やら〟というわけだ。このバレ句がよほど気に入ったようで、二〇〇四年に発見されて関係者一同をアッと驚かせた『オーパ！』の取材ノートにもこの句がしっかりとメモされている。

《淡水の多島海水の色さまざま1夜1日走っても両岸はジャングル本流も支流もけじめがつかない〝アマゾンやどれが尻やら乳房やら〟南米銀行頭取のバレ句。この句だけ人の口にのぼる》

ちなみに『オーパ！』の取材ノートが見つかって関係者一同がアッと驚いたのは、小説家はメモを取らないことで知られており、『オーパ！』の取材旅行中も同行者の誰一人として小説家がメモを取るところを見た者がいなかったからだ。

哀れな開高です。

プア・カイコウ・スピーキング／poor Kaiko speaking

『オーパ！』ならびに『オーパ、オーパ‼』シリーズの担当編集者として小説家と共に世界中を釣り歩いた元・集英社の菊池治男さんは、二〇一二年に出版した『開高健とオーパ！を歩く』（河出書房新社）の中で〝小説家の電話魔ぶりは多くの人の語るところだ〟と書いている。小説家と電話魔という取り合わせは今ひとつピンとこないが、イラチな小説家が電話をかけまくっていた姿を想像するとどこか微笑ましくもある。

電話魔らしくというべきか、小説家の電話にはちょっと変わった癖があった。電話をかけるときも、電話を受けるときも、その第一声は「哀れな開高です」であり、ときに「よれよれの開高です」だった。相手が作家仲間であれ、編集者であれ、釣り仲間であれ、それは変わらなかった。

一九七八年11月に発売された『これぞ、開高健。』（面白半分11月臨時増刊号）で企画された開高健×吉行淳之介の対談〈作家と金と女〉の中で、その由来が語られている。

吉行　遠藤周作とも話してたんだが、君の電話の、あの〝アワレナカイコウデスガ……〟というのは、いつごろから始まったんですか。

開高　なんということなしに、宿酔でひどいときに、ドナルド・キーンだったか誰かの所にかけたときに、何気なく使って……。「プアー・カイコウ・スピーキング」と言ったのよ（笑）。

吉行　むしろ生理的なもんだったんだ、その頃。もっとも宿酔というのは、形而上学的なものになってくるからね……。

開高　それから外向的になるのと、内向的になるときと、極端に分かれるでしょ、宿酔のときは。その時、たまたま外向的になってたんだな。それで「プア・カイコウ・スピーキング」でやってみた。反射的に出てしもたんやね。そしたらむこうが笑い出した。小説家というものは、いつでも助平根性があって誰かを笑わせたいと思っているんだけども、それでそのままずっと使うことにした。しかし、日本語にすると、やっぱりギクシャクするね。

いつも誰かを笑わせたいという助平根性がある小説家は、ときには変化球を投げてくることもある。あるとき、朝八時頃、菊池治男さんの家に電話をかけてきた小説家は、開口一番こういったそうだ。

「……マスはもう、掻き終わったか?」

『開高健とオーパ!を歩く』の中に、そんなエピソードが綴られている。(82〜83頁)

生きた、書いた、ぶつかった

(『もっと広く!(上)』文春文庫 142頁)

南北アメリカ大陸を縦断する大釣行の途中、三〇〇〇メートル級、四〇〇〇メートル級の山々が屹立するアンデス山脈を縦走している間に、小説家は路傍にたてられた数多くの十字架や、ときには立派な大理石の祠を目にする。いずれも交通事故の犠牲者を悼む記念碑である。もし、その一つに自ら墓碑銘を記すとしたら……ということで小説家が冗談半分にひねったのが《生きた、書いた、ぶつかった》の三行詩。短いフレーズの三連打ともいうべき表現は、若い頃にサントリーの広告コピーを数多く手がけた小説家が得意とするところである。

何度目かのアラスカで、六〇ポンド(二七キロ強)のメスのキングサーモンを釣り上げたときは……。

来タリ、見タリ、勝テリ(Vini Vidi Viei)

(『オーパ、オーパ!! アラスカ至上篇・コスタリカ篇』集英社文庫 71頁)

南北アメリカ大陸縦断釣行の途中、マイアミで〝バック・ペイン〟(背痛)に見舞われるものの、現地の医者が打ってくれた注射と処方してくれた薬のおかげで翌朝にはすっかり元気になっていたときには……。

「治った。驚いた。尊敬した」

（『もっと遠く！（下）』文春文庫　235頁）

この項の最後に、小説家の以下の言葉を記しておく。

《（略）漢字は表意文字である。それは木や山の素朴なデッサンから出発し、気の遠くなるような時間をかけて修正して、抽象に達したものである。どんな一行の文も抽象画の画廊である。読んで飽きないが眺めても飽きないような文を、読みたい。書きたい。生涯かかって三行を。》

（『一言半句の戦場』集英社　244頁）

イギリス人のことを〝牛肉食い《ビーフ・イーター》〟、フランス人のことを〝蛙〟、イタリア人のことを〝マカロニ〟、ドイツ人のことを〝クラウツ（キャベツ）〟と呼ぶアダ名の例があるが、人を罵るのにその好物料理を持ち出すのは優雅と鋭さが同時に味わえるので悪くない手法である。

（『最後の晩餐』光文社文庫　123頁）

ビーフ・イーター（beaf・eater）は辞書で調べると①牛肉を食べる人、ひどく栄養のよい赤ら顔の人、②ビーフィーター＝英国王の護衛兵の通称、ロンドン塔の守衛、③《俗語》英国人……と出ている。英国王の護衛兵がビーフィーターと呼ばれるようになったのは、一説にはまだ牛肉を食べる習慣が一般的ではなかった時代に護衛兵の給金の一部が牛肉で支払われていたためといわれる。それがいつのまにかイギリス人を指す俗語になり蔑称になった。小説家は他の作品でもイギリス人のことをビーフ・イーターと書くことが多かった。

フランス人を〝蛙喰い〟、〝蛙野郎〟と揶揄するのは、ヨーロッパにおいてフランスが蛙喰い先進国であったことと、かつフランス軍の青い軍服が蛙を連想させたからだといわれる。とりわけイギリス人はフランス人に対して〝frog eater〟や〝frog〟という蔑称をよく用いる。

イタリア人を〝マカロニ喰い〟とか〝マカロニ野郎〟と呼ぶのは日本人の感覚でも納得できるというもの。イタリアで制作された西部劇を日本ではマカロニ・ウエスタンというが、マカロニという言葉がイタリア人に対する蔑称として使われるため、日本以外の国では〝スパゲッティ・ウエスタン〟と呼ぶのが一般的だ。ちなみに、マカロニ・ウエスタンと命名したのは映画評論家の淀川長治さんだそうだ。まさか蔑称と知っていて命名したわけではあるまい、と思うけども。

ドイツ人を〝キャベツ喰い〟、〝キャベツ野郎〟と呼ぶようになったのは第一次世界大戦以降。ドイツ兵はザウアークラウト（キャベツの塩漬け）ばかり食べているということから英米の兵士がドイツ兵の蔑称として〝キャベツ野郎〟というようになったのがはじまり。

これらに倣うと、日本人はやはり〝ライス・イーター〟ということになるのだろうか。〝コメ喰い〟、〝コメ野郎〟……?!

一億五千万年前を釣ったのだ。

（『オーパ、オーパ!! アラスカ篇 カリフォルニア・カナダ篇』集英社文庫 374頁）

舞台はカナダ。ブリティッシュ・コロンビア州のフレイザー河。獲物は〝生きている化石〟ともいわれるチョウザメ。高価なキャビアの親。ホワイト、レイク、ショヴェル・ノーズなど何種類かいるチョウザメの中でも最良とされているホワイト・スタージョンである。ノー・ストライク、ノー・ヒット、ノー・バイト、ノーフィッシュが五日間続いた六日目にやっと全長一メートルほどのチョウザメを釣り上げたときの一言がこれだった。

《一億五千万年前を釣ったのだ。気の遠くなるような時間を一瞬に私はさかのぼり、種の奔流と混沌のさなかをこえて一時代に到達したのである。躍動する化石を目撃できたのである。蒼古との奇遇である。手と体がふるえた。》

（同374頁）

解説する必要もないが、一億五千年前を釣ったとは、すなわち生きている化石を釣ったという意味である。チョウザメを釣ったといわずに、一億五千年前を釣ったと表現するのはいかにも小説家らしい。

いったい人間は魚を釣っているのであるか。それとも魚に釣られているのであるか。

（『フィッシュ・オン』新潮文庫　92頁）

世界的な釣り具メーカーとして知られるアブ社（現アブ・ガルシア社）のVIP用ゲスト・ハウスに招待され、小説家が〝殿下〟になり、カメラマンの秋元啓一さんが〝閣下〟になり、互いを「殿下」「閣下」と呼びながら近くの川で釣りを楽しんでいた二人は、某日、希望してアブ社の工場見学に行く。そこでアブ社の従業員たちが一心不乱にルアーを作っているのを目の当たりにしているうちに頭をよぎったのがこの言葉。

魚を釣るためにありとあらゆる道具を揃え、あれもこれもと支度をし、夜中の三時、四時に起きて高速を飛ばして釣り場へ駆けつけ、一日釣り場をあっちこっちと歩き回った挙げ句に小さなヤマメが二、三匹しか釣れなかったような日は〝魚に釣られている〟ことをイヤでも痛感させられる。

一斑を以て全豹を察すべからず

(『花終る闇』新潮文庫 119頁)

〝古人の戒語〟とことわって使っている通り、中国晋王朝について書かれた歴史書『晋書』の中に記された逸話に由来する言葉。豹の斑点の一つを見て、豹のすべてを推察するようなことをしてはいけない。すなわち、物事のごく一部だけを見て、全体を推察したり批評したりしてはいけないという意味。一斑全豹(いっぱんぜんぴょう)などと書くこともある。

犬好きも猫好きも、どこか病むか傷ついているかという点では完全に一致しているのではないかと思う。

(『ずばり東京』光文社文庫 77頁)

東京オリンピックの開催に向けて沸き立つ首都・東京を巡るルポタージュ『ずばり東京』の連載がスタートするのは一九六三年のこと。東京・日本橋界隈の変貌をルポした記念すべき一回目《空も水も詩もない日本橋》が掲載されたのは『週刊朝日』一九六三年一〇月四日号だった。連載一〇回目、小説家は水道橋にある社団法人日本シェパード犬登録協会、練馬区関町の犬の訓練校、田園調布駅前の犬猫病院、府中市の多磨犬猫霊園などを取材して回って《お犬さまの天国》というルポを書いている。

冒頭の言葉に続けて、小説家は犬好き猫好きの完全一致点を次のように書いている。

《どこか人まじわりのできない病巣を心に持つ人が犬や猫をかわいがるのではないかと思う。犬や猫をとおして人は結局のところ自分をいつくしんでいるのである。》

このルポの中にも書いてあるが、小説家は猫好きであり、子供のときからどんなに貧乏をしてもきっと一匹は猫を飼っていた。〝どこか人まじわりのできない病巣を心に持つ人〟というのは自分に当てはめて書かれた文章ではないかと想像する。

小説家が愛した猫のうちの一匹は死後に剥製にされ、いまも茅ヶ崎の開高健記念館に保存されている。開高健記念会の森敬子事務局長に聞いた話では、小説家が南北アメリカ大陸を縦断する釣りの旅に出ている間に猫が死に、それを妻の牧羊子が小説家に相談せずに剥製にしてしまったのだという。

色事師の爪は短いが、釣り師の爪は長い。

(『風に訊け2』集英社　231頁)

爪先を一瞥しただけでその人の趣味や気質、職業がかなりわかるものだ。――これは小説家の観察であり、説である。その説によると……

《土曜の朝に爪をつんでる男がいたら、それは色事師である。その男の横顔には何やら期するところあるらしき微笑または薄笑いが漂っていることであろう。》

《あべこべに土曜の朝に爪を長くのばしたままでいる早起きのセカセカした男がいたら、それは釣師である》

(以上、『生物としての静物』集英社　60頁)

釣師が爪を伸ばしておくのは魚をつかんだり、釣り糸を結んだりほどいたりするのに都合がいいからだ。爪の長さでその人が釣師としてベテランであるかどうかがわかるといっても過言ではないとも小説家は書いている。

ウィスキーは人を沈思させ、コニャックは華やがせるが、どうしてかぶどう酒は人をおしゃべりにさせるようである。

（『フィッシュ・オン』新潮文庫　161頁）

このように書かれると「なるほど！」と深く頷いてしまう。「深いなァ」と感心してしまう。実際にはウィスキーを飲んで陽気にはしゃぐ人もいれば、コニャックを飲んで暗く沈む人もいるにもかかわらず。活字から発せられるオーラのようなものがそうさせるのだろう。それにしても、だ。なぜ「ワイン」でなくて「ぶどう酒」なのだろうか。小説家はどの作品においても徹底的に「ぶどう酒」なのである。〝白ぶどう酒〟であり、〝赤ぶどう酒〟であり、白ワイン、赤ワインとは決して書かない。

〝世界最高のワイン〟などとも称されるロマネ・コンティを題材にした名作『ロマネ・コンティ・一九三五年』の中でさえ、「ワイン・リスト」という言葉が一度出てくるだけで、それ以外はすべて「ぶどう酒」と書いている。というか、ワインを扱った作品でありながら、実は「ぶどう酒」という言葉もわずか三回しか登場しない。それもロマネ・コンティがぶどう酒であるというような説明的な使い方はいっさいしていない。ロマネ・コンティはロマネ・コンティであり、ゆえに「ぶどう酒」という言葉を使わずにロマネ・コンティを表現する……そんな挑戦を自らに課して書き上げた作品なのではないかと推察される。

旨口の酒、旨口の女、旨口の芸術、旨口の音楽を求めなさい。

（『河は眠らない』文藝春秋）

小説家の話し言葉はそのまま完璧な書き言葉になる……小説家と親交の深かった編集者はそういう。『河は眠らない』は二〇〇九年に書籍化（文藝春秋）されているが、DVDでの小説家の語りと、それが活字になったものを比べてみると、編集者の指摘通りであることに改めて驚かされる。特異な才能といってもいいかもしれない。

酒の飲めない人に「どういう酒が一番美味いんですか？」と聞かれたときに、小説家は「こんな女がいたら、さぞや迷わされるだろうなぁと思いたくなる酒がいい酒なんだ。黙っていても二杯飲みたくなる酒がいい酒なんだ。」と答えたり、「日本酒には辛口甘口という言葉があるんだけど、もう一つ、日本酒を造っている人の間では旨口という言葉が、灘の酒どころで流布されている。旨口っていうのは飲んで飲み飽きない酒ということ。」と答えたりするそうだ。だから、《旨口の酒、旨口の女、旨口の芸術、旨口の音楽を求めなさい。》と続くのである。さらに《のべつ無限に二日酔い、失敗、デタラメを重ねないと、何が旨口であるのかわからない》とダメを押す。

〝旨口〟については『白いページI』（角川文庫）のなかで、《飲んでも飲みあきん。もたれてこん。いきつかん。いつまでもさらさら飲める。それが〝うま口〟ですねン。》（32頁）と書いている。

生まれるのは、偶然
生きるのは、苦痛
死ぬのは、厄介

（『オーパ！』集英社文庫　220頁）

一二世紀のフランス出身の神学者である聖ベルナールが遺した言葉。〝一二世紀を代表するヒューマニスト〟などといわれる聖ベルナールであるが、この言葉は人道主義的といえるのだかどうだか。

舞台はブラジル、ボリヴィア、パラグァイの三カ国にまたがるパンタナル（大湿原地帯）。黄金の魚ドラドを追い求めてあちらのポイントこちらのポイントを探っているときに、小説家は砂州で昼寝をしようとしているワニを至近距離で観察する機会に恵まれる。ワニは寝ようとしているのだが血を吸いにやってきたアブの執拗な攻撃に邪魔されて眠るに眠れず、とうとうたまらなくなって水へ飛び込む。その様子を見ていて「生きるのは、苦痛」という言葉が頭に浮かび、聖ベルナールの言葉を思い出したのだろうと想像する。

『夜と陽炎　耳の物語＊＊』にも同じ言葉が登場する。こちらの舞台は当時小説家が住んでいた井荻駅前の焼き肉店。家族揃っての久しぶりの外食にはしゃぐ娘の姿を見て、《いつかは父の悪血が登場して抑鬱に苦しめられるのだろうと思うと、胸をつかれる。不憫《ふびん》でならない。眼をそむけずにはいられない。不屈の溌剌《はつらつ》と見えるものもいつまで無傷でいられるだろうか。》（新潮文庫　214頁）……というような気持ちになり、そのあとに冒頭の三行を記している。

この席で、小説家は〝戦争を追っかけるのはもうやめた〟、〝私は引退します〟と妻子に宣言するのである。

馬を選べ。馬を変えるな。

（『ザ・開高健　巨匠への鎮魂歌』読売新聞社　32頁）

ＴＢＳ系で放映された『開高健のモンゴル大紀行—未知の大地に幻の巨大魚を追って』（一九八七年）、『開高健のモンゴル大縦断』（八八年）、『開高健のキャビア・キャビア・キャビア—謎の古代魚チョウザメの帝王切開』（八八年）、『開高健の神秘の氷河期に謎の古代魚を追って』（八八年）、『悠々として急げ・開高健の大いなる旅路—スコットランド紀行』（八八年）などのプロデューサーを務め、すべての番組制作で小説家に同行した岩切靖治さん（元・読売広告社社長）は、小説家の死後に編集された『ザ・開高健　巨匠への鎮魂歌』（読売新聞社）に寄稿した〈闘病の中で……〉において、小説家がよく使った言葉として「馬を選べ。馬を変えるな」をあげている。

同じ『ザ・開高健　巨匠への鎮魂歌』の中に『オーパ！』ならびに『オーパ、オーパ!!』シリーズ全作品の担当編集者を務めた菊池治男さんの文章〈南へ北へ転がり歩いた日々〉が載っているが、その中で菊池さんは『オーパ、オーパ!!』ではカメラマンの高橋曻さん、大阪あべの辻調理師専門学校の谷口博之さん、そして菊池さんの三人が小説家のお供をする〝基本単位〟であり、それはいつも同じだったとした上で、《「一緒に旅をするときは、気心の知れた仲間が一番や。馬は乗り換えるな。これが要諦です」

小説家のこの言葉が、私のような駄馬のあぶない場面を、いつも救ってくれました。》と書いている。

辻調の谷口教授は九一年に出版した『開高健先生と、オーパ！旅の特別料理』（集英社）のなかでオーパ！隊の一員に選ばれたときの裏話を披露している。

《あとでわかったことですが、学校としては十年ぐらいはつづくはずの『オーパ、オーパ!!』行に、毎回違う職員を出すつもりだったようです。開高先生に接すれば、それぞれが知らず知らずにお教えいただくものが多いのではないか、ということだったと思います。しかし、先生のほうから「スタッフは途中で変えたくない」という要望があって、私がずっとお供することになりました。先生の言葉だと、「旅の途中で馬を乗り換えるな」というわけです。》（15頁）

馬を走らせつつ花を見る……走馬看花

（『珠玉』文藝春秋　47頁）

渋谷の、繁華街の横丁を入ったところにある中国家常菜の店『随時小吃』の店主の李文明氏が、小説の主人公である小説家に教えてくれた言葉。

《話題が切れて手持無沙汰になりそうになると、手近の紙きれの裏にいきなり『走馬看花』と書いてみせ、これは馬を走らせつつ花を見ると読めるが、じつはあたふたとせわしいだけの観光旅行のことをいうのだよ、といって笑う。皮肉のみごとさにおどろいて思わず椅子にすわりなおしたくなる。》（47頁）

小説家にはその時々のお気に入りの言葉を作品中で繰り返し使う癖がある。走馬看花という言葉も『珠玉』のなかに三度登場する。

走馬看花は、中国の役人で詩人であった孟郊（七五一～八一四年）が作った詩『登科後（とうかののち）』に由来する言葉である。

昔日齷齪不足誇
今朝放蕩思無涯
春風得意馬蹄疾
一日看尽長安花

科挙の試験に受かって気分は晴れ晴れと嬉しい。春風を受けて得意満面、馬の蹄も軽やかで、長安の花を一日で見尽くしてしまうほどだ。……というような意味の詩である。

永遠に、幸せになりたかったら、釣りを覚えなさい。

一時間、幸せになりたかったら
　酒を飲みなさい。
三日間、幸せになりたかったら
　結婚しなさい。
八日間、幸せになりたかったら
　豚を殺して食べなさい。
永遠に、幸せになりたかったら
　釣りを覚えなさい。

（『オーパ！』集英社文庫　237頁）

《いつか雨の日に一九世紀末のイギリス人の釣師の書いたものを読んでいるうちに中国古諺《こげん》を一つ教えられた。出典が書いていないので、どこから引用したものか、いまだにわからないでいる。しかし、それは男による、男のための、男の諺なのである。いまこの人ごみのなかで、それがありありと昏迷のなかによみがえってくる。》（237頁）

こう前置きした上で小説家が紹介したこの古諺をもって、雑誌『ＰＬＡＹＢＯＹ』に連載されていた『オーパ！』の六回目は終了するのだが、のちに連載をまとめて豪華本にする段階で、この中国古諺のあとに小説家は註釈を付け加えている。十六世紀初頭のフランクフルトでは《一日楽しく過ごしたければ風呂へ行け。一週間楽しく過ごしたければ刺胳せよ。一月を楽しく過ごしたければ豚一頭を屠り、一年を楽しく過ごしたければ若い妻を娶れ》というような句がいい交わされており、英国の釣師の句はひょっとしたらこれから連想されたものではないでしょうか……一読者からこのような内容の投書があったことがそこに記されており、小説家は「これから私は勉強してみようと思っている」と結んでいる。

勉強の成果は、数年後、小説家を苦笑させることになる。『オーパ！』の旅から二年後、小説家は南北アメリカ大陸を縦断する大釣行（『もっと遠く！』『もっと広く！』）に旅立つ。このとき小説家は先輩作家の阿川弘之氏の紹介で、氏の海軍時代の同期でトロント在住の船坂真一氏と知り合い、以来、奥さんのまりさん共々懇意な間柄になる。船坂氏は知り合った当時はカナディアン・モータースの社長だったが、それ以前に三井物産香港支店長をしていたこともあり、香港に豊富な人脈を持っていた。その人脈を生かして小説家は件の古諺の出典を調べてもらうことにしたのである。出典は突き止められなかったが、その過程で重大な事実が判明する。中国では〝一時間、幸せになりたかったら釣りを覚えなさい〟と言い習わされていることがわかったのだ。船坂氏からの手紙でその事実を知った小説家は折り返しの返信の中にこう書いている。

《私が中国古諺として十九世紀のイギリスの本で読んだときは、永遠に幸せになりたかったら釣りを覚えろ、となっていたのだが、本場では一時間幸せになりたかったら、となっているのを知って、オドロキと微苦笑。》

円は完成した。いましばらく生きていけそうだ。

（『オーパ、オーパ!! アラスカ至上篇・コスタリカ篇』集英社文庫 87頁）

一九八四年七月、アラスカの、キーナイ河で、ほとんど六〇ポンド（二七キロ強）のメスのキング・サーモンを小説家は釣り上げる。『フィッシュ・オン』の旅ではじめてアラスカを訪れてから一五年目。その間、何度となくアラスカを訪れキングに挑み続けたが、釣れるのはいつも三〇ポンド台であって、四〇ポンドを超えるキングを釣ることはできなかった。いつかは六〇ポンドを超える大物を釣ってみたい——その大願が五三歳になって成就したときの心の叫びがこのような表現になった。

《十五年間の壁をやぶることができたのだ。とうとうできたのだ。一点張りの大賭けであった。円は完成した。いましばらく生きていけそうだ。》

〝円は完成した〟、〝円は閉じた〟は、小説家の常套句である。文章の最後の最後に打つ句点、物語の終止符として使っている例がいくつかある。

旅は成就した。円が閉じた。

（『オーパ、オーパ!! アラスカ至上篇』の最後の一句。）

かくて。わが円は完成した。

（『オーパ、オーパ!! スリランカ篇』の最後の一句。）

大いなる日は終わりました。円は完全に閉じました。

（モンゴルで一二〇センチのイトウを釣り上げた直後の一言。『開高健のモンゴル大縦断』（文藝春秋Ｎｕｍｂｅｒビデオ）より。）

教えるものが教えられるのが教育の理想である。

（『開口閉口』新潮文庫 112頁）

『夏の闇』を書くために銀山湖のほとりの小屋に寝泊まりしていた頃、電気もガスもない山の暮らしを珍しがって東京から編集者たちが遊びにやってきた。そんな彼らに釣りのイロハを手ほどきしてやると、ヒヨコはすぐに成鳥になって巣立っていく。その後ろ姿を見つつ、小説家が吐く一言がこれだ。ただし、理想はあくまで理想であり、必ずしも小説家がこの理想をそのまま受け入れていたわけではない。

《師はいつか弟子に踏み越えられ否定される宿命にあると忍耐強く私は知覚しているので、つぎからつぎへと湖畔で弟子たちが後ろ姿を見せるままに一人でボートに乗りこんで漕ぎだし、けっしてこちらをふりかえろうとせず、声をかけようとしなくても、それで満足してるんである。それを下克上とも思わず、造反とも感じないんである。》（同112頁）

といいつつも……。

《（略）夕方になって彼らが氷雨と冷風で唇を青くしてもどってくるのを見とどける。釣れましたかと声をかけて、彼らが何やらうなだれ、口数少なくモグモグと呟くのを耳にして、別種の奇妙な慶びをひそかにおぼえたりするんである。》（同）

それ見たことか！とほくそ笑む小説家の顔が目に浮かぶようだ。

『珠玉』のラスト、作品中の登場人物である小説家と女の入浴シーンにも《教育する者が教育されるのが教育の理想ではなかったかしら……》という文章が登場する。男女の仲を教え込んできた小説家と女の立場が入れ替わり、女に「教育してあげます」といわれ、小説家が子供の頃からの憧れだった行為を初体験するシーンである。

おだやかになることを学べ "STUDY TO BE QUIET"

（『私の釣魚大全』文春文庫　334頁）

あるとき、ロンドンの街を気まぐれに歩き回っていた小説家は、偶然、壁に埋め込まれた一枚の銅板を目にする。この偶然を、小説家は『私の釣魚大全』

（文春文庫）の後記に次のように記している。

《それはたしかフリート・ストリートのどこかだったと思うが、ウォルトン卿が晩年にロンドンで釣具店を開いていたという場所であったと思う。その記憶は正確ではないのだけれど、銅板に彫り込んであった一句に眼を奪われ、いまだにその字体と、銅板に射していたおぼろな冬の午後の日光がありありと思い出せるほどである。それは〝STUDY TO BE QUIET〟というのである。『おだやかになることを学べ』というのである。》（334頁）

アイザック・ウォルトン（一五九三〜一六八三年）が釣師の聖書などといわれる名著『釣魚大全』（The Compleat Angler or the Contemplative Man's Recreation／完全なる釣師あるいは静思する人のレクリエーション）を書いたのは一六五三年。ウォルトン卿六〇歳のときのことである。以来、同書は版を重ね、その数は四〇〇版以上、真偽のほどは定かではないが版の多さでは本家本元の『聖書』をも上回るといわれている。

日本でも過去、さまざまな翻訳本が出版されてきた。平田禿木《とくぼく》訳『釣魚大全』（一九三六年・国民文庫刊行会）、谷島彦三郎訳『釣魚大全—静思する人の行楽』（一九三九年・春秋社）、下島連《むらじ》訳『釣魚大全—静思を愛する人のレクリェーション』（一九五四年・元々社）、森秀人訳『完訳 釣魚大全』（一九七〇年・虎見書房）、杉瀬祐訳『初版本　釣魚大全』（一九七七年・岳洋社）、立松和平訳『釣魚大全』（一九九六年・小学館）等々。

〝STUDY TO BE QUIET〟は『釣魚大全』の最後の一行を飾る言葉であり、小説家はこの一句に『釣魚大全』の哲学は濃縮されていると『フィッシュ・オン』（集英社文庫　52頁）のなかで書いている。

濃縮された哲学を平田禿木は〃努めて静かなれ〃と訳した。神学者である杉瀬祐は〃静かに生きることを学べ〃と訳し、それに続けて原文にはない一言—テサロニケ第一の手紙4の11—を書き添えている。最後の審判が近いといわれて人々があわてふためいたり遊びほうけているときに、聖パウロが〝みな落ち着くように〟という趣旨の手紙を書いた。そのなかに出てくる言葉なのだという。

小説家はこの言葉を最初は「静謐の研究」と訳した。〝静謐〟は小説家が好んで多用した言葉だが、その後さらに精錬研磨を重ねて「静かなることを学べ」「穏やかになることを学べ」と言い換え、それが小説家の名言として定着するのである。

男がいい仕事をしているときはどうしてもアチラの意欲も旺《さか》んで、これはあなた、切っても切れない関係です。

(『最後の晩餐』光文社文庫 292頁)

料理人の賄い料理をテーマに、ホテルオークラ東京初代総料理長を務めた小野正吉氏(一九一八～一九九七年)に話を聞きに行った小説家が、やや誘導尋問風に小野氏から引き出したのがこの言葉だ。

コックは感受性がなければどうしようもないが、そのうえで人間的に何か一癖あるヤツのほうがいい。素直一本だとある程度のレベルまでしか伸びない。一癖あるヤツはそのレベルを超えられる。――という小野氏の話を聞いて、これは何も料理に限ったことではなく、文学、音楽、絵画、芸の術一般についていえる定理だろうと感じ入った小説家が、《ここで、一思案することがあり、釣りに上達するのは性急で色好みの人物であるという金言、もしくは定言がわが国にはあるのですが、コックの場合はどうでしょう、助平なヤツは料理が上手だということがありますか》とたずねる。それに対する小野氏の答えがこれである。

《男がいい仕事をしているときはどうしてもアチラ

の意欲も旺《さか》んで、これはあなた、切っても切れない関係です。強すぎてそちらにオボレちまうと困るけれど、どちらかといえばスキモノでないよりはスキモノであったほうが料理の腕はあがります。》

ほんとうだろうか？

男が衰えていく順序は、まず歯で、それから目で、それからアレだということになっているが、

（『開口閉口』新潮文庫　119頁）

〈歯がゆいような話〉というタイトルで『開口閉口』に収録されているこのエッセイの初出は『サンデー毎日』一九七五年七月二七日号。『新潮』の新人賞の審査のために集まった武田泰淳、安岡章太郎、大江健三郎の三氏がことごとく入れ歯であることを告白したのを受けて、歯のことで悩んだことは一度もないと小説家は書いている。ただし、目がいけないのだ、と。

《つまりダ。歯→目→××のエスカレーションが私の場合は目→歯→××となっているのではあるまいか。》

（121頁）

このとき小説家四四歳。まだまだそんなことを心配する年ではないはずだが。

男が人生に熱中できるのは、二つだけ――遊びと危機である。

（『風に訊け2』集英社　169頁）

ドイツの哲学者ニーチェ（一八四四〜一九〇〇）の言葉と断ってこの名句を引用したうえで、小説家は次のように記している。

《男が危険を冒す気力を失ったら、この世は闇だ。男が危険を冒す気力に自分を賭けた、そのことによって人類は生きのびてこられたし、地球も宇宙も克服されてきた。（略）現在、日本の若者の間で危険を冒す気力が失われつつある、たいへん萎《しな》びつつあるという説が唱えられることが多いけれども、もしそうであるならばたいへん困ったことだと思う。》

ニーチェのアフォリズム（評言、箴言、警句、金言）はネットのあちこちに散見される。「善にも強ければ、悪にも強いというのが、いちばん強力な正確である。」（『人間的な、あまりに人間的な』より）、「あなたがたの実力以上に有徳であろうとするな。できそうもないことをおのれに要求するな。」（『ツァラトゥストラはかく語りき』より）などなど。しかし、残念ながら「男が人生に熱中できるのは、二つだけ——遊びと危機である。」の出典はわからずじまい。ただし、この名言にはいかにも小説家が好きそうな続きがあることがわかった。

《男が人生に熱中できるのは、二つだけ——遊びと危機である。そしてまた、男は女を愛するが、それは（女が）遊びのなかで最も危険なものであるからだ。》

小説家自身はニーチェと『白鯨』のメルヴィルを足して次のような言葉を遺している。

《なぜ男は、危険を冒してまで旅に出るのか、なぜ釣りを愛するのか、メルヴィルは『白鯨』の主人公に〝男は自殺するかわりに海に出る〟と言わせ、ニーチェは〝男が夢中になれるものはたった二つしかない。それは危機と遊びである〟と言っている。》

（『ＪＵＮＯＮ』主婦と生活社　一九八二年一月号）

男の収入の三分法
$1/3$は水に流す。$1/3$は大地にもどす。$1/3$は敵にくれてやる。

（『開口閉口』新潮文庫　231頁）

『フィッシュ・オン』の旅の途中に訪れたタイで、ふとしたことから小説家はチェンマイ王朝の外戚の一人である殿下と知り合い、自宅に招待され、離れをあてがわれ、毎朝ツバメの巣のスープをすすり、窓越しにブーゲンビリアやハイビスカスの花を眺め、万事おっとりと構えて暮らす最恵国待遇を与えられる。このとき、小説家は殿下からさまざまな名言、金言を教えられるが、そのひとつがこれ。

〝水に流す〟とは酒を飲むこと。〝大地にもどす〟とは壺に入れて土に埋めて隠すこと。そして〝敵にくれてやる〟とは妻に渡すという意味である。

《これはなかなか鋭く説くところがあって、バンコック独特というよりは万国共通の習慣だといいたくなる》と、小説家にしては珍しくダジャレを飛ばしている。

男は具体に執して抽象をめざそうとしているが女は抽象に執しながら具体に惑溺していこうとする。

（『夏の闇』新潮社　94頁）

男と女の愛に対する考え方、性に対する考え方の違いについて言及している文章である。理解して納得するのが難しい文章だ。

〝抽象に執しながら具体に惑溺していこう〟とす

る女の気持ちは理解できる。愛とかロマンチックといった抽象にこだわりながら、それを男が発する言葉や態度、金銭や贈物などの具体で確認せずにはいられないという意味だろう。

理解しづらいのは具体に執して抽象をめざそうとしている男の気持ちだ。この文章を読み解くヒントを「四畳半襖の下張」裁判の証人として証言台に立った際の小説家の証言のなかにやっと見つけることができた。特別弁護人を務めた丸谷才一氏の質問に答えて小説家は次のようにいっている。

丸谷　『夏の闇』の中で熱心に作者が眼目として書いておることをあげますと、睡眠ということがあり、食事ということがあり、それから男女間の性交ということがある。この男女間の性交ということにしても、あれだけ情熱をこめて、しかも、あれだけ迫力があって、しかも、あれだけ詳細に小説の中で記述されておることは現代日本文学ではめずらしいことに属すると私は思ったんですけど、その場合の意図といいますか、それをさっきの睡眠の場合との関連で説明していただけますか。

開高（略）　具体的にものごとを追求していきますと、それが徹底的な極点に及びますと、それは具体ではなくて、抽象になるということが人間の世界には起こり得ます。食べることも眠ることもまぐわうこともあの作品の中においては私として意図したのはそれら三つを徹底的に追求する結果一切の非常にアブストラクトな小説を作りたい、具体以外の何ものも書かないから抽象になるという実験をしてみたかった。（『白いページⅡ』角川文庫　246頁）

〝具体に執して抽象をめざそうとしている〞のは男性としての普遍的な気持ちの在り方ではなく、小説家の意図そのものを反映させたものだと推察することができる。

男は助平の下心で挑み、女は打算でそれを歓迎したのであったが、

（『破れた繭　耳の物語＊』新潮文庫　172頁）

大阪市立大学法学部在籍中に、小説家は谷沢永一主宰の同人誌『えんぴつ』に参加し、その合評会の席で寿屋（現サントリー）に勤務していた牧羊子と出会う。その頃の牧羊子のことを小説家は『破れた繭　耳の物語＊』の中で次のように描写している。

《奈良女高師の物理・数学出身で、大学にかよって原子物理学を専攻したこともあるが、いまはウィスキー会社の実験室で熟成の基礎研究をしている。詩を書くのが好きであちらこちらの新聞に投書して入選したけれど、尊敬するのはマラルメ、ロートレアモン、ランボォ。近き将来にチャンスさえあればこの世を去りたい、自殺したいという指向の持ち主だと、自己紹介した。》

（同162頁）

《カスリ傷ほどの欠点が我慢できなくなって昂揚し、自説にこだわるあまり言葉が言葉を呼ぶ熱狂に達し、ときどき机を手で連打したりする。唐辛子のようにヒリヒリしたところを見せるので、たちまち〝カルメン〟と仇名《あだな》がつくようになった。》

（同）

《しかし、ときどき奇妙に従順にあっさり自説をひっこめることもあって、オヤと思わせられるのだが、そんなときは眼や肩さきに一度に羞恥《しゅうち》があふれて〝女〟っぽくなるのであった。》

（同）

そのうち小説家は牧に誘われるまま一緒に道頓堀を歩いたり、〝心ブラ〟（銀ブラを真似て作られた言葉で心斎橋をブラブラすること）したりするようになるが、そんなときはいつも《臍《へそ》の下の良心なき正直者は膨脹に膨脹し、ジュースでふくれあがり、脳

よりさきに突ッ走りたがり、心身の中心はそこに移動したかのようになってしまった。》
いつか強姦してやろうなどという思いが頭をもたげ、ついにはそれを実行に移してしまう。最初の時は未遂に終わったが、それをきっかけに男女の仲になり、ついには妊娠、結婚、出産とあいなり、小説家は二一歳で一家の長になるのである。（同164頁）
《男は助平の下心で挑み、女は打算でそれを歓迎したのであったが、交歓そのものの圧倒的な魅惑のさなかには何もかも熱い汗にとけて、どうでもよくなってしまい、ただ、〝現在〟を貪《むさぼ》りたい一心で渦《うず》にころげ落ちてしまったのだった。》（同172頁）
極私的な事実の赤裸々な告白だが、それが赤裸々であるだけに、極私的な事実がある瞬間における男女間の普遍的な真実にも思えてくる。それにしても、だ。このように書かれた妻の気持ちはいかがなものだったろうかとつい想像してしまう。

大人と子供のちがいは持ってる玩具の値段のちがいだけである。

――アメリカ・無名氏――

（『オーパ、オーパ!! アラスカ篇 カリフォルニア・カナダ篇』集英社文庫 巻頭）

ニヤリと笑って、うなずくしかない名言である。この言葉にはじめて接したときは、小説家も同じだったに違いない。
『もっと広く！』（文春文庫）の中でも、小説家は〝釣師の性癖についての定言は古今東西たくさんあって、どれもこれも核心をついている〟と前置きした上で、数ある中の代表として、アメリカ人釣師のこの名言を紹介している。

女ぐらい書きにくいものはない、食べものぐらい書きにくいものはない。

（『河は眠らない』 文藝春秋）

《（略）作家として一度登録されてバー通《がよ》いをはじめると、おどおどと何夜もたたないうちに〝先輩〟の一人、二人につかまり、耳もとで、女と食いものが書けなけりゃ一人前じゃねえよ、おまえさんと、それ自体は身ぶるいのでるほど痛烈的確な啓示を浴びせられるのだから、この識域の暮しは楽じゃない。女も食いものも書いていない先輩がそういってしごいて下さるのだ。》

（『最後の晩餐』 光文社文庫 132頁）

《女と食べものが書けたら小説は成功だということになっていて、どうやらそれは三大原則の一つと思われるから、日頃からよく私は練習しておかなければいけないのである。》

（『白いページⅠ』 角川文庫 17頁）

食べものを書かせたら小説家は天下一品だった。これは間違いない。日頃からの修練の賜物だ。女の描写に関しては……読み手がどういう女性を好むか、どういう性癖を持っているかによって評価が異なると思われるので、読者の判断にゆだねたい。

外国語が読めても外国人のことはわからない。外国語が話せても、わからない。外国に住んでも、わからない。外国人を知るには文学によるしかない。それも一流の文学ではなく、二流の文学である。

（『白いページⅡ』 角川文庫 34頁）

これはイギリスの作家、サマセット・モーム（一八七四〜一九六五）の言葉だそうだ。

《サマセット・モームは警句の名人で、さまざまなことについてずいぶんたくさんの卓抜な言葉をのこしている。彼の警句の特長はイギリス的性格をえぐりながらそれが他のどの民族にもあてはまるという点にあり、これは彼の作品そのものについてもいえることである。つまり、個にして普遍、ということになる。》（同）

小説家はサマセット・モームの警句を読むのが好きで、そのうちのいくつかは忘れられないものとなっていると書いている。その一つが、これだ。

この警句には、このあとに皮肉たっぷりのオチがついていて、その部分については小説家は同意しかねると書いているが、どのようなオチがついているかはぜひご自分の目で確認していただきたい。

外国へ行ったら
まずすべきこと——
それはタクシーの運ちゃんの
話に耳を傾けること。
市場へ行くこと。
それから
土地の女と寝ること。

（『地球はグラスのふちを回る』新潮文庫 285頁）

この言葉は次のように続く。

《寝なくてもいい、恋をすること。恋をしなくてもいい、買ってでもいいから寝るということ。それから、新聞の三面記事を読むこと。それから、その国の二流の小説を読むこと。これだな。その国の人々のウェイ・オブ・ライフ、ウェイ・オブ・シンキング、ウェイ・オブ・フィーリング、それを知るためには二流文学の方がいい。》（同）

『サイゴンの十字架』（光文社文庫）に収録されている〈十字架と三面記事〉のなかでも、ほぼ同じことを書いている。

《新聞は三面記事を読み、映画は二流映画を見、小説も二流小説を読み、市場をよく観察し、いちばんたくさん貧民が出入りする飯屋で食べ、それからもう一つ、いうまでもないことをすること。これが異国を理解するのに、ほかのどんな手段よりも一歩たしかな方法だと私は思っている。》（98頁）

〝いうまでもないこと〟が何を意味するかは、いうまでもないだろう。

「書いた?」「書けん!」

（『開口閉口』新潮文庫　40頁）

「開高健」という非常に珍しい名字、名前であることから、小説家は自らの名前をネタにしたユーモラスな文章をたびたび書いている。

小説家の先祖は賤ヶ岳の戦い（一五八三年）で秀吉に敗れた柴田勢の落武者で、関ヶ原の戦いのあとに流れ流れて北陸にたどりつき、定着した。小説家の祖父は福井県の出身で、開高姓である。

《大阪に二家族か三家族くらい、東京に一家族か二家族（電話帳に載っているのは私の名前だけだが）あるらしいんだけれども、とにかく佐渡ヶ島のトキの数よりまだ少ない希少価値なので、保護してもらいたいと思っている。》（『風に訊け』集英社　57頁）

開高姓が希少価値だということ以外にも、小説家の名前には非常に珍しい特徴がある。開く、高い、健やか……というようにすべてが抽象語であって、具象名詞が一字も入っていない。同じような名前はなかなか見つからない。
ところが、江戸時代には「開」は少々説明に困る具象名詞として使われていた。

《戦争中、中学生のとき、ときどき手に入る江戸時代の春本を読んで、〝開中しとどにうるおい〟とか、開は火照って熱湯のよう〟などと、のべつに〝開〟に出会い、とんでもない用法で昔は使われていたのだと知らされた。》
（『開口閉口』新潮文庫　42頁）

江戸時代、「開」は女性器そのものを表す言葉として使われていたのである。

《『開高健』というのは、すなわち×××が高く張っていてしかもすこやかである、と大声でふれまわっているようなことではないか。まるで女郎屋のおやじの表札だと思いたい。》
（『白いページⅠ』角川文庫　47頁）

『開高健』という名前には反語も存在する。閉じて、低くて、患って……『閉低患』
中国語読みで〝ピー・ティー・ファン〟。一九七三年『新潮』一月号に発表された『渚にて』という小品のなかに登場する。この言葉を受けるかたちで、小説家は『渚にて』の最後を次のように結んでいる。

《渚におりてみると、まだ流氷群はきていなくて、暗い濁った水が白いしぶきをたて、人物の流木ハウスの土台にはひどい欠壊の歯跡が食いこんでいた。銀と青の炸けるようないちめんの閃光にみたされた朝の光耀《こうよう》と、たわむれの決意の昂揚が消えた。ここへくるのでなかった。
私は閉じた。
低くなり、ふたたび患いはじめた。》

（『ロマネ・コンティ・一九三五年』文春文庫　144頁）

「開高健」を使った言葉遊びにはもうひとつ有名なものがある。それが「書いた?」「書けん!」だ。「開高健」↓「カイタカケン」↓「カイタ・カケン」↓「カイタ?」「カケン!」↓「書いた?」「書けん!」となるわけである。お見事!

ところで。「開高健」と書いて、「かいこうたけし」と読むのか「かいこうけん」と読むのかと聞かれることがよくある。それに関する本人の答弁をこの項の最後に記しておく。

《私の名前は、政府への登録名はカイコウ・タケシであるが、漢字は音読みも訓読みもできるので、カイコウ・ケンと呼ばれても「はい」と素直に答えることに日ごろから努めてる。》（『風に訊け』集英社　210頁）

快楽はどこかに剛健がなければその本質が出現しない

（『フィッシュ・オン』新潮文庫　46頁）

アラスカで、氷雨に打たれながら一四時間つづけて竿をふっても一回もアタリがなかった最終日、小説家の頭をよぎったのがこの言葉。耐えに耐えて、粘りに粘って、それでこそはじめて理解し体感できる快楽の本質、神髄があるという意味だろう。前項で紹介した『渚にて』のなかで、ある夜ふいに小説家の自宅にやってきた見知らぬ初老の男性に、小説家はこういわせている。

《病気になって、たまたまあなたの本に出会い、はからずも没頭することとなったのだ。全文たちどころにいまこの場で暗誦できるし、してもみせたいが、いちばん気に入っているのはあなたが、〝悦楽を追

求していくときっとどこかで剛健が出てくる、悦楽にはどこかに剛健があるし、なければならない〟と書いているところだ。》

（『ロマネ・コンティ・一九三五年』文春文庫　124頁）

顔のヘンな魚ほどうまいのだよ。人間もおなじさ。醜男《ぶ》、醜女《ぶ》ほどおいしいのだよ。

（『夏の闇』新潮社　153頁）

〝顔のヘンな魚ほどうまい〟というのは食における定番、定説である。まさにそのとおりである。『地球はグラスのふちを回る』（新潮文庫）のなかでは小説家は《（略）神は、とまではいわないにしても、自然は、醜い生きものに美しい肉をあたえようとしているかに思える。》（107頁）と書き、さらに続けてライギョ、ナマズ、スッポン、アンコウ、オコゼ、フグ、北海道の海のカジカ、イカ、タコ、ナマコ、ウニ、ウツボ、エビ、カニなどの名前を挙げている。〝顔のヘンな魚ほどうまい〟というフレーズ自体はあまりに定番すぎて名言というのも気恥ずかしいが、これに〈人間もおなじさ。醜男《ぶ》、醜女《ぶ》ほどおいしいのだよ。〉とつくと、とたんにいかにも小説家らしい名言に思えてくる。醜男、醜女ほどおいしいかどうかは定かではないけれど。

賢い為政者が四苦八苦して治めなければならない国は不幸である。

（『ずばり東京』光文社文庫　294頁）

この言葉は次のように続く。《愚かしい為政者でも治められてゆく国の民こそ幸福である。》これは古いアジアの知恵の言葉だそうである。中国か、べトナムか、タイか。この言葉に照らすと、現在の日本の民は幸福なのだということになるのだろう。

風に訊け

（『風に訊け』集英社）

『風に訊け』は、一九八二年から三年以上にわたって雑誌『週刊プレイボーイ』に連載された同誌の名物企画で、読者から寄せられた難問・珍問に小説家が答える人生相談である。連載をまとめた『風に訊け』（集英社）には二八四篇の、『風に訊け2』には二八一篇の名回答が収録されており、それぞれの巻頭には小説家の肉筆で以下のように記されている。

《一気に読まないで下さい。ききすぎるクスリとおなじです。一回に二つか三つ読むのが適量です。そして間をおいて規則正しく断やさずに読みつづけることです。開高健》

『風に訊け』というタイトルが、ボブ・ディランの代表曲「風に吹かれて」(Blowin' in the Wind) に由来するものだということは容易に想像がつく。勝手な想像だが間違っていないと思う。答えは風の中にある、だから風に訊け……なのだ。

The answer, my friend, is blowin' in the wind,
The answer is blowin' in the wind.

カッラノハイセイコとやら。走れ。

（『彼、死の床に横たわりて』文藝春秋一九七九年九月号　87頁）

一九六四年一一月一五日、小説家は朝日新聞社臨時海外特派員としてベトナム戦争の取材に出発する。

このとき小説家に同行したのが朝日新聞出版写真部員の秋元啓一カメラマン（一九三〇～一九七九年）である。第一線に従軍中、ジャングルの中でベトコンに包囲されて集中砲火を浴び、二〇〇人の大隊が一七人になってしまうという壊滅状態の中で奇跡的に生き延びた戦友である。二人の従軍体験は小説家が書いた『ベトナム戦記』（朝日文庫）に詳しい。

その五年後、一九六九年六月、小説家はふたたび朝日新聞社臨時海外特派員として秋元カメラマンと組んで、アラスカを皮切りに地球をほぼ半周し、釣りのできる国では釣りをし、戦争をしている国では最前線（ナイジェリアのビアフラ戦争、中東紛争のスエズ戦線やヨルダン戦線）へ赴くという和戦両様の構えの旅に出る。そのうちの釣りに関する部分だけを集めたのが『フィッシュ・オン』（新潮文庫）だ。この旅では小説家は〝殿下〞、秋元カメラマンは〝閣下〞と称し、殿下と閣下の絶妙なやりとりが描かれている。

その秋元カメラマンが出版写真部長になって間もなく、慶應義塾大学病院に入院する。食道ガンだった。以下、〝カツラノハイセイコとやら。走れ。〞という二行に託した小説家の気持ちが理解できるよう、小説家の文章を少し長めに引用させてもらうことにする。七九年六月の某夜、秋元カメラマンの意識が混濁しはじめたという連絡が小説家の茅ヶ崎の自宅に入った当日と翌日のことを書いた文章である。

《湘南電車の最終に近いのにかけこんで東京へいくと、暗い病室に彼はよこたわり、口もきけず、目もよく見えず、耳だけが生きていた。一度だけ私の顔を認めてひきつれたように微笑したが、手をにぎってやってもにぎりかえす力がなく、しめった藁のようであった。》

《翌日の午後、見舞いにいってみると、奇妙に病室が明るく浮いて奥さんも吉江氏もニコニコしている。どうしたのだと聞くと、この瀕死の病人がカツラノハイセイコをタンで買えと指示するものだから、い

われるままに買ってやったら、これがラッキー・ストライク、三万六〇〇〇円の大当たりになったというのである。》

《その夜、家にもどり、夜更けに書斎でひとり酒を飲みにかかると、涙がつぎつぎとわいて、不覚にも止めようがなかった。ユーモアはよくわかるが頑固で、陰徳でひそひそと他人をよく助けてやるのにカンシャク持ち、大酒飲みだけれど飲むとかならず眼をすえて、ののしったり、からんだり、あばれたりする。しかし、優しい、こまかいことに気も眼もいく、ときにはわずらわしいくらいクヨクヨといつまでも他人のことを心配してやったりする男だった。

仕事にかけては天下一品の頑張り屋であった。（略）アフリカの飢餓戦線、中近東紛争のスエズ戦線、ヨルダン戦線、どこでも、ホッテスト・ホット・スポットでの彼は、終始一貫、サムライでありつづけた。

カツラノハイセイコとやら。

走れ。》

（『私の釣魚大全』文春文庫　318頁）

神与え給い、神奪い給う。

《「神与えたまい、神奪いたもうです、マ」

とっさに聖書の句を思いついて言上すると、ドン・ルーチョは私が神も仏もない不信者だと知りぬいているものだから、それが突然、聖銘を口したので虚をつかれ、にがっぽろい微笑を浮かべて消えた。》

（『もっと広く！（下）』文春文庫　97頁）

これは小説家が座右の書、枕頭の書にしていた『旧約聖書』のヨブ記の中に出てくる一節である。小説家自身は〝神も仏も信じない不信者〟である。にもかかわらず『旧約聖書』を座右の書というほどに愛読したのかといえば、ひとえに文学修行のためといえるのではないだろうか。自身の作品のなかで使える言葉、文章、エピソードを発見、発掘するためだったのではないだろうか。辞書を愛読していたのも同じ理由からだと考えられる。そのように考えると、聖書や辞書の頁を繰っている小説家の顔を想像したときに鬼気迫るものを感じて、何やら胸苦しくなってくる。

神がサイコロをふることはない

（『知的な痴的な教養講座』集英社文庫　34頁）

相対性理論で知られる天才アインシュタイン（一八七九～一九五五年）の言葉だそうである。〈神がサイコロをふることはない。〉……世の中すべては必然の結果であり、偶然などというものは存在しないということを逆説的に説いた名言である。

同じ意味のことを古代ギリシャ人は〝必然の大車輪〟と表現したそうだ。一つのことが起こると、いくつもの結果が生じる。その結果からまたたくさんの原因が生まれ、その原因がまたいくつかの結論を生み出す。原因と結果の因果応報、無限の連鎖。すなわち世の中にはいっさい偶然などない、なるようにしかならないということである。

『夜と陽炎　耳の物語**』のなかにも同じような記述がある。

《一つの原因がいくつかの結果を生む。（略）この〝原因〟と〝結果〟の大数のもつれあいのハッスル・アンド・バッスルが〝森羅万象《しんらばんしょう》〟とアジアでは字になる。ギリシァ人は（略）この因果論を〝必然の大車輪〟と呼ぶようになった。それから二〇〇〇年近くたってからアインシュタインはおなじ思考にとりつかれ、すべては必然であるということを、〝神がサイコロをふることはない〟という一語に封じこめた。》

（新潮文庫　141頁）

この言葉を小説家は次のようにアレンジして使っ

たりしている。

《が、しかし、神様はたった一回、サイコロを振ったんだ、この世を作るという、サイコロを振っちまったのさ。これがチョンボであった——と、訂正せざるを得ない。われわれは憐《あわ》れな末期の、偶然の子なんである。》

（『知的な痴的な教養講座』35頁）

ちなみに〝ハッスル・アンド・バッスル〟は「喧騒」の意味である。

神、空にしろしめし
なべて世は、事もなし

（『開口閉口』新潮文庫 113頁）

『開口閉口』は『サンデー毎日』に連載されていたエッセーである。〝神、空にしろしめし……〟の文言は、一九七五年七月一三日号に掲載された〈教えるものが教えられる〉と題された回の最後、文末に一行開けて特記されている。

釣りの手ほどきをした生徒が、次の日にはもう一丁前の顔してどこか他の場所で釣りはじめる。その姿を見つつ、〝教えるものが教えられるのが教育の理想である〟と自らに言い聞かせつつも、心中複雑な思いが交錯する。そんな内容のエッセイの最後にこの二行である。「この二行に小説家のどのような心情があらわれているか二〇〇字以内で書きなさい」……などという入試問題が出題されたら、正解を書くのは至難のワザといえるのではないか。

神、空にしろしめし、なべて世は、事もなし。……聖書の中にありそうな言葉だが、これはロバート・ブラウニングという一九世紀イギリスの詩人の詩の一節である。

The year's at the spring,　　時は春、
And day's at the morn;　　日は朝、

Morning's at seven;
The hill-side's dew-pearl'ed;
The lark's on the wing;
The snail's on the thorn;
God's in His heaven……
All's right with the world!

朝は七時、
片岡に露みちて、
揚雲雀なのりいで、
蝸牛枝に這ひ、
神、そらに知ろしめす。
すべて世は事も無し。

（訳：上田敏『岩波文庫　上田敏全訳詩集』）

『フィッシュ・オン』の中では、チロルの牧場でマスを釣り、湖でパイクを釣り、宿でマス料理を食べつつ白ワインを飲んでいる場面で、この言葉が登場する。まさに詩の内容にぴったりの場面である。

《たしかに、よかった。すべて、よかった。湖もよかったし、牧場もよかった。シカは走らず、少年はいなかったが、揚げヒバリはうたい、神は空にしろしめし、世はなべて事なかった。》（新潮文庫　161頁）

『オーパ！』では、鱗のある魚としては世界最大のピラルク（最大で体長四・五〜五メートル、体重二〇〇キロ）を捕獲すべく、木によじ登って枝に腰をおろし、銛を構えて三時間じっと水面に目をこらしているシーンで登場する。

《ふと頭上を仰ぐとズンドの壺にそっくりの形をした白いハチの巣がいくつもいくつもぶらさがり、たえまなく羽音をたててハチが出入りしている。私の顔や肩のまわりをとびまわり、しばしばむきだしの腿や膝のうえをせかせかと歩き回る。ピシャリとやったら刺される。ふるえそうなのをジッとこらえる。頭上にはハチ、足下にはピラーニャ。神空《そら》にしろしめし、なべて世は事もなし。》（集英社文庫　169頁）

こちらは、とてもじゃないが〝なべて世は事もなし〟などと悠長にいってられる場面ではないはず。強がっているのか、やけっぱちになっているのか。

神とともに行け　VAYA《バイア》 CON《コン》 DIOS《ディオス》

（『もっと広く！（下）』文春文庫　262頁）

北米大陸北端のアラスカから、南米大陸南端のフエゴ島までの一気通貫の釣りの旅。日数にして約二四〇日、距離にして五万二三四〇キロ。かかった費用約三〇〇〇万円（！）。

前代未聞の大釣行記のゴール――フエゴ島の最南端に位置する小さな町ウスアイアの海辺に建つ南米大陸最南端のホテルで小説家らは祝杯をあげる。小説家、担当編集者モリピカ、カメラマンのミズー、ドライバーのアナザー・スズキとナオ、ペルーから南の水先案内人兼通訳を務めたオーバ君の面々。このとき、アナザー・スズキが差し出した南米大陸そっくりの形の石に小説家は次のような別れの言葉を書いた。

鈴木勝由君――五二三四〇キロ――

一九七九年七月二〇日、われらは祖国を出て、アラスカを出発点として南下の一途をたどる。君の胆大心小の運送により両大陸縦走の長征は、一九八〇年三月二三日午後二時四〇分、みごとに完了した。これよりサンチァゴに向う君のため、一路平安を祈り、ここに路傍の石を拾い、VAYA《バイア》 CON《コン》 DIOS《ディオス》すなわち神とともに行けと、かく記す。

一九八〇年三月二三日　ウスアイアにて　開高健

〝VAYA CON DIOS〟――神とともに行け。これは《あらたまったときのスペイン語の別れの言葉。昔、そんな流行歌があった。》と小説家は註釈を書き添えている。調べたらナット・キング・コールやレス・ポール&マリー・フォードらのCDに同名のものがあった。

神は細部に宿り給う

（『開口閉口』新潮文庫　335頁）

〝神は細部に宿り給う〟――これはいっさいの表現活動を支配する鉄則の一つであると小説家はいう。この鉄則を文学に当てはめると……。

《中心はかならず周辺に現象されてくるのであり、末端にこそ本質はまざまざとあらわれるのであり、文章は句読点のうちかたひとつだという鉄則があるのだ。》

（『白いページⅢ』角川文庫　43頁）

もともとはドイツの美術史家アビ・ヴァールブルク（一八六六～一九二九年）の言葉だという説と、同じくドイツ出身で、二〇世紀のモダニズム建築を代表するミース・ファン・デル・ローエ（一八八六～一九六九年）の言葉だという説があって、どちらであるかはっきりしないが、小説家自身はどこかに〝ドイツの建築家の言葉〟と書いていたような記憶がある。

川のなかの一本の杭と化したが、絶域の水の冷たさに声もだせない。芸術は忍耐を要求するんだ

（『フィッシュ・オン』新潮文庫　31頁）

はじめてのアラスカ。キング・サーモン村のキング・サーモン・インに泊まり、ナクネク川でキング・サーモンを釣ったときの名文句だ。一九六九年、小説家が三九歳のときである。

〝一本の杭〟ではなく、〝一本の棒〟という表現も『フィッシュ・オン』のなかで使っている。

《広い川には小さな三角波のたつ水がかなり急速に流れ、岸にはゴロタ石がころがっているほか、荒涼として何もない。空と水のあいだには私も含めて三本の棒が刺さっているだけである。》（49頁）

一九八四年に発売されたビデオ作品『河は眠らない』のオープニング・シーンでも〝川のなかの一本の杭と化したが～〟がそっくりそのまま使われている。川のなかに突き刺さった杭がやがて小説家の姿に変わるシーンで、この言葉が画面に重なる。そしてエンディングは川のなかに立ち込んでいる小説家の姿が一本の杭に変わるといった演出がこらされている。

『フィッシュ・オン』や『河は眠らない』の影響で、以後、〝一本の杭と化した〟や、〝川に刺さった一本の棒のようである〟は釣り雑誌はもちろん、釣り師たちが書くブログなどに頻繁に登場する常套句になった。

河は動く道である。

（『オーパ！』集英社文庫　巻頭カラーグラビア）

夕暮れ時の逆光を反射して白くきらめくアマゾン河。シルエットで浮かび上がる帆をかけたカヌーと漕ぎ手。二ページ見開きのこの巻頭グラビアに《河は動く道である。》というキャプションがつけられている。

『オーパ！』の担当編集者としてアマゾンに同行した元集英社の菊池治男さんは二〇一二年に『開高健とオーパ！を歩く』という本を上梓しているが、その第一章の見出しに〈河は動く道である〉とつけている。担当編集者にとってもこのキャプションは思い出深いものなのだと推察できるというもの。

北米先住民族の研究者によると、ネイティブ・アメリカンは河を〝動く道〟と表現したそうで、小説家はその表現を拝借して南米の大河アマゾンに〝河は動く道である〟というキャプションをつけたのだと考えられる。

河は眠らない

（『河は眠らない』文藝春秋）

『河は眠らない』（ジェネオン エンタテインメント）と題されたビデオ作品が発売されたのは一九八四年のことである。同ビデオはその後二〇〇七年にDVD化され、二〇〇九年には文藝春秋で単行本化されている。単行本のあとがきはビデオの制作者である青柳陽一氏によるもので、再三の映像作品への出演依頼に対して小説家が「俺は、俳優ではないから映画には出ない」の一点張りでなかなか首をタテに振らなかったこと、やっとしぶしぶながら出演を承諾してくれた小説家自らが〝河は眠らない〟というタイトルをつけたことなどが書き記されている。

小説家と共に『河は眠らない』に出演した釣師・常見忠氏（一九三〇〜二〇一一年）に取材したおりに、一本のビデオテープをいただいた。手書きのラベルに「河は眠らない〈開高健〉0号」と書いてある。試作品である。この試作品ではBGMにシューベルトの『鱒』が使われている。ところが著作権の問題で『鱒』が使えなかったため、大急ぎで他の音楽に差し替えたのだという裏話を常見氏は聞かせてくれた。実際に販売されたビデオよりも、『鱒』を使った試作品のほうが好きだともいっていた。

その常見氏は長らく奥只見の魚を育てる会の代表を務めていた。小説家は同会の初代会長であり、亡くなった後は永久会長としてその名を残している。一九九一年、奥只見の魚を守る会と全国の釣師から集められた浄財によって、銀山湖に流れ込む北の又川に架かる石抱橋の近くに〝河は眠らない〟と彫られた大きな文学碑が建てられる。

河は呼んでいる

（『もっと遠く！（上）』文春文庫　38頁）

読む人が読めばすぐにわかることだが、南北アメリカ大陸縦断記『もっと遠く！』『もっと広く！』の各章の見出しはすべて映画のタイトルがつけられている。『もっと遠く！』の場合は以下の通りだ。

序章「大いなる幻影」　一九三七年フランス映画
一章「河は呼んでいる」　一九五八年フランス映画
二章「雨の訪問者」　一九七〇年フランス映画
三章「悲しみよこんにちわ」一九五七年アメリカ映画
四章「砂漠は生きている」　一九五三年アメリカ映画

——といった具合である。唯一、『もっと広く！』の第一章「モクテスマの復讐」だけが違うように思うが、それ以外はすべて映画のタイトルをつけている。

こういう遊び心が小説家にはある。『オーパ！』のときは各章の見出しに古今東西の名著のタイトルをそのままつけている。第一章「神の小さな土地」アースキン・P・コールドウェル著、第二章「死はわが職業」ロベール・メルル著、第三章「八月の光」ウィリアム・C・フォークナー著……といった具合である。

完璧はあっぱれだが、すぎては不満がでる。

（『新しい天体』光文社文庫　222頁）

〝相対的景気調査官〟というワケのわからない任務を帯びた役人が、調査のために三重県松阪市に店舗を構える老舗の名店『和田金』へ行って食事をしているときのこと。隣室から漫画家の岡部冬彦氏によく似たオカベさんと、作家の瀬戸内晴美（寂聴）氏によく似たセトウチさんの声が聞こえてくる……という設定で、オカベさんにこういわせている。

《ここの肉の欠点は完璧すぎるということだ。完璧はあっぱれだが、すぎては不満がでる。ここのは完璧すぎるのだ。ゾリンゲンの刃物はよく切れるけれど、ただし、わざと切れすぎないように仕上げてあるというのが永年の名声の原因なのだよ、セトウチさん。》（同222頁）

このオカベさんの言葉を受けて、小説家は〝鋭い知力である。深い洞察である。〟と書いている。自分が言いたいことを他人にいわせ、それを鋭い、深いと賞賛するというのは実に何ともうまい作戦だ。

〈完璧はあっぱれだが、すぎては不満がでる〉という言葉は、ドイツの作家ゲーテの言葉に拠るものではないかと思われる。『オーパ、オーパ!!』のカリフォルニア・カナダ篇のなかで、新聞王ウィリアム・ランドルフ・ハースト（一八六三～一九五一年）が建てたまるで神殿のような、まるでローマの遺跡のようなハースト・キャッスルを見物に訪れた際にこう書いている。

《豪富と、精力と、緻密さに感嘆するよりさきに眼が遊べなくなって盲《めし》いてしまう。遊びが空間というう空間にこれでもかこれでもかと躍起になって氾濫するために心は遊べなくなる。息苦しくなり、疲弊してしまう。完璧な物にはどこか無残さがつきまとうと指摘したのはゲェテではなかったかと思うが、城主の完全主義は人を圧殺してしまう。》（『オーパ、オーパ!! アラスカ篇 カリフォルニア・カナダ篇』集英社文庫 268頁）

このゲーテの言葉は『夏の闇』（新潮社）にも登場する。夕暮れ時のパリの公園。蛙男がいつものように芸をしている。金魚鉢に入った蛙をゆっくり呑みこみ、水と一緒に蛙を噴き出す大道芸。小説家はこの蛙男を小説の主役か、端役、狂言回しにに使えないものかと思っているのだが、どういう役に使ったらいいか妙案が浮かばないでいた。それを聞いた女が即座に「そりゃ無理かもしれないわよ」といったあとに、こう続けるのである。

《「だってあれはその道の完璧なものなのよ。完璧なものは無残だっていうじゃない。だから応用なんかできないのよ。そっとしておくことね。巨匠の至芸だもの」》（38頁）

木ニ縁《よ》ッテ魚ヲ求ム

（『オーパ！』集英社文庫　151頁、169頁）

大アマゾン釣行の狙いの一つである巨大魚ピラルクが釣れない。予期せぬ増水、思わぬトラブルなどが重なって連戦連敗の大敗北を記録する。とうとう釣りをあきらめ、現地のやり方でピラルクを捕まえようということになる。川面に迫り出した木の枝に腰をおろし、足下を通るピラルクを銛で突くという作戦である。

《手段と目的があべこべになることを昔の中国人は「木ニ縁《よ》ッテ魚ヲ求ム」といったけれど、ここではそれが現実の漁法であった。》（同169頁）

〝昔の中国人〟とは孟子のことである。『孟子』の〈梁恵王章句・上〉に出てくる言葉だ。

KEEP SMiLiNG THE BOSS LOVES IDiOTS

ある時期、小説家はTBSブリタニカの編集顧問を務めていた。通称・開高ルームと呼ばれる専用の部屋があり、毎週火曜日九時半に出社していた。その開高ルームのドアに、赤字で〝KEEP SMiLiNG〟、その下に青字で"THE BOSS LOVES IDiOTS"と書かれたシールが貼られていた。

"idiots"はバカ、間抜け、白痴という意味なので、直訳すると「いつも笑顔で。上司はバカが大好きなんだから」ということになるのだろうか……。

この英文字の成句、八〇年代後半にアメリカに旅行した人の中には「！」とくる人もいるかもしれない。当時アメリカ各地で売られていたお土産用のフィギアにこの成句が彫られていたからだ。馬のように歯をむき出しにして大笑いしているシャツにネクタイ姿の男性がトイレの給水タンクに寄りかかって立っているフィギアで、その台座に"THE BOSS LOVES IDIOTS"と彫られているのである。アメリカのネットオークションでは、いまでも一〇～二〇ドル程度の値段がついている。

アメリカを訪れた際に、どこぞの土産店でこのフィギアを見かけた小説家が思わずニヤリと笑い、買い求めたのではないかと推察するしだいである。

旧約聖書。
欧文脈、和文脈、漢文脈の完璧《かんぺき》な成果。
ただし、私は無信仰者である。
人間学として読むのである。
すべてはここに言い尽くされている。

（『風に訊け』集英社　46頁）

「もし先生が、無人島に本を一冊持っていくなら、何を持っていきますか」という問いに対する答えがこれである。同じく『風に訊け』において「旧約聖書には『道初に言葉ありき』と書かれていますが、それはどんな言葉だったのでしょうか……?」と質問された際には以下のように答えている。

《一言もない。私は多年にわたって、文学として旧約聖書をひそかに愛読しつづけている。神も仏もない罰当たりの私であるが、欧文脈、和文脈、漢文脈、三脈一体のみごとな達成はこれ以後にないという考えから愛読しつづけているけれども、初めにどの言葉があったかという点についていては、考えたこともなかった。君の一撃をくらって、ヨロヨロしている。》（78頁）

さらにもう一つ『風に訊け』から。「一筆啓上。明治、大正、昭和を通して、先生が最も尊敬される作家は誰ですか。その理由とともにお教えください」と聞かれて、こう答えている。

《もっとも尊敬する作家——旧語訳の旧約聖書の翻訳者。この人の名前は、世間には知らされていない。中国語訳の旧約聖書から日本語に移したものであろうと思われるが、和・漢・洋、三つの文脈の完璧な昇華がここにある。この匿名の作家こそ、わがもっとも尊敬する人物である。》（125頁）

『旧約聖書』に加えて『百人一首』、そして『言海』の三冊が、とりわけ旅の夜の白想を遠ざけるのにはうってつけの読み物だったと『生物としての静物』（集英社）のなかで小説家は書いている。

《『百人一首』は一枚一枚を読んでは床へ投げ、翌朝になって拾い集めればいいし、一枚一枚を短篇小説と思って読むこともできるので、まことにありがたき伴侶となってくれた。》（140頁）

《『言海』を東南アジア、中近東、アフリカなどへ持っていって読みふけったこともあった。これは谷沢永一が大阪の古書市で見つけたのを贈ってくれたのだが、明治時代に出版された和綴じの四冊本であった。この辞書は文体がいぶし銀のような、無味の味ともいうべきもので一貫して書かれ、それ以降の無数の辞書のようなベルト・コンベア方式で作られたものではないから、ウトウト、白暑と汗と酒精にまみれるまま、読んでは忘れ、忘れては読みする

のに、まことにほのぼのとしたものであった。》（140頁）

協力はすれども介入はせず

（『新しい天体』光文社文庫　195頁）

松阪牛を食べに松阪へと向かう新幹線の車中で、〝相対的景気調査官〟の主人公の耳に一組の男女――漫画家の岡部冬彦氏にそっくりのオカベさんと作家の瀬戸内晴美（寂聴）氏そっくりのセトウチさん――の話し声が聞こえてくる。という設定の上で、小説家はオカベさんに次のような小話をさせている。

朝鮮戦争のとき、三八度線を越えてなだれ込んできた北朝鮮を国連軍が迎え撃つことになった。各国が次々と出兵を決めるなか、ブラジルでは出兵すべきか否かで国論が二分し、そこで国連本部に派遣している大使の意見を聞いて判断しようということになった。その大使がニューヨークから打ってきた電報の文面が「キンタマ」だった。そのココロは……〝協力はすれども介入はせず〟。

『新しい天体』のなかではオカベさんが披露する形になっているが、『開口閉口』のなかで小説家はこれは東京大学教授なども務めた英文学者、中野好夫氏がブラジルで聞いてきた小話であり、それを中野氏自身の口から新幹線の車中で聞かされたことを明かしている。

《私は笑いながらもその痛烈さと飛躍のあっぱれさに感心し、ブラジルでは当時よほど悩むことがあったのだなと匂いを嗅《か》いだ。前項でもちょっと書いたように、この種の小話はたいてい苦悩の蒸留液なのである。》

（『開口閉口』新潮文庫　54頁）

愚者は
食べ物の話をし、
賢者は
旅の話をする。

——蒙古古諺——

で、あるならば、
私は愚かな旅人であろうか。

——この本の著者——

（『オーパ、オーパ!! モンゴル・中国篇 スリランカ篇』
集英社文庫 巻頭）

食べものの話も書けば、旅の話も書く。で、あるならば自分は〝愚かな旅人〟であろうかと洒落たわけだが、なるほどオシャレだ。——この本の著者——という表記もニクイ。

句読点というものは、
しばしば、本文とおなじくらい
むつかしいものである。

（『開口閉口』 新潮文庫 303頁）

パイプの愉しみについて語っている文章のなかにこのフレーズが登場する。雨の日に窓際で本を読みつつパイプをふかしているときの愉しみは〝何か文章を書いてうまい句読点がうてたような愉しみである〟と喩えたのを受けて、《そして句読点というものは、しばしば、本文とおなじくらいむつかしいものである。》と続く。ここではあくまでパイプの愉しみの隠喩として句読点が使われているわけだが、それがそのまま小説家の文章美学の一つであることは明らかである。

《力士の力がもっともかかってきて一瞬の勝敗を決

するのは全身の力技もさることながら、土俵ぎわの爪《つま》さきの踏ん張りであることもまたしばしばだという事実を考えて頂きたい。中心はかならず周辺に現象されてくるのであり、末端にこそ本質はまざまざとあらわれるのであり、文章は句読点のうちかたひとつだという鉄則があるのだ。》

（『白いページⅢ』角川文庫 42頁）

グラスのふちに唇つけたら、とことん一滴残らず飲み干しなさい。

（『河は眠らない』文藝春秋）

この言葉の前に《今は君はアニマルでもあるが人間でもあるんで、やりたいことをやりなさい。あとで後悔しなさんな。やりたいことをやりなさい。》とあり、この言葉のあとに《あとで戻ってきても、もう雫《しずく》は残っていない。今のうちに飲み尽くしてしまいなさい。まあ、いろいろ修業しなさいや。》と続く。通して読むと、〝チャンスは前髪でつかめ〟と〝毒を食らわば皿まで〟という二つの言葉が浮かび上がってくる。そういうニュアンスを含んだ言葉だと理解することができる。

《グラスのふちは一度でも舐めたらとことん底まで飲んでしまわなければならないのである。〝愚行〟とわかりきっていることでもついつい心身を浸さずにはいられないことがあるのだ。そもそも生そのものが愚行の無限の連環ではないのか？……》

（『オーパ、オーパ!! アラスカ篇 カリフォルニア・カナダ篇』集英社文庫 235頁）

芸術とは自然にそむきつつ自然に還る困難を実践することである。

（『開口閉口』新潮文庫　104頁）

こういう哲学を持っている釣師は、エサ釣りではなく擬餌鈎（ルアーやフライ）を専攻しなければいけないというのが小説家の持論。

芸術には悪魔の助けが要る

（『風に訊け2』集英社　213頁）

フランスの小説家、アンドレ・ジイド（一八六九～一九五一年）の言葉。原稿用紙に向かって呻吟苦吟しつつも筆が進まないときに、フッと気が抜けた瞬間に思いもかけずいい文章が書けることがある。その瞬間、その無意識もまた〝悪魔の助け〟である、と小説家。

《わが文壇の業界用語によると、主人公が一人歩きをはじめたらその作品は成功だという定言がある。そのような作品は二十年に一作あるかないかというようなもので、どれだけ至難なことであるかということをさとらされるばかりである。にもかかわらず私はそれをめざさなければならない。ジイドはこの無意識の分娩のことを〝悪魔との握手〟と呼んだか、〝悪魔の協力を待たねばならない〟と呼んだか。どうでもこうでもどこかで一行飛翔しなければ一篇は仏作って魂入れずということになってしまうのだが、これはどうお考えなのであろうか。》

（『白昼の白想』文藝春秋　108頁）

これは、とあるパーティーで小説家が三島由紀夫氏に対して発した言葉である。三島氏は峻烈な声でこう答えたそうだ。
「私は認めないな。開高君。それは小説家にとって許しがたい怠慢、堕落だ。そんなことは認められない。私は最後の一行がきまってからでないと書きだせないし、そのままで進めるんだ。主人公の一人歩きなんか許しません」

芸術ハ永ク、生ハ短シ

（『白いページI』角川文庫　142頁）

上野の西洋美術館で開かれた『ゴヤ展』で〝裸のマハ〟などを鑑賞して美術館を出たあとに小説家の頭をよぎった言葉。
〈お酒を呑みます〉というタイトルのエッセイの中では次の名文句を残している。
《かくて、われらは今夜も地球のために飲む。たしかに芸術は永く、人生は短い。真理です。けれどこの一杯を飲んでる時間ぐらいはあります。黄昏に乾杯を！》

（『開口一番』新潮文庫　107頁）

およそ人間は生まれてから死ぬまで一日として自分に満足する瞬間がないイキモノで、それゆえ〝ないものねだり〟という強い欲望を持っている。この欲望こそが世の中を動かす大きな原動力であり、この欲望をお手軽にかなえてくれるのが酒であり、ゆえに〝われらは今夜も地球のために飲む〟という小説家らしい論法で書かれた名文句である。

芸術は忍耐を要求するんだ

（『フィッシュ・オン』新潮文庫　31頁）

氷河がとけた冷たい水が流れ込むアラスカの河に立ち込み、その冷たさに立ちすくみ、それでもひたすらキング・サーモンを狙い続けている小説家が、自分自身に言い聞かせた一言。釣りもまた芸術であるというのが小説家の持論なのである。

賢者は海を愛す
聖者は山を愛す

（『太陽』一九九六年五月号　14頁）

下敷きになっているのは以下の孔子の言葉だと考えられる。

知者楽水　仁者楽山
　知者は水を楽しみ、仁者は山を楽しむ。
知者動　仁者静
　知者は動き、仁者は静かなり。
知者楽　仁者寿
　知者は楽しみ、仁者は長生きする。

同じように海と山とを対比した言葉としては次のようなものもある。あいにくと出典が定かではないのだが……。

釣師のなかには山師と海師がいる。
山師のなかには孤独な芸術家が、
海師のなかには孤独な権力者が棲んでいる。

ちなみに釣師としての小説家は山師である。

現代は考えることの
**　できる人にとっては喜劇。**
感ずることの
**　できる人にとっては悲劇。**

（『河は眠らない』文藝春秋）

現代に限らず、いつの時代もそうかもしれないとことわった上で、小説家はさらに言葉を続ける。
《考えることのできる人と感ずることのできる人の数を比べてみると、いつの時代も感ずることのできる人がごく少ない。だから喜劇の時代だってことになるな。》

講演が上手になると小説が下手になる

（『開口閉口』新潮文庫　190頁）

ビデオ作品やテレビ番組で見る限り、小説家は筆も立つが口も立つという印象が強いが、筆のほうはともかく、しゃべりのほうはあまり得意ではなかったようだ。とくに講演は得意ではなかったようだ。

《何回やっても、演題をいくら変えても、どこへいってやっても、高い所へあがって多勢の人をまえにすると、頭と眼に濃霧がかかったみたいになり、何をどうしゃべったものやら、まったく手がかりがなくなってしまう。講演旅行に出発する東京駅や羽田空港からすでに腹が崩れて下痢がはじまり、会場の講師控室というのに入ると二度も三度もトイレへかよい、とことん腸をからっぽにしてしまわないことには不安でならないのである。》

（190頁）

大兄、巨匠と呼ばれる小説家のイメージとは異なる実像をこの文章から垣間見ることができる。そんな小説家が、講演の冒頭に決まって話すのが〝講演が上手になると小説が下手になる〟という業界用語を用いた小話である。

《小説家や編集者のあいだでは、講演がうまくなると小説が下手になるとさえいわれているのですから、今日は私は日本文学のために下手な講演をしなけれ

ばならないということになります。》

（『白いページⅢ』角川文庫　73頁）

氷がうごきだした。独楽《こま》がまわりはじめた。

（『オーパ！』集英社文庫　56頁）

物事が動き出すときに使う小説家独特の隠喩である。〝独楽〟単体で用いられることが多く、その場合には別の喩えとして使われることもある。

《こうして独楽《こま》は回転しはじめた。

今後、創作の余暇を選んで、四年か五年かかって、アマゾン、チチカカ湖、アフリカなど、など、一ラウンドずつ試合をして歩き、ＰＬＡＹＢＯＹ誌に、何回かずつ連載する。》

（『オーパ、オーパ!!　アラスカ篇　カリフォルニア・カナダ篇』集英社文庫　27頁）

《とらえようのない不安と焦燥がいつもある。青い火にちろちろとあぶりたてられるようで、どこにいてもじっとしていられない。独楽《こま》のように回転し続けなければたちまち倒れてしまう。》

（『珠玉』文藝春秋　57頁）

《「それであなたは腐るのがイヤなばかりに独楽みたいに回転しつづけてるってわけね。回っているあいだはたってていられる。止まったら倒れる。」》

（『夏の闇』新潮社　210頁）

心に通ずる道は胃を通る

（『花終る闇』新潮文庫　63頁）

『花終る闇』の主人公——新しい作品が書けずに悶々とした日々を送っている小説家は、夜ごと町へ出かけるたびに野良猫にエサをやる。はじめのうち、白と茶の斑の片耳のちぎれた年取ったオスの野良猫は、小説家の姿が見える間は小説家がゴミ捨て場のポリバケツの上に置いたエサを食べようとはしなかった。しかし、エサやりを繰り返しているうちに、気品ともいうべき野性のふてぶてしさを見せていた老猫が、ついには小説家の腕に頭をすりつけて媚び鳴きするようになった。そう書いたあとに〝《心に通ずる道は胃を通る》と喝破したのはイギリス人だと思うが〟という文章が続く。

『最後の晩餐』（光文社文庫）のなかでは《心に通ずる道は胃袋を経由する》と書いている（128頁）が、〝胃を通る〟のほうが表現としてこなれている。『夏の闇』のなかではピザを作った女と、そのピザを食べた男の間で、次のようなやりとりをさせている。

《「うまい。これはうまい。イタリアへいったみたいだ。きつくて、体があって、血が熱いや。栄養と淫猥が手を取りあって踊ってるわ。そういう味だ。また眠くなりそうだな」

「いいわ。寝てよ。心に通ずる道は胃を通ってるっていうけれど、あなたの胃を通っていったら心はたどりつくまでに眠っちゃってるってわけよ」

「うまく眠れる料理ってざらにはないよ」

「ありがとう」》

（90頁）

心はアマ、腕はプロ。

（『オーパ！』集英社文庫　巻頭カラーグラビア）

小説家の釣りのエッセイなどによく登場する言葉である。〝心はアマチュア、腕はプロ〟と書くことも多い。

もっとも小説家が〝腕はプロ〟という自負心を持つようになるのは『オーパ！』での修練の賜物であって、それ以前はまだその域に達していなかった。『オーパ！』の取材でアマゾンへと旅立つ二年前、一九七五年五月に書かれた以下の文章がそれを物語っている。

《そこで自分のことをふりかえってみると、《心はアマチュア、腕はプロ》というのがひそかに私のたてた釣りについてのモットーなのだが、《心はアマチュア》というのはそのとおりだとしても、《腕はプロ》が、じつは、はなはだ心細い。諸国漫遊で修業して歩き、地球をほぼ半周して荒野の風と雨にたたかれたけれど、とても〝銭がとれる〟ところまでには達していないのである。》（『開口閉口』新潮文庫　99頁）

『オーパ!』以降も、小説家は『オーパ、オーパ!!』の釣行などをとおして腕に磨きをかけていく。その様子はテレビでも放送され、釣師・開高健の名声は高まる一方で、茶の間の視聴者のなかには「この人はプロの釣師かいな」と勘違いする人も少なからずいたのではないかと推察する。そうなってくると〝腕はプロ〟よりも、むしろ〝心はアマ〟のほうが大事になってくる。以下の文章は、五〇代になった釣師・開高健の心の叫びとも受け取れる。

《心はアマチュア、腕はプロ——これが私のスローガンだが、職業ということになると、すべて重くて、苦くて、本来の釣りの喜びというものは失われてしまうはずである。だから私は、自分をプロの釣師だと思ったことはない。思いたくもない。いつまでもアマチュアでいるんだ。いたいんだ。》

（『風に訊け2』集英社　133頁）

この家ではいい雲古の出るものを食べさせてくれます。保証します。

（旅館『こばせ』に飾られている色紙より）

越前海岸に面した旅館『こばせ』の名物は〝開高丼〟。福井県産コシヒカリと越前産セイコガニ（越前ガニのメス）を八杯つかった豪快な丼である。〝外子のプチプチした食感、内子のほっこりした食感が、カニ味噌の濃厚なうまみととけ合って、口いっぱいに越前の冬の味覚が広がる〟と同旅館のホームページに書かれている。〝開高丼〟の名付け親は小説家自身。『こばせ』で出された丼物を食べた小説家が「うまい！　開高丼と名付けなさい！」といったそうだ。〝いい雲古《うんこ》が出る〟というのは、開高丼を食べると便通がよくなるということではなく、小説家独特のおいしさの表現法であり、その背景にあるのは食物の体内輪廻（!?）とでもいうべき発想ではないかと勝手に想像してみる。

北海道の、とあるラーメン屋で店のおばちゃんに色紙にサインを求められたとき、小説家は「何を書いても、必ずここに貼っておきますか？」と確認した上で、《ここの店では、いいうんこの出る、うまいものを食べさせてくれる。》と書いたそうだ。小説家の死後に出版された『ザ・開高健　巨匠への鎮魂歌』（読売新聞社）にそんなエピソードが載っている。店のおばちゃんの困惑顔が目に浮かぶようであり、小説家のいたずらっ子のような笑顔もこれまた目に浮かぶようである。

このままだと立ったまま腐ってしまう。

（『花終る闇』新潮文庫　107頁）

小説家自身が色濃く投影されている『花終る闇』の主人公は、新聞社の臨時海外特派員として戦渦のベトナムへ出かけていった理由の一つとして、〝このままだと立ったまま腐ってしまう〟という自身の問題をあげている。

《だから私は日本人としてははじめてアジアの戦争を交戦国の人間としてではない立場から報道するのだという名目に心を托《たく》すことができた。それは事実である。作家は生涯《しょうがい》に少なくとも一度は現場に立ちあわさねばならないと考えたのも事実であった。生活を変えたくなったのも事実であった。このままだと立ったまま腐ってしまう。自身の内面をカタツムリ

のようにのろのろ這いまわっているのに飽いたというのも事実である。すべて動機としてあげられる事実であった。》

（107頁）

〝このままだと立ったまま腐ってしまう〟——これに似た表現を小説家は他の文学作品のなかでも、釣り紀行やエッセイのなかでもたびたび使っている。小説家の精神世界を知る上でのキーワードの一つであることは間違いない。

《木のように立ったままで私は頭から腐っていく。部屋の壁が倒れかかってくるように感じられる瞬間がある。》

（『オーパ、オーパ!! モンゴル・中国篇 スリランカ篇』集英社文庫 175頁）

《それを聞きながら小屋の二階で焼酎をすすり、じわじわと酔いがひろがってくるのを待っていると、部屋のすみに酸鼻といいたいようなものがうずくまり、おれはこのまま頭から朽ちてしまうのではあるまいかと、恐怖をおぼえることがあった。》

（『白いページI』角川文庫 11頁）

これからあとの人生はオマケだ

（『白いページI』角川文庫 166頁）

二〇〇六年に小学館から出版した『長靴を履いた開高健』のなかに〈ふたつの命日、ふたりの命日〉という章を設け、冒頭に次のような文章を書いた。

《開高健には二つの命日がある。遺された者の胸に刻まれている命日（1989年12月9日——食道ガンに肺炎を併発して死去。享年58歳）と、逝ってしまった小説家が自らの胸に刻み込んだ命日（1965年2月14日）とである。》

一九六五年二月一四日午前五時。この日、朝日新聞社の臨時海外特派員として前年の一一月からベトナムで取材活動を行っていた小説家と秋元啓一カメラマン（朝日新聞社出版写真部員）の二人は三個大隊約五〇〇名からなる南ベトナム政府軍と共にサイゴン（現ホーチミン）の北西五二キロに位置するベン・キャット砦を出発する。午前六時、広大なゴム林を抜けたところで一大隊ずつにわかれ、三方からジャングルを目指す。小説家と秋元カメラマンは主力の第一大隊（兵員二〇〇名）に加わった。一二時半、解放戦線の補給庫を発見。その五分後、ジャングルのどこからともなく烈しい銃撃音が響いた……。

数時間後、ふと気がつくと兵員二〇〇人の第一大隊はわずか一七人になっていた。小説家が確認できたのは自分と秋元カメラマンを含めてたったそれだけだった。二人とも死を覚悟した。午後六時。奇跡的にジャングルから無事生還。この日から、二月一四日が二人の命日になった。その直後――サイゴンのホテルに戻ってからか、帰途に立ち寄った香港でであったか、それとも東京に着いてからだったか、小説家の口をついた言葉が〝これからあとの人生はオマケだ〟だった。

《毎年、二月十四日には人にも会わず、電話にもでず、秋元啓一と二人で部屋にこもり、さしむかいで酒を飲むことになっている。部屋は私の家のときもあるが、ホテルや旅館のときもある。今年はお茶の水の旅館にこもっているので、そこの部屋で飲んだ。二日酔い、三日酔いになるくらい、徹底的にこの日には酒浸しになる習慣なので、翌日、翌々日がつらくてつらくてたまらないのだけれど、年に一度だというので、朝から肚《はら》に覚悟をたたきこんでおいて夜を待つのである。》

（『白いページI』角川文庫　157頁）

酔っ払ってくると、どちらからともなく口にするのが、あのときの言葉だった。

《（略）あれ以降の人生はオマケみたいなものだか

らこれからはやりたいことをやったるゾと思って帰ってきたはずだが、といいだすのである。酒にまみれてはいるけれど、たしかにそれが痛感だったし、実感であったし、啓示のようにこころをすみずみまでみたしてくれたことがあったと思いだされるのである。しかし、宴果てて部屋をよろめきよろめきでていくその後姿の、何という、孤影悄然《しょうぜん》。まるで影を売った男たちといいたくなる、その痛ましさ。また一年、待つのさ。》

（『開口閉口』新潮文庫　62頁）

魚釣りとは
竿のさきに糸がついていて
そのはしに魚がおり、
もう一方の
竿の端にバカがいる状態である

（『フィッシュ・オン』新潮文庫　52頁）

――という意味の諺がある、と小説家は書いているが、どこの国の諺で、正確にはどう表現されているのかについては言及していないため詳細は不明である。アイザック・ウォルトンの〈おだやかなることを学べ〉と並べてこの諺を紹介し、釣りをしているときの自分の胸の内を吐露している。

《川に刺さった棒と化しきった私の姿を遠くから見たら世にも稀《ま》れな静謐《せいひつ》の結晶とも、バカのかぎりとも映るであろう。しかし、本人の皮膚を剥《は》いでみると、なかなかそれどころではないのである。焦燥と倦怠《けんたい》がかわるがわる明滅して、煮えたみたいになっているのである。主としてそれは釣れないことからくるのだが、ほかに釣りとは関係のない妄念《もうねん》、妄想の類いがわらわらとこみあげ、からまりあって出没し、メデューサの蛇のようになっている。》（52頁）

学生時代から小説家と親交があった谷沢永一氏（一九二九～二〇一一年　文芸評論家としても知ら

れた元関西大学名誉教授）はこの文章を読んで次のような感想を書いている。

《昔から釣師は短気であると言い伝えられてきた。開高健がせっかちな性格であることは、彼と交渉した誰もが感じとっていたであろう。まことにさもあらんと諒解した気分を誘う一節である。》

（『開高健の名言』ＫＫロングセラーズ　163頁）

魚と釣師は濡れたがる。

（『フィッシュ・オン』新潮文庫　162頁）

ドイツ。オーストリア国境に近い高原の町フュッセンにある釣宿『ホテル・ペンション・ヴァルトマン』。小説家は二度この釣宿を訪れている。最初は一九六八年。『夏の闇』の主人公である〝女〟と共に。二度目は翌一九六九年。『フィッシュ・オン』の旅の途中で朝日新聞社の秋元啓一カメラマンと共に訪れている。もし、この釣り宿がいまも存在したら、ひょっとしたら小説家のサインがどこかに飾ってあるかもしれない……。

はじめてこの釣宿に泊まったとき、釣宿のオヤジがビールを、小説家がシンケンヘーガー（ドイツ焼酎）を飲みながら談笑している際、小説家が「魚の話をすると飲みたくなる」といったのに対してヴァルトマンおやじが吐いた名句が「魚と釣師は濡れたがる」だった。開高ファンの釣り好きの間ではつとに有名な名文句だが、改めて読み直してみると、この文脈のなかでの〝濡れたがる〟はいったいどういう意味なのかと首をひねりたくなる。『夏の闇』のなかで、小説家は〝女も魚も濡れものなんだから〟と女にいわせているのだが……。

ちなみに、小説家はシンケンヘーガーをドイツ焼酎と説明しているが、これはジンである。もちろん、それを承知の上でドイツ焼酎と表現しているのだと思うが。

魚も水に溺れることがある。

（『破れた繭　耳の物語*』新潮文庫　154頁）

昭和五年に大阪に生まれてから大学を卒業するまでの青春を〝音〟の記憶によって再現した『破れた繭　耳の物語*』のなかに、アラスカで巨大な野性のレインボー・トラウトを釣ったときに、ガイド役の若い魚類学者にキャッチ・アンド・リリースの仕方を習った話が出てくる。

苦闘の末に岸へ寄せられた魚はくたくたに疲れているので、それをいきなり川に放り投げたりすると魚が窒息する。両手を川につっこんで魚を支えてやり、魚の体力が回復するまで、たとえ指が凍えそうになっても待ち続けなければいけない。

ガイド役の若者がキャッチ・アンド・リリースの仕方を実演しつつ、ポツリと呟いた一言が「魚も水に溺れることがある」……だった。それを聞いて小説家が「人はウィスキーに溺れることがある」と混ぜ返すと、若者はしばらくして独り言のように「人は魂に溺れることがある」（Man can drown in soul）とつぶやいた。

なぜ、このエピソードが『破れた繭　耳の物語*』のなかに登場するのかといえば……。

《このさりげない、慣用語句のような一言とその青年の声は、いつまでも耳にのこって消えない。この一言のために一章を設け、その章の最後に銘刻として残したいとまで思う耳の知恵であるが、たまたまここに書いておくのである。》

（同155頁）

このエピソードは、もとは『フィッシュ・オン』に書かれたものである。些末な部分でやや異なるところがあるが、基本的にはまったく一緒である。小説家が『フィッシュ・オン』の旅に出発したのは一九六九年六月。『破れた繭　耳の物語*』が雑誌『新潮』に発表されたのは一九八三年一月から八四年三月まで。一四年近く前の一言が小説家の耳にずっと残っていたということだ。

魚を釣りたかったらコスタリカへいけ。男になりたかったらターポンを釣るんだ、諸君。

（『オーパ、オーパ!! アラスカ至上篇 コスタリカ篇』集英社文庫 379頁）

小説家・開高健の文章は見慣れない漢字や熟語が多く、比喩・隠喩にあふれ、独特な言葉遣いが多く、ときに難解である。その一方で、寿屋宣伝部（現サントリー）時代に磨いたコピーライターとしての切れ味鋭い言語感覚を生かした単純明快・簡単明瞭な一言半句もまたいかにも小説家らしい。これなど、まさにコスタリカへ行かないと男になれないような気にさせられるというもの。

サケは親を知らないで生まれ、子供を見ずに死ぬ魚である。

（『珠玉』文藝春秋 77頁）

イギリスの釣師のあいだで〝フィッシュ〟と呼べばそれはマスのことであり、アラスカの釣師が〝フィッシュ〟と呼べばそれはキング・サーモンのことである。——小説家は何かにこう書いていた。『最後の晩餐』（光文社文庫）のなかでは次のように書いている。

《たとえばキング・サーモンはアラスカでは、キングのほかに、タイイー、チヌーク、キナット、ブラッ

ク・マウス、クロスなどと呼ばれ、しばしば、ただフィッシュとだけ呼ばれることもある。川の王様だからである。》
（104頁）

小説家にとっても〝フィッシュ〟といえば、それはキング・サーモンのことだった。アマゾンのピラルク、モンゴルのイトウ、カナダのマスキーなど、世界各地で小説家はさまざまな大物を釣り上げているが、それでもやはり小説家にとって〝フィッシュ〟といえば、それはやはりキング・サーモンだったといっていいだろう。世界のどの大河どの名川よりも数多くアラスカの河を訪れていることがその何よりの証拠である。それゆえ、キングにまつわる名文も多い。

《この彼が鈎にかかったとなると、跳躍する、疾走する、河床にいすわってしまうと、あらゆる手段と剛力でたたかうが、一匹ずつみな闘争法が異なるので、予想がたたない。人は臨機応変、瞬間的に反応しつつ持久力をつくしてリールを操作しなければいけない。巨大。剛力。剽悍《ひょうかん》。孤高。聡明。それがキング・サーモンである。そういう魚である。川の王である。》
（『フィッシュ・オン』新潮文庫　28頁）

《サケは放浪の生涯中に霧散していた自我をいま一点に濃縮し、集中し、星座の運行とともに婚姻の踊りと死の踊りを同時に踊っているのである。》
（『オーパ、オーパ!! アラスカ至上篇 コスタリカ篇』集英社文庫　231頁）

《サケより大きくて重くて強い魚はたくさんいる。北にはオヒョウがいる。南にはマリーンがいる。しかし、生涯の悲愴と孤高というロマネスクではサケの右に出るものがない。彼は徹底的に孤独である。親を知らずに生まれ、何百キロ、何千キロと旅をし、誤たずふるさとにもどり、子を見ずに死ぬ。ことにキングである。》
（『眼ある花々』中央公論社　53頁）

酒は噛んで味わわなければいけないのである。

（『フィッシュ・オン』新潮文庫　160頁）

酒を噛んで味わう。小説家にとってこれは酒を飲む際の絶対的ルールである。さまざまな作品の中で小説家は繰り返しそうしなければいけないと説いている。〝酒を噛む〟とはどういうことか。『フィッシュ・オン』のなかでは次のように説明している。

《（略）白ぶどう酒の最後の瓶をグラスにかたむけ、よく冷えた淡泊を歯ぐきから舌へまわすようにして味わいつつ流すのである。この味わいかたのことを、〝酒を噛《か》む〟という。酒は噛んで味わわなければいけないのである。ふつう酒は鼻や、舌や、のどで味わうが、意外に人に知られていないのは歯ぐきのところで、ここに酒を沁ませると、他の部分のときにはあらわれない性格が顔をだすのである。どんな酒でも噛むときには滴をきっと歯ぐきへまわすようにするといい。それがほどけてじんわりと沁みてくるのを待つようにするのである。》

（同160頁）

『夏の闇』ではパリの裏通りの小料理屋に入った男と女の会話の中で、パン、ぶどう酒、カタツムリ、内臓（本日の特選品）を注文したあとに、男にこうしゃべらせている。

《教えてあげよう。これは知っといたほうがいいよ。どの酒でもそうだけど、口に入れたら、歯ぐきへまわしてしみこませるんだ。そこでしばしためらって本質が登場するのを待ち、かつ、眺める。歯ぐきはたいせつなんだよ。鑑定家が酒を飲むところを見てると頬っぺたがコブみたいにプクッとふくれるが、あれはこのためだ。これを、ぶどう酒を〝噛む〟という。》

（新潮社　43頁）

『珠玉』の中にも〝酒を噛むようにすする〟という表現がたびたび登場するが、小説家がこういう酒の飲み方を覚えたのは酒場ではなく、意外にも戦場でだった。朝日新聞社の臨時海外特派員としてベトナムへ行ったときである。『輝ける闇』(新潮文庫)の冒頭、米軍のウェイン大尉が小説家にジャック・ダニエルをすすめるシーン。

《「……スコッチは金属の匂い《メタリック・スメル》がするが、バーボンはワイン・スメルですよ。われわれはそういっているんです。とりわけこれは特別です。噛《か》むんですよ。すすって、それから、噛む。それから呑みこむんです」
　私はグラスを持ちあげて噛む。滴は軽く、素朴だが、よく熟し、トウモロコシ・ウィスキーに特有の乾草《ほしぐさ》の匂いがした。》(6頁)

余談ではあるが、このときまで小説家は〝頭からバーボンぎらい〟だった。飲んだこともなかったし、飲もうとしたこともなかった。が、バーボンを噛んですすって以来、バーボンとも親しい仲になる。『白いページⅠ』(角川文庫　159頁)にそう書いてある。

作家は一言半句を求めてさまよい歩く野良犬

(『白いページⅠ』角川文庫　213頁)

「一言半句」を辞書で引くと〈わずかの言葉、ちょっとした言葉、片言隻句〉と出ている。〝片言隻句〟とは同じくちょっとした短い言葉のことである。自分が表現したいことを、表現したいままに表現してくれる一言半句を探し当てること、考え出すこと、創り出すこと、それがすなわち小説家にとっての創作活動だといっても過言ではない。納得のいく一言半句が探し当てられないから、創り出せないから原稿用紙を前に呻吟し、原稿用紙から離れても悶々とした時を過ごすことになるのである。
そのようなとき、小説家は旅に出るか、映画館に入り浸るか、酒場から酒場へ渡り歩くか、はたまた膝がふるえ出すまで夜更けの町を歩いたりした。

《映画館での困憊か、酒場めぐりの乱酔か、それとも膝を折ってしまいたくなる散歩か、いずれかの方法でまさぐりようのない余剰物を消耗しつくして部屋へ私はもどってくるのだが、漉《こ》されのこった一片のイメージなり、一言半句なりがあると、何日かたってから注意して紙へそれを植えつけて、培養にかかる。もしそれが、植えつけられて根を生やし、つぎの語なり、つぎの一行なりがあらわれてくる気配をにじんでくれるようなら、私は映画館も酒場もよして部屋にこもったきりになり、（略）》

（『花終る闇』新潮文庫　46頁）

作家は生涯《しょうがい》に少なくとも一度は現場に立ちあわさねばならないと考えたのも事実であった。

（『花終る闇』新潮文庫　106頁）

朝日新聞社の臨時海外特派員としてベトナムへ行った理由の一つとして小説家があげたのが〝現場主義〟だ。戦争であれ、釣りであれ、グルメであれ、一度は現場に出かけていって体験し、体感し、体得して、それから書け。……それが小説家が考える作家のあるべき姿である。自身の考える〝あるべき姿〟にしたがって、三〇代の頃の小説家はアイヒマン裁判を傍聴するためにイスラエルへ出かけ、ベトナム戦争の現場に従軍し、ビアフラの戦争や中近東の紛争などの現場にも赴き、そのつどすぐれたルポルタージュをものにした。ところが四〇代になると、四三歳のときにベトナムを訪問して第一次和平調印直後から第二次和平調印まで一五〇日滞在したのを唯一の例外として、戦争や紛争の現場からは退いてしまう。ぷっつりやめてしまう。『話の特集』の元編集長でフリージャーナリストの矢崎泰久氏との対談でその点を指摘されたとき、小説家は次のように答えている。

《やめてるけれども、アマゾンのジャングルへ行ったり、ああいう形での現場主義は続いているわけでしょう。方角が変っただけで。血の代りに水が流れる所へ行くようになっただけの話のような気もするね。》

（『文藝別冊　KAWADE夢ムック　生誕80年記念総特集　開高健』河出書房新社　153頁）

ビデオ作品『河は眠らない』のなかでは、この点についてもう少し詳しく語っている。

《私個人のことからいくと、三十代はずっとベトナム戦争、それからビアフラの戦争、中近東の紛争、いろんなものを追っかけてまわっていたんだけれども、くたびれてしまった。戦場を行くんだけれども、書く文句はアフリカ、中近東、東南アジアと様相は違うんだけれども、戦争の現場のことを書くとボキャブラリーが決まってしまう。同じボキャブラリーの言葉の繰り返しにすぎない。

で、もうすっかりいやになっちゃって、勝手にしやがれって気になったんですね。それで釣師になったわけです。しかし、釣りの現場に立つという、現場主義という根本的なところでは変わっていないと思う。戦争が河に変わっただけのことじゃないかな。戦争が水に変わっただけのことじゃないかっていう気もしますね。》

惨禍を見れば見るだけ私のペンは冴《さ》える。私は屍肉を貪《むさぼ》るハイエナなのだ。

（『輝ける闇』新潮文庫　108頁）

南ベトナム政府軍に従軍している主人公……すなわち小説家自身の心の声である。戦闘直後の草原や水田の畦道、陸軍病院などでいくつとなく〃変形した人体〃を目撃したが、眼と心にシャッターが下りてしまうようなことはなかった。

《すぐに私はよみがえって何がしかの言葉を滲出《しんしゅつ》し、原稿を書き、東京へ送った。そしてサイゴンの銀行に振込まれた金をうけとり、ショロンで広東料理を食べ、むくむく肥《ふと》った。》

（108頁）

このあとに〃惨禍を見れば見るだけ私のペンは冴える。私は屍肉を貪るハイエナなのだ〃と続くのである。自らを肯定しつつ、自らを否定している。無傷を装いながらも、傷ついている。屍肉を貪るハイエナという表現に、傷の深さがうかがえる。

《六〇年代に入ってからはあちらこちら、のべつ戦争を尻《しり》に火がついたみたいになって追いかけ回していた。（略）それで自分は、血の臭《にお》いのするところには必ず姿を現わすんだ、オレはハイエナだ、ハイエナは猛獣なんだゾ、と自分に言い聞かせて、ハイエナ振りに徹しようと努力してたこともあった。》

（『地球はグラスのふちを回る』新潮文庫　281頁）

三十五歳の男が働きざかり、やりざかり、精力の頂点

（『叫びと囁き』文藝春秋　693頁）

ベトナムではこういうのだそうである。したがって、ベトナムでは〃三五〃は同時に〃スケベ〃という意味にもなるそうだ。

《日本人も三十五歳の前後において男は、アノ道、この道を問わず、精力の頂点に達するかと思われる。それも、どんな乱費も惜しまない、あらゆる刺激の

方角に盲進してやまない、自分でも手のつけようのない、まさぐりようもない、というような質の精力である。いささかオーバーだけれど、そのこころの渇きは懈怠や茫漠も含めてテロリストのそれだといえようか。》

（同693頁）

ベトナムで言い習わされているこの言葉が小説家の頭に刷り込まれてしまったのだろう、小説家が遺した言葉のなかから三五歳を男の一区切りとする表現をいくつか拾うことができる。

《自然の森やら河やらの中に入っていって、いろんなものが見えてくるのは、三十五歳以後ぐらいじゃないのかしら。一応いろんなことやっちゃって、人生に限界がもうそろそろ見えてくる。あとは死ぬのを待つばかり、同じことの繰り返しだというふうな印象におそわれてくる。そういうときになって森に入っていくと、今まで見えなかったものがどんどん見えてくる。そういう気がするな。》

（『河は眠らない』文藝春秋）

W・ベイツの『アマゾンの博物学者』、G・ホワイトの『セルボーンの博物誌』、C・ダーウィンの『ビーグル号航海記』、E・グレイの『フライ・フィッシング』、H・ウィリアムスンの『鮭サラの一生』などの書名をあげたあとで——。

《こういう挿話《そうわ》が滴となって体内にしたたり落ちるようになるには、やっぱり三十五歳をすぎてからでないと、無理なのであろう。こころの渇きがテロリストのそれでなくなってしまわないことには、滴の音が耳に入らない。オッサンにならないと聞えない音というものもおびただしくあるのだよ。ボクチャン。》

（『開口閉口』新潮文庫　416頁）

ちなみにこのエッセイには〈自然は三十五歳をすぎてから〉というタイトルがつけられている。

三十年も本を読んだり書いたりにふけってみると、本は読むまえに見るものでもあるとわかってくる。

（『珠玉』文藝春秋　132頁）

《本文の字組をチラと一瞥するだけで何となくわかるものがある。それはおぼろだけれど鋭くもあって、言葉にはならない勘みたいなものだが、これまでためしに最後まで本を読んでみた結果、ほとんどまちがっていなかった。》

（同）

小説家の作品には凝った特装本が多い。サケの皮をなめして作った限定三〇部の『フィッシュ・オン』特装本、小説家が一冊一冊に署名、捺印した限定二〇〇部の『流亡記』の特装本、二五〇〇部作ったうち二四四〇部には奥付の検印紙に〝ken〟、残り六〇部には小説家が自分用として〝私〟と書いた『夏の闇』の特装本など。そこまで特殊ではないが、文庫本のカバーの裏にまで写真を刷り込んだ『もっと遠く！（上・下）』『もっと広く！（上・下）』（文春文庫）のようなものもある。これらの特装本には〝本は読む前に見るものである〟という小説家の美意識が反映されているのかもしれない。

死刑とは〝正義〟の仮面をかぶったテロリズムではないのか。

（『声の狩人』光文社文庫　73頁）

一九六〇年、元ナチス親衛隊大佐アドルフ・アイヒマンは逃亡生活を送っていたアルゼンチンでイスラエル諜報特務庁（モサド）の工作員に発見されてエルサレムに連行され、翌六一年四月からユダヤ人の大量虐殺などの戦争責任、人道的責任など一五の罪科を断罪する裁判にかけられる。いわゆるアイヒマン裁判だ。二七歳で芥川賞を受賞した小説家は、その三年後、六一年七月にエルサレムへ赴き、このアイヒマン裁判を傍聴している。

同じ年の一二月、小説家はパリにいた。ある日の夕方、カフェでぶどう酒を飲んでいるときに、『ル・モンド』の一面に〝元ナチス親衛隊大佐アイヒマンに死刑の求刑〟という活字が躍っているのを目にする。その記事を読んだ小説家の心に湧き起こったのは「アイヒマンを死刑にしてどうなるというのだろう」との思いであり、「死刑とは〝正義〟の仮面をかぶったテロリズムではないのか」という思いだった。そして〝時代錯誤も甚だしい行為であることは百も承知のつもりだが〟と前置きした上で、次のように考えた。

《アイヒマンは釈放すべきであった。ぜったい、生かしておかねばならなかった。生かして、釈放し、彼自身の手で彼自身の運命を選ばせなければならなかった。焼鏝《やきごて》を用意し、彼の額に鉤十字を烙印して追放すべきだった。》

（75頁）

自然を温存するためには人間は謙虚にならなければならない。

（『シブイ』TBSブリタニカ　67頁）

八月なのに初雪が降ったり、夜は零下一〇度になったりするモンゴルの酷烈無残な天候と、一三世紀のジンギスカン時代そのままと思えるようなモンゴルの生活様式に触れた小説家の想いを込めた一言である。

〝事実〟と呼ばれるものにはフィクションで書いたほうが本質が明瞭にあらわれると感じられるものと、ノン・フィクションのほうがいいと感じられるものと、二種類あるような気がする。

（『開口閉口』新潮文庫　96頁）

《では、どういう種類の事実がフィクションを求め、どういう種類の事実がノン・フィクションを求めるのか、その判断の基準は、となると、私には答えようがない。それは〝匂い〟とか、〝直覚〟で判断するしかないのである。》

（同）

純粋派は声が高く、実用派は遠くとばす

（『私の釣魚大全』文春文庫　297頁）

フライ・フィッシング（西洋毛鉤釣り）で使う釣り竿の話であり、小説家は《名言といってよろしい要約である》と感嘆している。

〝純粋派〟というのはトンキン竹を六枚貼り合わせて作るバンブーロッド（六角竹竿）愛好家のこと。値段が高いこともあって腕自慢の上級者に愛好家が多く、それだけに自分なりのこだわりが強く、知識経験も豊富なので一家言の持ち主揃い。釣りのこと、竿のことになるとどうしても声が高くなる。

一方、ここでいう〝実用派〟はグラスファイバー製のグラス竿の愛好者たち。粘り強くよくしなるので遠くへ飛ばすことができる。なので〝実用派は遠くとばす〟となるわけだ。もっとも今はグラス竿は

すっかりすたれてしまい、炭素繊維強化プラスチック製のカーボン竿にとってかわられている。カーボン竿はグラス竿に比べて軽くて感度がいいのが特徴。なので、今ならば〝実用派は軽くて感度がいい〟と改めるべきかも。

《正直が最善の策》というのは熟慮、権謀を尽したあげくの人が吐く痛苦の言葉だ

（『白いページⅢ』角川文庫　45頁）

〈直視する〉というエッセイの中に出てくる言葉。新聞の投書欄への投書がどれもこれも型どおりの修身の教科書めいた文体と発想で書かれていることに対する苦言である。実に辛口である。シニカルな言葉だ。

小説家というのは寂しい。

（『シブイ』TBSブリタニカ　9頁）

『シブイ』は、雑誌『BACCHUS』の創刊号から一二号までの連載をまとめて一九九〇年五月に出版された本である。『BACCHUS』の創刊は一九八七年五月。小説家が五六歳のときである。連載の最後〈足の裏の味覚〉が掲載されたのは一九八九年三月のことで、その約二週間後、三月一九日に小説家は食道狭窄で茅ヶ崎市内の病院に入院している。間もなく済生会中央病院に転院し、七月末にいったん退院するが、一〇月に再入院。そして一二月九日食道ガンに肺炎を併発して帰らぬ人になる。連載をまとめた単行本『シブイ』が出版されるのは翌九〇年五月のことである。

最晩年などという言い方が似合わない若すぎる死であったが、『シブイ』は小説家の最晩年のエッセ

イである。その第一話、〈究極の遊び〉と題されたエッセイの一行目に書かれているのが〝小説家というのは寂しい。〟の一言である。

《小説家というのは寂しい。指揮者、演奏家、作曲家、劇作家。この手合いは全部観客の顔が見えるし、拍手の音も身をもって感じられる。つまり、その日その日で作品がいかなる迎えられ方をしたかが肉体的に味わえるんで、そこにやり甲斐というものも生まれてくるが、作家業というのは無人島から空ビンに手紙を封じて投げ込むようなもの。原稿を出版社に渡したらそれっきりや。一生を空ビン通信で生きているような寂しさは、これは小説家同士でもないとわからんだろうて。》（同）

作家として功成り名を遂げた巨匠、大兄が、五〇代半ばをすぎてから〝小説家というのは寂しい〟と書きつけた心情の痛ましさは想像に余りある。その後の経緯と重ね合わせるとなおさらだ。

小説家は、森羅万象にたいして多情多恨でなければならない。

（『あぁ。二十五年。』潮出版社　219頁）

これは武田泰淳氏の名言「青年よ、森羅万象に多情多恨であれ」を借り、〝青年よ〟を〝小説家は〟に置き換えたもので、《野次馬根性が小説家からなくなると、ペンが妙に薄くなり、淡くなり、貧血症に落ちこむという宿命を負わされている。といってその根性だけがのさばり、はびこりだすと、かけだしのブン屋か、前座の噺家になってしまうので、このあたりの虚実の消息がむつかしい。》と続く。

小説家は、戦後の作家では武田泰淳氏と大岡昇平氏をとりわけ愛読した。

小説は形容詞から朽ちる

（『輝ける闇』新潮文庫　130頁）

ベトナム戦争中のサイゴンで、『ナポレオン』という名のレストランで、米軍のウェイン大尉と食後のコーヒーを飲みながらの会話の中に登場する言葉である。そのやりとりを要約するとこうなる。

大尉「日本に帰ったらベトナムを舞台にした小説を書くんでしょうね」
小説家「もし書くとすればいろいろな物のまわりにある匂いを書きたい」
大尉「文学は匂いよりも使命を書くべきものではないですか」
小説家「使命は時間がたつと解釈が変わってしまう。だけど匂いは消えないし、変わらない。消えないような匂いを書きたい」

このようなやりとりのあとに、以下の文章が続くのである。

《壁にもたれ、ハイビスカスの花のかげでタバコを噛《か》みながら、私は、小説は形容詞から朽ちる、生物の死体が眼やはらわたから、もっとも美味な部分からまっさきに腐りはじめるように、と考えていた。》

二〇年前、三〇年前に書かれた小説家の文章をいま読んでも、形容詞が朽ちているとはまったく感じられないが、この先さらに二〇年、三〇年と経つと小説家の作品も形容詞から朽ちていくのだろうか……。

小説を書いているときは他人《ひと》のものを読んではいけません。

（『白昼の白想』文藝春秋　140頁）

小説家がまだデビューしたての駆け出しだった頃に、先輩小説家である梅崎春生氏に教えられた名言である。小説を書いているときは日頃よりも過敏になっているため、他の作家が書いた小説を読むとちょっとしたことでもひどく暗示をうけてのめってしまうからというのがその理由だ。

《それもその作品の動機や主題といったものにではなく、ちょっとしたコトバのはしばし、句読点、匂いのようにただよっているものなどにひっかかり、ひっかけられたらさいご釣鉤のようにぬけなくなって、いつまでも苦しめられる。》（140頁）

たとえば失われた大陸について書かれた本、鳥獣虫魚についての本、ときには和綴じの古い『言海』、またときには中華料理店の菜譜《メニュー》などを読んだり眺めたりしてしらっちゃけて苛酷な白昼を過ごしたり、寝る前の睡眠薬にするのが、小説に取り組んでいるときの小説家の読書術。

食事は大地に近いほどうまい。

（『もっと広く！（下）』文春文庫　209頁）

アルゼンチンの広大なりんご園で焼肉パーティーが開かれた折に、小説家は《肉は骨に近いほどうまい》という彼の地の格言を教えられる。この格言に小説家がつけたした半句が《食事は大地に近いほどうまい》。字面を見た瞬間にニュアンスとしてわかったような気になるが、よくよく考えるといくつかの解釈が成り立ち、そのどれが正しいのかがわからなくなる。解説は一切ないので、解釈はご自由に、である。

食談も性談も皮一枚の差なのである。

（『最後の晩餐』光文社文庫　23頁）

食欲と性欲は条件次第でほとんど皮一枚の差にすぎなくなるのであり、また〝食談と猥談は一つのカードの裏と表にすぎない〟のだと小説家は喝破している。

処女湖に竿を入れて、処女のままにして出てきました。

（『オーパ、オーパ!! モンゴル・中国篇 スリランカ篇』集英社文庫　225頁）

一九八五年七月、中国西北部、新疆ウィグル自治区のアルタイ山脈にあるハナス湖で、新疆大学生物学科の向里該助教授とその学生たちが巨大な赤い魚が水面を泳いでいるのを発見する。体長は実に九メートルから一二メートル、体重は推定一トン以上。

この謎の巨大魚を釣るべく、小説家は釣友である常見忠氏に頼んで作ってもらった長さ四〇センチの直特大スプーン（ルアーの一種）を持参してハナス湖を目指す。その釣果は、写真に添えられた以下のキャプションが雄弁に語っている。

《どうやら神様は私たちのことをお忘れになったらしい。
残念です。たいそう残念です。
処女湖に竿を入れて、
処女のままにして出てきました。》

死を忘るな　memento mori

（『白昼の白想』文藝春秋　71頁）

【メメント・モリ】（memento mori）「なんじは死を覚悟せよ」、あるいは「自分が（いつか）必ず死ぬことを忘れるな」などと訳されるラテン語の警句である。一般的によく知られた言葉ではないが、大きな国語辞典には載っている言葉なので、知る人ぞ知る警句といっていいだろう。

《はじめてそのコトバを知ったときから、私には匿名の、姿なき煽動者のように感じられている。死と直面したときにのみ生がその全容をあらわすのである。》

（同72頁）

小説家が中学一年生のとき、父親が腸チフスで亡くなる。死を身近に感じたのはこれが最初である。その後、戦争が激しさを増し、死は日常生活の中に入り込んでくるようになるが、小説家の魂をもっとも強く激しく揺さぶった死はベトナム戦争従軍時に直視したおびただしい数の死であり、とりわけ公開処刑されたベトコン少年の死だった。

最初にベトナムを訪れてから一五年後、南北アメリカ大陸を縦断する大釣行の途中ではじめて訪れたニューヨークで、小説家は現地の事情通に頼み込んで部外者の立ち入りが原則認められていないモルグ（死体置き場）を参観している。なぜ、あえてモルグだったのかというと……。

《サイゴンと聞くたびに私はいくつかの光景とひとつの覚悟につれもどされるが、今後、ニューヨークと聞くたびに、全裸の中年の白人と、微笑しているような黒人少年の寝顔が見えてくるのだろうか。これまでに何度となく動員をかけてすっかり使い古してしまったけれど、いつまでたっても刃こぼれすることのないあの覚悟を、もう一回、したたかに磨きあげることが、今日はできたのだろうか。》

（『もっと遠く！（下）』文春文庫　111頁）

〝全裸の中年の白人〟と〝微笑しているような黒人少年〟は共に小説家がモルグで見たまだ冷凍される前の遺体である。その他にも多くの死体を眼で検分したのは、『輝ける闇』から一一年、『夏の闇』から七年、ずっと書けないままでいる『闇三部作』の第三部を書くための覚悟をしたたかに鍛えあげるための荒行だったと思われる。まさに〝死を忘るな〟である。《メメント・モリ》である。

新聞記者というのは新聞にでた記事を書くから新聞記者というのよ。

（『夏の闇』新潮社　123頁）

『夏の闇』のなかで、小説家は「女」の口を借りて新聞記者を痛烈に罵倒している。現場主義を貫いてベトナムへ行き、最前線にまで行き、死を覚悟するほどの経験をした小説家には、現場に行かない日本の新聞記者たちがよほど腹に据えかねたのだろう。

《新聞記者も日本人同士でかたまって毎日おなじ顔ぶれでおなじレストランで御飯食べてるじゃない。日本語で記事を書くんだから日本語をしゃべりつけていないことには根なし草になっちゃうんだなんて気のきいたことをいうのがいるけれどウソよ。独立独歩できないのよ。だからごらんなさい。日本の新聞にでてる外国報道の記事が各社とも似たりよったりでしょう。それも為替交換所みたいに仲間同士だけでやりとりした情報がネタだし、たいていはこちらの新聞にでた記事の焼直しよ。ひどいもんですよ。》

小説家の本音だ。

推理小説やスパイ小説はまぎれもなく〝近代〟の分泌物である。

（『最後の晩餐』光文社文庫　119頁）

《少なくともこれまでに判明しているところでは、〝近代〟のない国ではこれらの知的遊びは生産されなかった。外国産のそれらが輸入され翻訳されてエンジョイされることはあってもその国で生産されることは、まず、なかったし、いまでもないし、おそらく今後もないだろうと思われる。》（同）

すでに本はたくさん書かれすぎている。

（『眼ある花々』中央公論社　43頁）

これはトルコの諺だそうだが、この諺を書くときにまるで対句のように小説家が引き合いに出す言葉がある。フランスの詩人、ステファヌ・マラルメ（一八四二～一八九八年）の言葉だ。

すべての書は読まれた　肉はかなしい

『白いページⅠ』のなかでは《なべての書《ふみ》は読まれたり　肉はかなし》（214頁）とある。〝肉〟とは肉体の意味で、〝肉体は哀しく、ああ！　私は全ての書物を読んでしまった。〟と訳す人もいる。

この二つの言葉を並べたあとで『眼ある花々』では次のように書き続けている。

《すべての書を読んだわけではとうていなく、また、もうちょっと書いてみたいこともあると思っている私だが、本が山積してネズミの巣のようになった部屋にすわってじわじわとアルコールを吸っていると、あてどない、泥のような憂鬱は数知れぬ活字からもしみだしてくるのではあるまいかと感じられた。》（43頁）

『白いページⅠ』では次の文章が続く。

《すべての作家がこの憂鬱《ゆううつ》を深浅、濃淡、明暗の差こそあれ、かねがね日頃から抱いているのではあるまいかと思われるが、そうは思っていても、おれの人生はおれ一回しかないのだからという衝迫にそそのかされ、眼を閉じて机に向かうものである。》（215頁）

小説家の場合、この憂鬱は年を取るにつれて深く、濃く、暗くなっていったようで、亡くなった後に発表された未完の作品『花終る闇』のなかでは主人公にこういわせている。

《中年になって髪の毛が落ちるにつれて妄執《もうしゅう》の火も落ちてきたんだろうよ。（略）おまけにもうおれの書きたいことなんか、とっくの昔に誰かが書いちゃってると思うしね。それも、あらゆる文体でな。することがないんだよ。トルコ人の諺《ことわざ》に、すでに本はたくさん書かれすぎている、というのがあるらしい。それだよ。何か書こうとすると、その諺が頭に浮かんでくるんだ。妄執があればてんで気にもかけないし思いだしさえもしないのに、火が落ちてくると、そういう諺が呪文みたいにのしかかってくるんだ。おれはアガリかかってるんだろうな。火が消えかかってるんだよ。》

（新潮文庫　165頁）

小説家はかなしい。

スパイ小説とポルノは一人の人間の大脳皮質にとってはほぼおなじ役割をする。

（『開口閉口』新潮文庫　42頁）

《つまり、大人の童話である。ムラムラするか、ハラハラするかの相違があるだけで、初めから読者はそれが静かな、さびしい、雨まじりの夜ふけにほんのりと毛布にくるまって読むものだと心得ている。》

すべての魚は美しい――
すべての星のように。

（『風に訊け』集英社　138頁）

「先生がいままでに釣られた魚の中で、最も印象に残っておられるのは何でしょうか。」と質問された小説家は、一つだけあげるのは難しいと前置きした上で、以下の四つの魚をあげている。

一、カナダのオタワの運河で釣ったマスキー
二、生まれて初めてルアーで釣ったアラスカの川のキングサーモン
三、コロンビアのバウペス川上流で釣ったパヴォン（ピーコックバス）
四、ブラジルのパラグアイ川で釣った黄金の魚ドラド

　この四種をあげた上で、最後に〝すべての魚は美しい――すべての星のように〟と付け加えている。

《そして、私に、最高の水玉は何だったかとおたずねくださるなら、それはランヴァンでもなければドミニク・フランスでもなく、アイスランドの川のブラウン・トラウト、ドイツの高原のバッハフォレレ、それぞれの肌にあった水玉であった。（略）澄明、簡潔、華麗、深遠、精悍だが褪《あ》せやすくはかないその色彩はあなたがいちいち山まで体をはこぶよりほかには目撃のしようがないものである。水からでた瞬後なら、淡水であれ、海水であれ、地味なフナでも、華やかなタイでも、すべての魚はいいようもなく美しいと私は思っているけれど、とりわけマス族のそれときたら……》

（『白いページⅢ』12頁）

すべてのために一瞬
一瞬のためにすべて

（『あぁ。二十五年。』潮出版社　256頁）

一九七五年五月に角川書店から発売された『カラー版釣魚大全』(編集・著作:トレ・トリカル社/E・カグナー　日本語版総監修:檜山義夫)は世界中の釣りの知識をまとめた百科事典のような本。この本に小説家は〈釣りの心〉と題した一文を寄せている。途中で切ったり一部を省略してしまうと最後の二行が生きてこないので、少し長くなるがその全文を引用する。

《山であれ、海であれ、釣りの準備には何日もまえからとりかかる。ときには何週間も、何か月も以前からとりかかる。しばしば一生夢想だけで終わることもある。男は夢を食べて育ち、夢を反芻しながら眼を閉じる。

そうやって山や海へでかける。釣れるときもある。釣れないときもある。山の冷雨が背骨にしみこみ、海面の照り返しが全身を焼く。かかったときの悦びと不安は一瞬にある。最初の一匹の最初の一撃にある。この一瞬のために千夜と一夜の待機があったのだ。

釣れた魚が大きいか、小さいか。型がいいか、わるいか。寄生虫がついているか、いないか。よくたたかったか、どうか。そういう鑑賞や、評価は、この一瞬のずっとあとになって、頭と心と体にいろいろなものがもどってきてからのことである。

恋、野心、闘争、放浪、友情、酒、そして死などとおなじように、釣りにもまた最良、最高、最善は、一瞬にある。

すべてのために一瞬　一瞬のためにすべて》

すべての釣り師は
〝偶然の子〟であるといいきってもよろしいかと思われる。

(『オーパ、オーパ!! アラスカ至上篇　コスタリカ篇』
集英社文庫　19頁)

『アラスカ至上篇』の一ページ目、一行目に、小説家は〝偶然の子である、私〟と記している。そして一行あけて《突飛だけれど、いきなりそんな書きだしの一語を書きつけてみる。せっぱつまったあげくである》と続け、また〝偶然の子〟という言葉は小説家が昔愛読した評論家・林達夫氏のエッセイに引用されていた〝汝憐れなる偶然の子よ〟からの孫引きであることを明かしている。

釣りの要諦を要約すると運・勘・根のンづくしになるというのが小説家の持論で、あちこちの作品にそのことは書かれている。なかでも肝心要といえるのが〝運〟……すなわち〝偶然〟であり、したがって《すべての釣り師は〝偶然の子〟であるといいきってもよろしいかと思われる》ということになるわけだ。

《……魚釣りには神様の助けがちょっと必要です。道具だ、餌だ、忍耐だ、お天気だといろいろ必要ですが、最後には神様が小指をちょっと動かして下さると、違いが出ます。どえらい違いがでます。》

これは中国は新疆ウイグル自治区にあるハナス湖に体長九～一二メートル、体重は推定一トン以上の謎の巨大魚を釣りに出かけ、アタリもカスリもせずに帰ることになったときに開かれた別れの宴での小説家の挨拶の一部（『オーパ、オーパ!! モンゴル・中国篇 スリランカ篇』集英社文庫 222頁）。〝偶然の子〟と同じ文脈を読み取ることができる。〝偶然の子〟は同時にまた〝神の子〟でもあるわけだ。

精神は嘘をつくが肉体は正直である。頭より舌である。

（『新しい天体』光文社文庫 22頁）

大蔵省の、ある局の、ある部の、その分室に勤務する役人が、ある日上司に呼ばれ、〝相対的景気調査官〟に任命される。余った予算を発展的、前進的に消化するために日本中を歩きまわり、ありとあらゆるものを胃潰瘍になるくらい食べまくり、景気の実感レポートを定期的に提出するのがその役目。

　相対的景気調査官に任命されて初めての会議に臨んだ主人公が、ふっと思いついて手帖にメモしたのがこの言葉である。

総じて言うて人生は短い。だから「ランプの消えぬ間に生を楽しめよ」。

（『河は眠らない』文藝春秋）

《アルトゥール・シュニッツラーという人が言いましたが、すかさずたくさんの声が、「私ならランプが消えてからにしたいわ」という答えが、戻ってきそうでありますす。まったくそのとおりなんでありますから、私が言うまでもない。（略）やれるうちにやんなさい。》

『フィッシュ・オン』（新潮文庫）では、殿下（小説家）と閣下（秋元啓一カメラマン）のやりとりのなかにアルトゥール・シュニッツラー（オーストリアの小説家・劇作家　一八六二～一九三一年）の言葉が登場する。舞台はドイツ。チロルの牧場で釣りを愉しみ、マス料理を堪能しているときの会話だ。


《「今日が最後だよ。ゆっくり飲むことにしようや、閣下。これからさきはきつい国ばかりだ。もう釣りはできないかもしれない。ランプの消えぬうちに生を楽しめよ。シュニッツラーのことばだが」

「おれはランプが消えてからにしたいな」

「ああ暗い、暗いといったのもいるな。もっともこれは臨終のことばだ」

「しかし、ああ死ぬ、死ぬ、逝《い》く、逝くといってたのしんでいるやつもいるじゃないか。そこらあたりに。いっぱいいるぞ」
「ドイツではどういうのだろうね」
「知ってるくせに」
「知らないね」
「ウソ！」
「ホント！」》

（160頁）

俗に途上国と言われている国はまさに道の上に人生がある国であり、道の上に人生が見られる国である。

（『シブイ』TBSブリタニカ　130頁）

同じ意味のことを小説家は次のように表現することも多い。

《ふつう〝先進国〟とされている諸国では、人生が家のドアと、窓と、壁の内側で進行しつつある。しかし、〝途上国〟とされている諸国では、〝生〟の様相のすべてがとまではいわないにしても、おびただしくが、路上でつぶさに目撃できる。》

（『もっと遠く！（下）』文春文庫　26頁）

『もっと遠く！（下）』では、この定義づけを受けて、〝ニューヨークは先進でありつつ途上である〟と小説家は書きつけている。

小説家がニューヨークを訪れたのはこのとき――南北アメリカ大陸縦断大釣行の途中――がはじめて。一九七九年、小説家が四八歳のことだ。それまで先進国といえばフランス、文化の中心といえばパリだと思い込み、機会あるごとに何度となくパリを訪れていた小説家だが、この訪問で先進であり途上であるニューヨークの混沌をすっかり気に入ってしまい、《私にとっての口惜しさは、三十年前の十九歳のときにここへくるべきであったという、その一念あるのみ。》（71頁）とも書いている。
晩年はそのニューヨークへの移住を計画し、セントラルパーク近くのペントハウスを物色していたなどという話を聞いたことがある。

体制の中に住んでいる人のことをＩＮＳと言う。体制の外に住んでいる人のことをＯＵＴＳと言う。

（『シブイ』ＴＢＳブリタニカ　143頁）

《現代の小説家は巨大出版という企業群に組み込まれておるからＩＮＳである。しかし、健康保険はあるけれども失業保険がない。月給がない。退職金がない。ボーナスがない。年金がない。ないないづくしだからＯＵＴＳでもある。だからわれわれのような存在はＩＮＳ　ＡＮＤ　ＯＵＴＳと呼ばれるのかもしれない。》

『生物としての静物』のなかでは《小説家がアウツ（はみだし者）やミスフィッツ（できそこない）と世間からうさんくさいモノを見る眼つきで眺められていた時代は、（略）》（集英社　79頁）などという使い方をしている。

『夜と陽炎　耳の物語＊＊』では《小説家などというアウツは資格審査で最後尾にまわされるので（略）》（新潮文庫　100頁）と書いているが、ここでは前述のような説明がないので、読者には〝アウツ〟が何であるのかわからないに違いない。こういう意味なのである。

たいてい、
日本人の平均寿命より
十歳か十五歳手前ではかなくなり、
古女房と灰皿を残して
小説家は消えていく。

（『オーパ、オーパ!!　アラスカ篇　カリフォルニア・カナダ篇』
集英社文庫　19頁）

『アラスカ篇』の冒頭にこう記したときの小説家は五十一歳だった。その七年後、五九歳の誕生日を目前に小説家は帰らぬ人となる。享年五八歳。一〇歳足せば六八歳、一五歳足せば七三歳ということになる。それでもまだ平均寿命よりは若い。はかなくなるのが、消えていくのが、あまりに早すぎた。

戦い合う当事者は、
人間的にはなれない。
真に人間的なのは、
第三者の傍観者である。

（『地球はグラスのふちを回る』新潮文庫　283頁）

広場でベトコン少年が公開処刑された直後——。

《しかし、この広場では、私は《見る》ことだけを強制された。私は軍用トラックのかげに佇む安全な第三者であった。機械のごとく憲兵たちは並び、膝を折り、引金をひいて去った。子供は殺されねばならないようにして殺された。私は目撃者にすぎず、特権者であった。私を圧倒した説明しがたいなにものかはこの儀式化された蛮行を佇んで《見る》よりほかない立場から生まれたのだ。安堵が私を粉砕し

たのだ。》

『ベトナム戦記』のあとがき――。

（『ベトナム戦記』朝日文庫　168頁）

《とにかく私たちは見てきた。》

『輝ける闇』の主人公はベトナムの、下宿のベッドで、朝、死体のことを考えつつ――。

《残忍の光景ばかりが私の眼に入る。それを残忍と感ずるのは私が当事者でないからだ。当事者なら死体が乗り越えられよう。私は殺しもせず、殺されもしない。レストランや酒場で爆死することはあるかもしれない。しかし、私は、やっぱり、革命者でもなく、反革命者でもなく、不革命者ですらないのだ。私は狭い狭い薄明の地帯に佇《たたず》む視姦者だ。》

（101頁）

さらにまた主人公は――。

《私はたたかわない。殺さない。助けない。耕さない。運ばない。煽動《せんどう》しない。策略をたてない。誰の味方もしない。ただ見るだけだ。わなわなふるえ、眼を輝かせ、犬のように死ぬ。》

（251頁）

戦争の現場に足を踏み入れ、戦争の現実を目の当たりにすればするほど、小説家はただ〝見るだけの存在〟にすぎない自分にどうしようもない胸苦しさを覚えずにはいられなかった。三〇代の間はベトナム戦争をはじめビアフラの戦争や中近東の紛争などの現場を歩き回った小説家が、四〇代になるとピタッと戦地、紛争地へ行かなくなった理由の一つがこの胸苦しさだった。そんな小説家にとって救いになったのが〝真に人間的なのは、第三者の傍観者である〟というゲーテ（一七四九～一八三二年）の言葉だった。

《戦い合う人間は、悪魔にならなければ戦い合えない。殺し合いができない。だとすれば、人間的にな

れるのは傍観者だけではないか。ゲーテのこんな言葉があって、私はちょっと救いを感じた。》

（『地球はグラスのふちを回る』新潮文庫　283頁）

漂えど沈まず。

（『花終る闇』新潮文庫　9頁）

小説家が書き残した名言の中でも、とりわけ人気の高い名言中の名言だ。間違いなく人気ランキングベスト・テン以内に入るはずだ。ベスト・スリーのなかにも入るかもしれない。

小説家自身が書いているところによると、これはパリが〝ルテチア〟と呼ばれていた頃から掲げ続けている市のモットーで、パリ市の紋章にはセーヌ川に浮かぶ帆掛け舟のデザインと共にこの文言が書かれている。原文はフランス語ではなくラテン語である。

〝FLUCTUAT NEC MERGITUR〟
（フルクトゥアット・ネック・メルギトゥール）

「揺れても沈まず」と訳する人もいるが、小説家はこれを「漂えど沈まず」と訳した。ときには読点を加えて「漂えど、沈まず」と表記したりもした。「揺れても沈まず」に比べると言葉としての奥行きも深さも段違いである。

《古い、古い時代からのパリのモットーなのだ。言いえて妙だとは思わないか。パリが誕生してから五百年か六百年、あの街の歴史を見てごらんなさい。風にうたれ波にもまれ、しかしその歴史は、「漂えど、沈まず」という一言に、見事に要約されているじゃないか。男の本質、旅の本質はまさにこれなのだ。》

（『地球はグラスのふちを回る』新潮文庫　291頁）

《この言葉を核として、私は一作を書こうと以前から考えているんだけれども、いまだに書けないで、こうして君たちの〝よろず相談〟をやっている。こういうことを早くやめなければ、私は溺《おぼ》れてしまう。沈んでしまう。漂うてはいるが、沈んでしまう。》

（『風に訊け』集英社　359頁）

ベトナム戦争を舞台とした『輝ける闇』、本人をして第二の処女作と言わしめた『夏の闇』、それに続く闇三部作の最後の作品の冒頭、一行目に《漂えど沈まず。》と書きとめたまま、小説家はその先が書けなくなってしまう。書くに書けない苦しい状態が続き、書けないままこの世を去ってしまうのである。

小説家の死後、原稿用紙二五〇枚まで書き進めながら未完のまま終わった作品は『花終る闇』と題されて『新潮』の一九九〇年二月号に掲載される。『輝ける闇』『夏の闇』、そして『花終る闇』の三作品を総称して《漂えど沈まず》と冠する予定だった。

タバコは眼で吸うものだと思う。

（『地球はグラスのふちを回る』新潮文庫　146頁）

《闇のなかで吸うタバコが舌に荒涼だけしかのこさないのはよく味わうところだが、おそらくそれは煙を見られないことからくるのではあるまいか。煙のうごきを眼で追いつつ、心はそれにつれて音もなくゆらめいたり、もつれたり、崩れたり、上下したりし、そのたまゆらのたわむれが私の舌をひらき、香りをもたらしてくれるのだと感じられる。》

（『フィッシュ・オン』新潮文庫　184頁）

《タバコを闇《やみ》で吸うとまずいのは煙が見えないからではあるまいか。こころが煙といっしょにうごかないからではあるまいか。》（『白いページⅠ』角川文庫　109頁）

《煙がユラユラと崩れたり、渦を巻いたりしてやわらかく自由に形を変えつつたちのぼるのを見るのがたのしいのである。それを見て眼が遊び、心が遊ぶのである。タバコは眼で吸うものだと思う。》

(『地球はグラスのふちを回る』新潮文庫　146頁)

旅をしない小説家なんて、縄跳びを忘れたボクサーのようなものではないか。

(『開口閉口』新潮文庫　279頁)

〈男の収入の三分法〉と題したエッセイの冒頭、今年(一九七六年)はどこへも出かけないで小説の仕事に没頭するつもりであり、そうなるとまるまる三年、旅らしい旅をしないで過ごすことになると書いた三行あとに、《旅をしない小説家なんて、縄跳びを忘れたボクサーのようなものではないか。》という文章が続く。

この意味がわかるだろうか?

小説家にとっては旅も、釣りも、文体の勉強、練習であり、たとえていうならばボクサーにとっての縄跳びと同じだということである。それが証拠に、『オーパ、オーパ!!』シリーズに着手するにあたって小説家はこう書いている。

《それが完成して以後も、個人的に私は釣りをしにいくことはあるだろうが、それを本にするということは一切拒む。自身にも。出版社にも。文体の練習と縄跳びは、生涯、これをもって最後とする。》

(『オーパ、オーパ!!　アラスカ篇　カリフォルニア・カナダ篇』集英社文庫　27頁)

旅や釣りだけでなく、小説家にとってはグルメも女も文体の練習であった。練習を欠かさなかった。日々、日夜、精進していたのである。

《味覚をペンでなぞることは小説家にとってはたいへん勉強になる。ボクシングのチャンピオンは試合があろうとなかろうと縄跳びをしたりランニングをしたりしなければならないし、画家もデッサンの修練を怠けてはならない。それとおなじで小説家もペンを錆びつかせてはならないのである。そのためには女や味についてのエッセイが何よりかと思う。》

（『最後の晩餐』光文社文庫　372頁）

食べる、寝る、いたす。

（『開高健の文学論』中公文庫　487頁）

『週刊現代』に掲載された著書『最後の晩餐』に関する〝著者からのワンポイント〟。

《食べる、寝る、いたす。この三つの要素は金持ちにも貧乏人にも共通してあるものですねえ。ところが、その食べるについて言う場合、ただうまいまずいが決め手になるもんやありません。そこにはイマジネーションに訴える何かがある。そういう意味では〝食〟を語ることは、文学や、香水や、映画や、ファッションを論じるのと同じことやないか。これがぼくの考え方の基本なんですわ。》

『もっと遠く（下）』（文春文庫）にはこれに似た次のような言葉が記されている。《食べて、寝て、さめる。あとの一切のムズムズはそれらが確保されたあとではじまる。》

（34頁）

小さな説を書いているので、小説家と呼ばれる種族である。

（『開口閉口』新潮文庫　347頁）

これは小説家の常套句の一つで、小説家の作品によく登場する。会話における常套句でもあり、「大きい説ではなく、小さな説を書いて飯を食うてます、開高です」などと挨拶することがよくあったようだ。

《開発途上国においては誘拐、テロ、クーデター、ゲリラ内戦の時代だが、先進国においては知的、肉体的に滔々《とうとう》たるディヴェルティスマンの時代である。（略）こういう大単位のコトバでマクラをふると小さな説を書いてメシを食うから小説家と呼ばれている人物はたちまち行詰まってしまうので、あわててレンズを絞りにかかる。》（『生物としての静物』集英社 109頁）……こういった使い方もある。

なにが小さな説で、なにが大きな説なのか。小説家は説の大小を以下のように解剖している。

《ここで小さな説というのは政治、宗教、経済、科学、哲学などのさまざまな網の目からこぼれおちた、どれかに属するようだがどれでもない、どれにも救われないが痛切にこの世に存在するという、そういう説、またはそういう人間の状況というように解釈してよろしいかと想います。そういうものを落穂拾いのように拾って歩くのが小説家の役目のように思われます。》

（『言葉の落葉Ⅳ』冨山房 47頁）

ちなみに、〝小説家とは読んで字のとおり小さな説を書いてメシを食う男のことである〟と最初にいったのは文芸評論家の小林秀雄氏である。戦前、「小説は芸術か？」という論争が行われたときに「文字通り小さな説を書いてメシを食うのが小説家だ」といって論争にケリをつけてしまった。つまり芸術ではないと言い切ったわけだ。辛らつな批評精神から発せられた言葉なのである。小説家自身はこれを〝ヤケクソめいた定言〟だと評している。にもかかわらずこの言葉を愛用多用したのは、小説家の琴線にどこか触れるところがあったからなのだろう。

知恵の悲しみ

（『もっと遠く！（下）』文春文庫 210頁）

アメリカのジョージア州とフロリダ州の州境にまたがるセミノール湖へブラック・バスを釣りに行ったときのこと。地元の名人の案内で、装備万全のボートで湖へと繰り出すのだが、例によってノー・バイト、ノー・フィッシュの憂鬱な日々が続く。ボートについている魚群探知機にはときに魚の群れがいることを示す太い赤点が景気よく明滅するが、にもかかわらず魚は一匹も食いつかない。という状況で……。

《こうなると伝統としての諦めのほかに、知らなくてもいいことを知った〝知恵の悲しみ〟まで底入れされて、悲愁、焦燥、いよいよ深まる。》（同210頁）

まったく別のシチュエーションでの使用例をもう一つ。東京地裁で開かれた「四畳半襖の下張」裁判第七回公判で証言台に立ったとき。弁護人に「（四畳半襖の下張を）最初読んだときから後のときは、それ程の感銘は受けなくなったということのようですが、それは年代的なものというものではなく、前に読んだものである、あるいは何回か読んだからということでしょうか」と聞かれた小説家が次のように答えている。

《そういう知識上の経験が積重なるのと同時に、私は一八歳ぐらいで結婚しまして世帯をもち、二〇歳のときに父親になっていますので、悪い指の習慣と言いますか自家発電と近頃の若者は言ってるようですけれども、そんなことは早く卒業してしまったんです。その後性生活とかそういうものはどういうものであるかということを特定、一人を相手に探究しつくした結果、文章によってムラムラ、イライラするということは、二〇歳のときにすでに消えてなくなっていて、あとは純粋文学的、純粋知性的にあるいは感性的にだけ本を読んでいった、そういうのが私の読書体験であります。そのために世の中が面白くなくなったということは言えるんで早婚は考えものだと思います。トルストイはこういうことを、知

恵の悲しみ、と言ったんです。》

（『白いページⅡ』角川文庫　219頁）

後者の使用例のほうが〝知恵の悲しみ〟の使い方としては適切であろうと思われる。ここで小説家はこれをトルストイの言葉といっているが、実際トルストイ（一八二八〜一九一〇年）もそう書き残しているのかもしれないが、〝知恵の悲しみ〟はトルストイと同じ一九世紀に活躍したロシアの劇作家アレクサンドル・グリボエードフ（一七九五〜一八二九年）の代表作『知恵の悲しみ』に由来するというべきだと思われる。『知恵の悲しみ』は喜劇だが、その中に次の言葉がある。

運命は——気粉れな悪戯ものよ——自分で勝手にこう決めた
愚か者には無知の幸福
賢いものには——知恵の悲しみ

月並みこそは黄金

（『破れた繭　耳の物語*』新潮文庫　40頁）

ルーマニアの諺だそうである。『破れた繭』のなかでは、この言葉は幾通りにも解釈できると小説家は書いている。と同時に、なぜかこの言葉を思いだすたびに条件反射のように中学校の教室に春の午後の日光が斜めに射しこんでいる光景が見えてくるとも書いている。

『風に訊け2』（集英社）では、《これは、うかつに人並みでない、月並みでない才能を与えられると、この酷烈な人生と世界では苦悩ばかりが生じて、生きていきにくくなる。胸苦しくなる。そういうことを語っている諺なんだ。》（184頁）と説明している。何やら自分のことに照らし合わせているようにも思える。

釣師には短気で色好みなのが多い

（『もっと広く！（上）』文春文庫　115頁）

『もっと広く！（上）』の第二章〈昼下がりの情事〉に登場するエドワルド（四八歳）は妻と子供五人の一家をなしていながら、その他に覚えているだけで一〇人の女に二九人の子供を産ませたというモテモテのプレイボーイ。それでもって釣り好きの釣り上手。そんなエドワルドの風貌と姿勢を見ているうちに小説家が思い出したのが〝釣師には短気で好色なのが多い〟という定言。

この定言、小説家は釣りの師でもある井伏鱒二氏がひねり出したものだと思い込んでいたようだが、改めて井伏氏に確認するとこれは『緑の水平線』を書いた林房雄氏の説だといわれ、当の林氏にたずねてみるとそれは詩人の佐藤惣之助氏の言葉だといわれ、佐藤惣之助氏はそのときすでに亡くなっていたので、結局は誰の言葉なのかはわからずじまい。

《みなさまそうやって何故か言責をお避けになるのだが、年来の私の観察によると、この定言はどこでも通用するように思われる。近年、釣竿を片手に諸国武者修行をかさねるうちにいくつもの事実を見聞し、そのたびにこのマキシムを思いだしてきたのだが、ここでエドワルドと遭遇して、いよいよ頷かずにはいられない。》

（118頁）

釣師の話の時制には過去と未来があって現在がない。

（『オーパ！』集英社文庫　155頁）

釣師に「釣れますか？」と聞くと、「この前来たときはよかったんだが今日はダメだ」「三日前はよかったけど……」とか、「今日は水温が低すぎる。

もう少し暖かくなったらよくなるんだが」「ベスト・シーズンは一週間後くらいかな」とか、そんな過去形、未来形の返事ばかりが返ってくる。「今日が最高だね」「いまここで三匹立て続けにヒットしたよ」というような現在形の返事が聞かれることはあまりない。釣りをする人であれば「確かに！」と思い当たることだと思うが、いわれてみなければなかなか気づかないもの。そのことに気づき、それをこのように表現するのは、やはり稀な才能なのだ。

《奇妙なことだが厳然とした普遍の事実として、釣師の時称には過去か未来があるだけなのだ。なぜかわからないが、今、今日、この場がすばらしいという声に出会ったタメシがない。いつも一週間前がよかったとか、一ヵ月後にすばらしくなるだろうとかいう話ばかりなのである。釣師の時称には現在がないのである。》

（『もっと広く！（上）』文春文庫　187頁）

釣師は心に傷があるから釣りに行く。しかし、彼はそれを知らないでいる。

（『オーパ、オーパ!! アラスカ至上篇　コスタリカ篇』集英社文庫　巻頭）

作家・林房雄氏（一九〇三〜一九七五年）が著書『緑の水平線』の中で使った言葉だ。小説家はこの言葉がたいそう気に入ったようで、折りに触れて書いたり話したりしている。そのため小説家の名言だと思い込んでいる人も少なくないのではないだろうか。

《〈釣師の性癖についての定言は古今東西たくさんあって、どれもこれも核心をついているが、もう二つ、紹介しておく。林房雄氏の説で、『釣師は心に傷を持っているけれど自分ではそれに気がついていない』という名言が一つある。もう一つ。アメリカ人の釣師の名言に、『大人と子供の相違は持ってる玩具の値段の違いだけである』というのがある)。》

（『もっと広く！（上）』文春文庫　118頁）

この言葉に小説家が惹かれるのは、小説家自身、思い当たるところがあるからに他ならない。

釣師は魚にそれ以外の何かを求めて放浪する。

（『オーパ、オーパ!!　アラスカ篇　カリフォルニア・カナダ篇』集英社文庫　196頁）

作家・林房雄氏の名言〈釣師は、心に傷があるから釣りに行く。しかし、彼はそれを知らないでいる。〉と相通じるところのある言葉だ。林氏の言葉を、小説家なりに言い換えたものだといっていいだろう。

《釣師は魚にそれ以外の何かを求めて放浪する。その〝何か〟は短く説明することがなかなか容易でなく、意識下にひそむものもおびただしいので、釣師自身も知覚しきっているとはけっしていえない。いわば彼は輝かしい川岸に立つ暗い人である。》

（同）

釣師は手錠をはめられるのを待っている脱獄囚だ

（『開口一番』新潮文庫　56頁）

《釣師というものは、見たところ、のんきそうだが、じつは脱走者で脱獄者だ。仕事から、世間から、家庭から脱出しようとあがきながら、結局、脱出できないことを知って、瞬間の脱獄気分を楽しんでいる囚人だ。》

作家・林房雄氏の『緑の水平線』（原文では〝ず

いぶん以前に読んだ林房雄氏の『緑の地平線』という小説〟となっているが、小説家の記憶違いか誤植であろうと思われる）の文章を引用した上で、釣師は手錠をはめられるのを待っている脱獄囚だというこの言葉も名言のように思われる、と小説家。

釣りの話をするときは両手を縛っておけ

（『眼ある花々』中央公論社　47頁）

《モスコーへいったときに釣狂の作家が窓のそとに紐でぶらさげて冷《ひ》やしておいたアルメニア産コニャックの瓶をひっぱりあげつつ、ロシアには釣りの話をするときは両手を縛っておけという諺があるのです、といったときの微笑を遠い小景として思いだした。》（同）

なぜ両手を縛る必要があるのかは、『フィッシュ・オン』の最終章……〈日本／仕上げに一滴の光をそえるべく銀山湖へイワナを釣りにいくこと。及び、そこで暮らしてみること〉の次の描写を読めばわかるというもの。

《五、六軒の宿のうちの〝村杉小屋〟という一軒に入っていくと、物凄いイワナやニジマスの魚拓が何枚となく貼《は》ってあって眼を奪われる。いずれも六十センチ、六十五センチで、まるでサケのように物凄いのである。（略）小屋の主人の佐藤進はどんな場合でも魚の大きさをたずねられるとごくゆったりとしたしぐさで両手をひろげる。その両手はときどき正確をめざして迷うことはあるけれど、おおむね肩幅よりせまくなるということがないとの噂《うわさ》である。眼に異状を浮かべた亡者を向こうにまわして彼が両手をひろげたまま正直そうな低声《こごえ》で穴場の説明をしている光景がよく見かけられる。

「釣りの話をするときは両手を縛っておけ。ロシア人はそういうそうだぜ。そういう諺《ことわざ》があるんだそうだ」

ときどきよこからそういってみたが、よく陽に焼けた、正直そうな彼の顔には、微笑のほかに反応らしい反応がうごくのを見かけたことがない。》

（『フィッシュ・オン』新潮文庫 261頁）

村杉小屋の佐藤名人（小説家は〝名人〟と呼んでいた）は正直に正確に両手を広げたが、釣師の中には実寸に尾ヒレをつけて誇大に両手を広げるホラ吹きが少なくないので、釣りの話をするときは両手をしばっておけ……ということになるわけだ。この諺は、つまり釣師はホラ吹きだという説を前提に成り立っているのであり、小説家も積極的にこの説を肯定する立場を取っている。

《釣師をさしてホラ吹きだというよくある批評はネコをさしてニャオーといって鳴くという程度の指摘にすぎず、精神の貧困もいいところである。》（同32頁）

《どこの国でも釣師はホラ吹きです。よくごぞんじのように。》（同62頁）

《釣師はホラを吹く癖がある。それも釣技のうちに入れていいのではあるまいかと思われる。》（同290頁）

《ルビコン河を渡れ。河にちなんでわが決意を語るとなればシーザーの故事をひいてそういっておこうか。大げさな、と顔をしかめたい方はどうぞ。釣師はもともと法螺吹きの生まれつきなんだから。》

（『オーパ、オーパ!!モンゴル・中国篇 スリランカ篇』集英社文庫 136頁）

《心はホラ吹き男爵、眼は科学者、腕は釣師の、三位一体である。》（同155頁）

〝私も例外ではない〟と自分でもいっているとおり、釣師・開高健も当然ホラ吹きだということになる。小説家があまり大ボラを吹かないように、記事ののっぴきならない証拠写真を添えるために、『フィッシュ・オン』では秋元啓一カメラマンが、『オーパ！』と『オーパ、オーパ!!』シリーズでは高橋曻カメラマンが、『もっと遠く！』『もっと広く！』では水村孝カメラマンが同行することになる。小説家が大げさに両手を広げようとしても、証拠写真がそれを許さない。

ところが、である。〝どこの国でも釣師はホラ吹きです〟という言葉が真実であるとすれば、同じように〝どこの国でも小説家はホラ吹きです〟ということもできるわけで、健が原稿用紙の上で言葉巧みに両手をやや誇大に広げていたのもまた事実である。いかに釣るのが難しい幻の魚であるかをことさら書き並べ、書き立てることで、自分の釣果がいかに素晴らしいものであるか、釣った魚のサイズ以上に価値があるかを読者に印象づける文章が釣行記のあちこちに見られる。

たとえば『私の釣魚大全』に登場する釧路湿原のイトウ――。

《三年かかってやっと一本あげたとか、五年かよってまだ顔を見たことがないというような話をたっぷり聞かせられた。天才福田蘭童氏にも釣れなかったし、魚聖緒方昇氏にも釣れなかった。佐々木さんの案内で両氏は原野に挑んだのだったが、ついに歯を嚙み鳴らして引き揚げていったとのこと。》

（文春文庫　142頁）

《檀一雄氏もそうであった。氏も名人につれられて二日間さまよい歩いたがどうにもならなかったという。東京からのりこんでこの魚を釣った人はまだいないらしいのである。》

（同143頁）

たとえば、アラスカのキング・サーモンに挑んだときもしかりである――。

《「……この河のセカンド・ランのキングを狙って全アメリカとカナダから釣師がやってきます。一シーズンにざっとここだけで二十万人といわれてる。

サケは数だけでいうと約七千匹から八千匹、釣りあげられる。つまり十九万二千人がノー・フィッシュで家へ帰るんです（ギョッとなる）。》

（『オーパ、オーパ!! アラスカ至上篇 コスタリカ篇』26頁）

《ラッキーな人は河へ出て三十分めにヒットするけれど、そうでないと、なかには五年やっていまだに釣れないでいるのもいる（ギョッとなる）。》（同27頁）

たとえば、カナダのマスキーに挑んだときもまたまたしかりである——。

《このあたりの湖はいずれも海のように広大だけれど、（略）釣師、ボート、ロッジの数も多く、年々歳々、マスキーは少なくなり、小さくなっていく。そこへ持ってきて気まぐれきわまる性格だから、三年かかって二〇ポンド物（約一〇キロ）が一匹釣れたら一週間ぶっつづけの乾杯をしろとか、千回キャスティングして一回アタリがあったら釣れる釣れないにかかわらずその場に跪《ひざまず》いて感謝の祈りをしろというような表現がいたるところに見つかる。（略）いよいよ私としては確信と覚悟を深めた。つまり、トロフィー物だろうと小物だろうと、この魚は釣れないのだと、頭から決めてかかることにしたのだ。》

（『もっと遠く！（下）』文春文庫 126頁）

このような予防線を幾重にも張り、ハードルをことさら高くすることによって、イトウとしてはさほど大物とはいえない七五センチと六〇センチの釣果がまぶしく光り輝き、六〇ポンドのキング・サーモン、三〇ポンドのマスキーといったトロフィーサイズの釣果は歴史的快挙として読者の胸に刻み込まれることになる。釣れないときのいいわけにもなる。そういった演出が、様々な手法を駆使して巧みに凝らされているのである。

釣りは、運、勘、根である。つまり人生だな。

（『開口閉口』新潮文庫　132頁）

『私の釣魚大全』のなかでは湿原の画家・佐々木栄松画伯にイトウ釣りの指導を願い出る場面でこの言葉が登場する。

《「厄介ですが手とり足とりして教えてください。おっしゃるとおりにやってみます。釣れなくたってかまわない。（略）イトウの顔さえ見られたらいい。あきらめてます。」

「いや、まあ一匹も釣れないということはないでしょう。大物が釣れるか釣れないか、それは別問題ですけれど、とにかくやってみましょうよ」

「ウン、カン、コンで？」

「そうです」

運、勘、根。

釣の要諦はこの三つにつきる。

さよう。

コトバではね。》

（文春文庫　144頁）

よく似た言葉に「ウン、ドン、コン」（運、鈍、根）がある。語順を並べ替えて運根鈍ともいう。〝成功するためには幸運と根気と、鈍いくらいの粘り強さの三つが必要である〟という意味の慣用句で、耳目に触れる機会も比較的多い慣用句だ。一方、小説家が書いている「ウン、カン、コン」（運、勘、根）は、不勉強で他では聞いたことも読んだこともない。〝勘を研ぎ澄まし、根気良く、運が訪れるのを待つ〟ことだと意訳した人がいて、なるほどと思わせるが、同時にこれではあまりにも運に任せすぎではないかという気がしないでもない。偶然の子としてはこれでいいのかもしれないが。

釣りは芸術である。

（『私の釣魚大全』文春文庫　25頁）

『私の釣魚大全』の第一話〈まずミミズを釣ること〉のなかで、常軌を逸した釣具屋のおっさんの行動を紹介したあとに《釣りは芸術である。やっぱり狂気の血を求める。》と書いているのだが、少々唐突な印象が否めないし、これだけでは説明不足というものの。小説家が考える〝釣りの芸術性〟がよくわからない。

釣りは芸術である——小説家は他の作品でもそう書いているが、じつは小説家は釣り全般を芸術であるとは決して思っていないのである。小説家が芸術として認めているのは疑似餌の釣り——すなわち自身がのめり込んだルアー・フィッシングと、自身は極めることができなかったフライ・フィッシングに限られる。小説家の考えでは、餌釣りはその範疇には入らないのである。

《サケが生餌に食いつくのは当然である。ほっといてもサケはニシンに食いつくのだからそれに鉤をしのばせて釣りあげてもさほどの自慢にはならない。釣りは芸術である。芸術とは自然にそむきつつ自然に還る困難を実践することである。そういう哲学を持っている釣師は——小生もその一人であるが——かならずや、擬餌鈎《ぎじばり》を専攻しなければならない。ミミズだの、ニシンだので手をべとべと生臭くよごさないで、何やら洒落た毛鈎や、何やらキンキラ光るルアーを流してサケを誘う工夫にふける。》

（『開口閉口』新潮文庫　128頁）

《自然の分泌物に自然がとびつくのはあたりまえである。ただのことである。いくら釣師が仕掛けや合わせの呼吸に心魂をそそいだところで餌《えさ》という決定的な一点では石器時代である。知恵もなく、工夫もなく、また、あまりに容易である。そもそも芸術とは反自然行為ではなかったか。釣りを芸術と感じたいのなら自然主義を断固としてしりぞけねばならない。釣りを生業とする漁師なら話は別だが、遊びで釣りをする〝芸術家〟なら、もっと次元の高い、むつかしい道に愉しみを発見しなければならない。少なくとも魚と知恵くらべ、だましあいをして勝敗を競うようでないといけないのではあるまいか。
　そう感じた一派が編み出したのがルアー・フィッシングである。》（『フィッシュ・オン』新潮文庫　84頁）

　このような芸術観に立つと、同じ釣りであっても餌釣りはとんでもない言われようをされることになる。

《『ライフ』誌にでた説によると、ミミズで魚を釣って、しかも他人《ひと》に穴場を教えようとしない釣師のことを〝土《ど》ン百姓〟というのだそうである。》（同81頁）

　この説を書く際には必ず〝『ライフ』誌に出た説によると〟と断り書きを入れているが、もちろんこれは小説家の自説でもあるとみて間違いない。〝『ライフ』誌に出た説によると〟という断り書きは、餌釣り愛好者の反感をできるだけ買わないようにという配慮からであったと想像する。ちなみに、小説家は先の文章に続けて以下のようなエクスキューズも書き添えている。〝ここで〟土ン百姓〟というのはミミズでマス釣りをする男のことで、農民のことをそういってののしっているのではないのである。くれぐれも御注意のほどを〟。

釣りは最初の一匹さ。それにすべてがある。

（『夏の闇』新潮社　151頁）

　ドイツの山の湖で、その地方の奇習に倣って主人公の男は連れの女を〝ネズミちゃん〟と呼び、女は男を〝ウンコちゃん〟と呼び、山の冷たい雨に濡れながらパイクを釣っているとき。やっとの思いで釣り上げた四九センチのパイクを前にしての会話のなかに登場する。

「（略）ウンコちゃん、あなた、ふるえてるわね」
「最初の一匹はいつもこうなんだ。大小かまわずふるえがでるんだよ。釣りは最初の一匹さ。それにすべてがある。小説家とおなじでね。処女作ですよ。だからおれは満足できた。もういいんだ。魚は逃がしてやりなさい。おれたちは遊んでいるんだ」（同）

　これと同じシーンが『私の釣魚大全』の〈バイエルンの湖でカワカマスを二匹釣ること〉のなかでも描かれていいて、同じように〝最初の一匹〟について小説家は語っている。

《魚釣りのすべては最初の一匹にある。一匹釣ったらそれでいいのだ。魚の大小にかかわらず最初の一匹に全容があるのだ。その戦慄も、その忘我も。数を釣ってよろこぶのは幼稚である。はじめて来た異国の湖で、はじめての日に、成魚を二匹も、しかも生餌でなく揚げたので、私は全身、充実した空無である。黄昏よ。雨よ。乱雲よ。バイエルンの遠い峰よ。さようなら。》
（文春文庫　181頁）

〝すべては最初の一匹にある〟という感情は、しかし、世の釣師にはなかなか共感されないかもしれない。もっとたくさん釣りたい、もっと大きな魚を釣りたいと思うのが釣師の偽らざる心情ではないだろうか。

　最初の一匹が釣れるまでは、頭の中は醜い妄想で地獄の釜のように煮えたぎっている。それが最初の一匹が釣れたとたんに浄化され、蒸発し、すがすがしい虚無が立ちこめて眼が澄んでくる……というようなことを小説家は書いている。逆に一匹も釣れないと煮えたぎった地獄の釜をそのまま持ち帰ることになるとも書いている。

《魚が一匹も釣れなくて水辺から去るときにおぼえるあの疲労のおびただしさは、体力の消耗よりももっと膿《う》んで腐敗したものからくるのではあるまいか。》

（『フィッシュ・オン』新潮文庫　52頁）

この〝おびただしい疲労〟には共感する釣師が多いに違いない。

釣りは大小ではない。魚は魚、一匹は一匹、女は女だという私の哲学がある。

（『風に訊け2』集英社　96頁）

「釣師・開高さんは、大きいもの（マス類）を日本では釣っているようですが、タナゴのようなものはやらないのですか。」という読者の問いに対する答えがこれ。ちなみにタナゴはコイ科の淡水魚で体長六〜一〇センチの小魚である。

〝釣りは大小ではない〟という一言には果たして本心だろうかと勘ぐりたくもなるが、それも含めて自らの哲学というだけあって、小説家はこのフレーズそのものや、その応用フレーズを作品中で何度となく書いている。

たとえば、『オーパ！』の取材旅行中、化け物のような得体の知れない外道ばかりを釣り上げては「いやだなあ——」と落ち込んでいた担当編集者の菊池治男氏に向かって——。

《真摯《しんし》にうなだれて憂鬱そうにぶつくさ呟いている。それを聞いて私は顔をあげ、冗談いっちゃいけない。お化けだって一匹じゃないか。一匹は一匹だよ、と慰める。それでもうなだれてうっとうしそうな顔をしているので、一匹は一匹、獲物は獲物だよ、といってもまだふさいでいる。女は女じゃないかと声をあげたら、そこでやっとニッコリした。》

（集英社文庫　233頁）

『旅』編集部の石井昂氏（現・新潮社役員）と共に青森県グダリ沼にイワナを釣りに行ったとき。どのポイントでもさっぱり魚影が見えず、やっと見えたのがニジマスの幼稚園児三匹で不満顔の石井氏に対して——。

《「釣りは大小じゃないよ、石井君。一匹は一匹だ。小さくても一匹は一匹さ。女は女だ。ナ。そこだ」
不満そうな顔をしているのでそういったらやっと石井君は納得し、まじめになってルアーを投げにかかる。》
（『私の釣魚大全』文春文庫　290頁）

それにしても、〝魚は魚、一匹は一匹〟はわかるが、なぜ最後に〝女は女〟がつくのだろうか。〝女は女〟の一言を付け加えないと、釣師にはピンとこないらしい……というのが小説家の考察であるようだ。

釣ることには夢中ですけれど、殺すことには興味がないんです。

（『フィッシュ・オン』新潮文庫　234頁）

キャッチ・アンド・リリースという言葉を日本で最初に使ったのは誰だかわからないが、キャッチ・アンド・リリースという考え方の普及、浸透に最も大きく貢献したのは小説家である、といっても間違いではないと思われる。

ただし、意外なことではあるが『私の釣魚大全』や『オーパ！』などの釣行記やエッセイなどを読んでも、そこにキャッチ・アンド・リリースという言葉はあまり登場しない。ＪＴＢの雑誌『旅』に『私の釣魚大全』を連載していた六〇年代後半はもちろんのこと、『オーパ！』を『ＰＬＡＹＢＯＹ』に連載していた七〇年代後半も、『オーパ、オーパ!!』で世界中を釣り歩いていた八〇年代でさえ、キャッチ・アンド・リリースという言葉はゲーム・フィッシングを愉しむごく一部の釣師たちの間で交わされる専門用語、符丁のようなものであり、一般的ではなかったからあえて使わなかった……と推察することもできる。おそらくはそれも一つの理由だろう。

しかし、より根本的な理由はキャッチ・アンド・リリースという言葉をいくら並べ立てても、「釣った魚を逃がしてやるくらいなら最初から釣らなければいいのに……」と考えるおおかたの人の胸には何ら響かない、何の回答にもならないと思っていたからではないだろうか。大切なのはキャッチ・アンド・リリースという言葉の背景にある釣師としての姿勢、思想であり、自然観であり、それを抜きにしてキャッチ・アンド・リリースという言葉が一人歩きしても何の意味もないと小説家は考えていたのだと思う。そのため、小説家はあえてキャッチ・アンド・リリースという言葉をあまり使わずに、その根底にある思想を誰にもわかる言葉で書くことに気を配った。

《「魚を逃がしてやったら、ふえますよ。そうすれば漁師もよろこぶし、つぎにくる釣師もよろこぶし、私もつぎにきたとき、また釣れるじゃありませんか。それに私は遊びで釣りをしているので、漁師じゃありませんよ。釣ることには夢中ですけれど、殺すことに興味がないんです。」》

（『フィッシュ・オン』新潮文庫　234頁）

《釣った魚を逃がしてやるのだというと、たいていの人が妙な顔をする。なかにはキザな奴《やつ》ととる人もいる。逃がしてやるくらいならはじめから釣らなければいいじゃないかとおっしゃるのである。（略）山に登って美しい花を見たとき手にとって眺めることは許されるけれど、それを折ったり、ちぎったり、根こそぎ掘ったりすることは許されない。花はもとへもどしてやるものです。魚を逃がしてやるのもそれに似ていはしますまいか。そこまでいうと、いくらか納得した顔になってもらえる。》

（『開口閉口』新潮文庫　96頁）

《バタバタするイワナを、石コロを見つけ、ガンとやろうとしていると、開高さんは、「オヤジ、あんたそれを持って帰って食べるか？」と聞く。いや、食べるために釣りに来たわけではないし、私も怪訝な顔をしていたようだ。「食べなければ……、あんたが1匹殺せば、ここの魚は1匹少なくなる。秋になって産卵に遡上すれば、この位の魚なら……」ここまで話せば、私もわかる。当時は「放す」ということは習慣ではないし、理解はするが矛盾がある。その魚は放したが、何となくすかっとしなかった。

（略）

その後、私はイワナを釣るたびに、後ろに開高さんがいるような気がして気が引けたが、その魚を持ち帰ったり、放したりした。釣魚のリリースに抵抗がなくなるまで、かなりの時間がかかった。》

（『ザ・開高健　巨匠への鎮魂歌』読売新聞社　113頁〈開高健さんの思い出と銀山湖〉佐藤進）

放してやった魚が、あの河に何匹、あの湖に何匹、あの海に何匹棲んでいると考えると、まるでその河や湖、海がまるで自分のものになったような気がしてきてたいそう愉快である……ということも小説家はよく書いている。これもキャッチ・アンド・リリースの愉しみの一つであると。

釣師・開高健は最後までこの姿勢を貫き通した、と結びたいところだが、やや意外な一言を発見してしまったので、それも記しておく。〝引退試合〟と肝に銘じて臨んだ『オーパ、オーパ!!』シリーズの初回〈アラスカ篇　海よ、巨大な怪物よ〉のなかで、五〇代になった小説家は次のように書いている。

《他人のいるところではキャッチ・アンド・リリースなどと口でいい、それを実行もしてみせるが、一人になるとにわかに慾心がめざめて、モダモダと迷わされるものである。そのあいだ魚は悶えるし、苦しむし、逃がしてやっても生きのびる可能性は減る。ならば、公的に認められたバグ・リミット（とってよい匹数）の限界内であるかぎり、素速く殺してしまうほうが偽善性は少なくなり、魚のためでもある

ということになる。これまた鬼手仏心といえるであろう。か?……》

（『オーパ、オーパ!! アラスカ篇 カリフォルニア・カナダ篇』集英社文庫 162頁）

手錠つきの脱走は終わった。羊群声なく牧舎に帰る。

（『オーパ!』集英社文庫 297頁）

拙著『長靴を履いた開高健』の第一二話〈「オーパ!」の連続だったアマゾン〉の冒頭に、次のように書いた。

〝《何事であれ、ブラジルでは驚ろいたり感嘆したりするとき、「オーパ!」という。》

46歳の小説家・開高健を隊長とする開高隊――写真の高橋曻（28歳）、担当篇集者・菊池治男（28歳）、小説家とは20年来のつきあいがあり、小説家のお守り役として同行することになった菊谷匡祐（42歳）、サンパウロの日本人学校で日本語の講師をしていた現地水先案内人役の醍醐麻沙夫（42歳）――総勢5人が大河アマゾンを訪れたのは77年8月から10月にかけて。全日程65日。全行程1万6000キロ(!)。総予算約800万円。――思わず「オーパ!」と小さくうなってしまうような日数であり距離であり金額だ。

小説家自身が『オーパ!』と名付けたアマゾン釣行記は『PLAYBOY日本版』（集英社）の78年2月号から9月号まで計8回連載され、大好評を博す。読者アンケートによる人気ランキングはほぼ毎回一位を占めた。連載をまとめた単行本（79年10月発売）――写真集のような豪華本は2800円という価格にもかかわらず10万部を超す大ヒットを記録した。結果もまた『オーパ!』である。〟（123頁）

65日に及んだ『オーパ!』の取材旅行中、小説家は終始ご機嫌で陽気だったそうだ。その小説家が

『オーパ!』の最後に記した言葉がこれだ。

《これからさき、前途には、故国があるだけである。知りぬいたものが待っているだけである。口をひらこうとして思わず知らず閉じてしまいたくなる暮しがあるだけである。膨脹、展開、奇異、驚愕の、傷もなければ黴《かび》もない日々はすでに過ぎ去ってしまった。手錠つきの脱走は終わった。羊群声なく牧舎に帰る。


　河。森。未明。黄昏。魚。鰐。猿。花。

　チャオ《さようなら》!……》　(123頁)

『風に訊け』のなかで、この最後の一文に関する北大生からの質問が取り上げられている。「ところで、その『オーパ!』の最後に〝羊群声なく牧舎に帰る〟とありますが、これは我が北海道大学恵迪《けいてき》寮の明治四十五年度寮歌の「都ぞ弥生」の二番の一部と全く同じです。もしかして、先生はこの歌をご存知なのではないですか。もしそうでしたらボクは「オーパ、オーパ!」と先生の博識にただただ脱帽するばかりなんですが……。」

　この質問に小説家は次のように答えている。

《もちろん、あの歌のせりふを知った上で、あの中に使ったのである。あの歌は、昔の高等学校、あるいは大学の寮歌の中でもっともよくできたものの一つではないかと思う。

　しかし、それをたまたま引用して書いたばっかりに、君は私の薄識ぶりに脱帽するばかりだというんだが、こんなことで脱帽していたんでは、世の中、いつまでたっても帽子をかぶる暇がなくなるじゃないか。》　(集英社　266頁)

都ぞ弥生(北大寮歌)　※二番　横山芳介作詞・赤木顕次作曲
豊かに稔れる石狩の野に
雁《かりがね》遥遥《はるばる》沈みてゆけば
羊群声なく牧舎に帰り
手稲の嶺《いただき》、黄昏こめぬ

雄々しく聳ゆる楡《エルム》の梢
打振る野分に破壊《はえ》の葉音の
ささめく甍に久遠の光
おごそかに　北極星を仰ぐ哉

同情にはきっと何がしかの軽視が含まれるものである

（『白昼の白想』文藝春秋　231頁）

出典は定かではないが、これは古代ギリシアの哲学者、プラトンの言葉として知られている。「君の悲哀がいかに大きかろうと世間の同情を求めてはいけない。同情の中には軽蔑の意が含まれているからだ。」

小説家はこの名言の上の句は使わずに、下の句だけを使った。以下の文章はベトナム戦争に触れた〈十年ののち影もなく〉と題されたエッセイからの引用である。

《いかにその国の人びとと自分がへだたっているかをかぞえようとするのは非情のように見えてじつは正確を求める多感にほかならないことも暗示された。プラトンは同情はつねに何がしかの軽視が含まれていることを賢く指摘したが、おなじように苦悩にも甘美な偽善が含まれやすいものであるということを痛感させられた。》

（『開口閉口』新潮文庫　62頁）

どうしたわけか女には魚がよく釣れる。

（『オーパ、オーパ!!　アラスカ至上篇　コスタリカ篇』集英社文庫　289頁）

ターポンを釣りにコスタリカへ遠征した『オーパ、オーパ!!』シリーズのコスタリカ篇〈雨にぬれても〉のなかで紹介された写真についているキャプションである。波間に漂う小さな釣り船に座っている水着姿の男女。その後ろに立って舵を取る現地のガイド。女性の持っている竿が大きくしなり、ファイトの真っ最中。

小説家がこの写真を見て、このようなキャプションをつけたのには伏線がある。コスタリカへ行く前の年、キング・サーモンを釣りに出かけたアラスカで〝女に限って釣れる〟という珍現象を現地のガイドに聞かされ、小説家自身もそれを目の当たりにしたのである。

《あちらのボート、こちらのボートで華やかな声が河にひびきわたるので眺めてみると、竿がグイと丸くたわんでいるが、その十人のうち七人までがきまって女である。少女、ギャル、人妻、お婆ン、年齢を問わず、オンナである。これの説明がつかない。なぜなのか、わからない。はじめのうちはそんなこともあるのだわさといって片付けていたが、毎日毎日、あまりに度重なることなので、とうとう、女なら釣れるのだというところまで認識がいってしまった。どう説明していいのか。どう説明のしようもなく、女には釣れるのだ。または、女なら釣れるのだ、といいたくなるほどである。》

（同64頁）

毒蛇《どくじゃ》はいそがない

（『フィッシュ・オン』新潮文庫　257頁）

アラスカを皮切りに、地球をほぼ半周する釣りと戦争の取材旅行に出た小説家は、旅の終盤にタイを訪れる。ベトナム戦争の取材に備えてしばらく休養して気力・体力の回復を図り、その間にベトナムのビザを入手するのがタイ訪問の目的だった。

そのタイで、タイの旧王朝の王族の一人、アンポール殿下と知り合い、殿下に誘われてアンダマン海（インド洋）に浮かぶライ島で釣り三昧の優雅な日々を過ごすことになるのだが、ある朝、釣りに出かけようとして桟橋を踏み外し、五メートル落下して右足を骨折、地元の病院で全治三～四カ月と診断される。それ以降のスケジュールをすべてキャンセルして東京へ帰らざるを得なくなった。

《夢中になって逃げだした東京へ私は帰らねばならない。懐しさよりも憂鬱、愉しみよりは嫌悪、蜜よりも酸を抱いて、しかし、どこへいくすべもなく、帰っていかねばならない。》（同256頁）——と落ち込む小説家に、タイの殿下が「これを心得ておかなければいけません」といって贈った諺がこれだった。

毒蛇《どくじゃ》はいそがない。

《この諺は、自信のあるやつはゆっくりしてるもんだということと同時に、けれど目的はかならず仕遂げてみせるのだという凄味も含ませているように思われます。ゆっくりしろということをいうのにわが国では『いそぐ乞食はもらいが少い』といいます。自分を乞食にたとえるか、毒蛇にたとえるかはみなさんの趣味におまかせいたしますが、これはただの趣味やことばの好みではすまないことだと思います。この諺を知ったところで私たちの生き方は変らないかもしれませんが、人間というものは、ちょっとしたことがちがうと、えてしてそれが大きな違いになるものです。私は小説家ですからことばの輸入をしたい。この諺が日本のものになってくれることを希望したい。この諺を毎日の暮しのフトした瞬間にざれごととして口にだせるくらいの精神を持ちたいものと思います。》（『あぁ。二十五年。』潮出版社　200頁）

小説家の死後に編纂された『ザ・開高健……巨匠への鎮魂歌』（読売新聞社）の中に故佐治敬三氏（元サントリー会長）が追悼文を寄せている。その文章の最後を佐治氏は次のように結んでいる。

《彼からよく聞かされた独白がある。「何をそないにせかせかしてはりまんね、毒蛇は急ぎまへんで」

それなのに何故君は毒蛇にならずに、急いで逝ってしまったのか。》

奥日光・丸沼には〝毒蛇の岩〟と名づけられた釣りのポイントがある。湖岸の傾斜に小さな発電所があり、短い放水路がある。そのすぐ右脇、大きな岩がゴロゴロしているあたりだ。小説家が初の丸沼釣行で六五センチのみごとなニジマスを釣り上げたポイントであり、以来小説家のお気に入りになったことから〝毒蛇の岩〟と名づけられた。

賭博は人生のスパイスである。

（『風に訊け』集英社　201頁）

一七歳の少年からの質問である。「先生のエッセイには賭博の〝と〟の字も出ていないと思います。（略）非常に広範囲に及ぶ先生のエッセイなのに、珍しいことだと思っております。先生は賭博についてどのようにお考えなのでしょうか。」

鋭い質問だ。〝男の遊び〟に強いこだわりを見せる小説家が、世の多くの男たちが熱狂してやまぬ賭博、ギャンブルについてまったく触れていないのは確かに奇妙だ。一七歳とは思えぬ目のつけどころだ。

この質問に対して、小説家はまず次のように答えている。

《賭博は人生のスパイスである。ジョークとか皮肉だとかと同じように、人生にとって絶対に必要なものである。》

（同201頁）

この答えはあくまでも一般論としてのそれであって、小説家自身はギャンブルには向いていないし、好きでもないと告白している。

《子供のときに一応マージャンから花札からいろいろやってみたけれども、のべつ他のことばかり考えているので、いつも他人に先んじられ、手が遅れてしまう。そして、せこい奴らとギャンブルをやるには、私のほうが余りにも鷹揚《おうよう》すぎる。時間がかかり過ぎる。とてもこれじゃ、日本国ではギャンブルはできないということがわかったので、それから自分が好きでもないというのでやめた。》（201頁）

跳《と》びながら一歩ずつ歩く。
火でありながら灰を生まない。
時間を失うことで時間を見出す。
死して生き、花にして種子。
酔わせつつ醒めさせる。
傑作の資格。
この一瓶。

（『サントリーオールド』の広告　1979年）

広告史に残る名文といっていいだろう。「さすが芥川賞作家！」と唸らされるというもの。

都会は石の墓場です。人の住むところではありません

――ロダン――

（『フィッシュ・オン』新潮文庫　巻頭）

フランスの彫刻家オーギュスト・ロダン（一八四〇～一九一七年）はパリを〝石の墓場〟と形容し、〝人の住むところではない〟と断じた。その言葉を、小説家は『フィッシュ・オン』の巻頭に掲げた。釣りのできる国では釣りをし、戦争をしている国では最前線へ行くという和戦両用の構えで地球をほぼ半周し、その中から釣りの部分だけを抜き取って一冊にまとめた『フィッシュ・オン』。その巻頭言としては少々違和感を覚える人も少なくないのではないだ

ろうかと推察する。
そうした反応をある程度予想していたのか、小説家は〈後記〉のなかで、ロダンの言葉を巻頭に置いた理由を説明している。

《ところが、アラスカの荒野の川でキング・サーモンを釣ってからパリへいってみると、かつて何度いってもあきることがなくて、ときには呪《のろ》いつつも魅《ひ》きつけられずにはいられなかったあの都が、ふいに一変してしまって、〝華麗な肥《こ》え溜《だ》め〟としか感じられなくなったということがある。サン・ミシェル大通りの町角で私は声にだしたいほど〝アラスカ〟を痛覚し、欣求《ごんぐ》したのだ。『都会は石の墓場です。人の住むところではありません』というロダンの一言半句がそのときほど肉迫、浸透したことは、かつてなかった。
そこでこの本にもそれを冒頭に掲げた。》

石つながりの言葉を二つ記しておく。

《どこでも深夜の大都会は石の荒野のように見える。》
（『声の狩人』光文社文庫　120頁）

《都会の人間は袋の中の石コロだ。どれもこれもおなじだ。》
（『オーパ！』集英社文庫　193頁）

前者は小説家の言葉だが、ロダンの影響が感じられる。後者はサマセット・モームの名句の一つである。

半ば子供の脳を持った大人衆と
半ば大人の脳を持った子供衆と
そういう私自身のために。

（『もっと遠く！（上）』文春文庫　巻頭）

南北アメリカ大陸を一気通貫で縦断した釣り紀行の北米篇『もっと遠く！』、南米篇『もっと広く！』が発売されたのは一九八一年のこと。その北米篇

『もっと遠く!』の巻頭にひときわ大きな文字で記された言葉がこれだ。言葉の意味するところは何ら目新しくはないのだが、表現の仕方ひとつでそれを名言に仕立ててしまう、その意味ではいかにも小説家らしい名言といえだろう。

この言葉のルーツ!?を、一九七八年に発売された『オーパ!』(集英社)のなか——『PLAYBOY』の岡田編集長(当時)とスキヤキを食べながら小説家がアマゾン釣行企画を売り込むシーンに見ることができる。

《じわじわと説《と》いていくうちに編集長氏の惨憺たる中年のぬかるみのような倦怠の澱みのなかにチカッと閃くものがあった。眼が光ってちょっとうるみはじめ、なかばお子様の脳を持った大人という顔になった。(略)そこで、何でもいい、《驚き》を求めたいのである。それはお子様の脳を持たないことには入手できない。お子様だけが驚く才能と天稟《てんぴん》を持つのである。しばらく黙考してから、編集長氏は二コチンとアルコールと憂愁で色づいた二本の前歯を優雅に露出し、言葉短く、「よし。買った。やりましょう!」といった。》

(『オーパ!』集英社文庫 53頁)

『もっと遠く!』の巻頭を飾ったこの言葉、そっくりそのまま『オーパ!』の巻頭を飾っていてもおかしくはなかったのである。

なぜ男が
一軒の酒場にかよいつめるか。
しいてあげれば、
ストゥールのすわり心地と、
カウンターが肘をどう
吸いとってくれるか、だろうか。

(『珠玉』文藝春秋 12頁)

言葉で説明できるような、できないようなものだが、ストゥールのすわり心地、肘のつき心地が、もう一度その店に行く気にさせるかどうかの信号の第一触であり、最初の一瞥だというのが小説家の持論であるようだ。この場合の酒場とはいうまでもなくバーのことだ。ストゥールのすわり心地に関するこだわりについては読んだことがないが、肘のつき心地については『珠玉』のなかでこう書いている。
《毎夜毎夜しこしこと雑巾で拭きこんだ、傷だらけのカウンターに肘をのせると、まるで古い革のようにしっかりと、しっくりと、支えてくれる。》（12頁）

何かを手に入れたら
何かを失う。
これが鉄則です。

（『河は眠らない』文藝春秋）

《何かを得るためには何かを失わねばならないという苛酷な鉄則は文明でも革命でも文学でも同様であるらしい。さまざまな国をわたり歩いてノン・フィクションを書きつづけた結果、知らず知らずのうちに私はフィクションの生理を怖れることを忘れてしまっていたらしい。》（『白昼の白想』文藝春秋　171頁）

同じ意味のことを、フランス流に洒落ていうと、まったく違った言葉になる。

《オムレツをつくるためには卵を割らねばならない》（『夏の闇』新潮社　9頁）

これはフランスの諺だが、〝卵を割らないでオムレツをつくることはできない〟と書いていることもある。

何事であれ取材費を惜しむと仕事が痩《や》せる

（『オーパ、オーパ!! モンゴル・中国篇 スリランカ篇』集英社文庫 164頁）

〝取材費を惜しんではろくな仕事はできない〟――これは小説家の持論であると同時に経験的事実であり、他の小説家、ジャーナリスト、新聞記者や雑誌記者などがみな痛感している客観的事実だといってもいいだろう。小説家には〝浪費しない作家なんて作家じゃない〟という持論もあるが、〝取材費を惜しんではろくな仕事はできない〟はそれと対句をなすものだということもできる。

『白いページⅢ』（角川文庫）に収録されている〈直視する〉と題したエッセイでは、わが国の大新聞、週刊誌、純文学雑誌、中間小説雑誌ことごとくを「ツマラナイ」とヤリ玉にあげた上で、その理由の一つとして出版社の中に原稿料や取材費を惜しむソロバン勘定が蔓延していると指摘している。

《匿名欄の執筆者は世をしのぶ仮の姿として名をかくすことを選んだわけだが、わが国のそれがことごとく現在不振なのは、原稿料が安いという一点にあるかと推される。》（43頁）

《取材費を惜しむといい仕事ができないというのはノン・フィクション・ライターや記者たちにとっての鉄則だが、何もリポーターだけがそうなのではあるまい。ただただ銭を惜しんで安くあげようというソロバン勘定だけのためにあたら明知の人物たちがつまらない紙面を作っていることが多すぎるのだ。安かろう、まずかろうの原則である。》（同）

ナポレオンだって
モスコーの冬には負けた。

（『もっと遠く！（下）』文春文庫　222頁）

釣果は天候に大きく左右される。腕自慢の釣り名人が、素晴らしい釣り具一式を揃え、釣り場に精通したガイドに案内されて折り紙付きの釣り場へ出かけていっても、天候が悪ければ釣果がまったく振るわないことは、一日竿を出して一匹も釣れないなどということは、珍しくも何ともない。よくあることだ。釣師ならばそんなことは百も承知なので、天を恨みこそすれ、貧果や無果を誰彼のせいにしようなどという気持ちはさらさらない。そこはさっぱりしたものだ（普通はネ）。

しかし、日本からはるばるやってきた高名な小説家を出迎えた現地のホスト役やガイド役たちは地元を代表し、地元の名誉にかけて小説家に一匹でも多くの魚を、一センチでも大きな魚を釣らせてやりたい一心で手を尽くし、奔走し、策を尽くし、それでもいよいよダメだとなると、それがたとえ天候のせいであっても、まるで自分のせいだといわんばかりに恐縮し、落ち込むことになる。そのような状況でホスト役やガイド役を慰めるための小説家の常套句がこれである。気遣いの一言だ。

《天候には勝てませんよ。ナポレオンだってモスコーの冬には負けた。私はシケには慣れてるんです、気にすることありませんと、私はいつもの慣用句を口にして彼を慰め、ついでに、アハハハと、寛大に悠々と笑ってみせる。》（222頁）

ナポレオンだけでは足りずにヒトラーの名前を連ねることもある。

《魚が釣れるにこしたことはないでしょうが、何といってもお天気には勝てないんでね。ナポレオンもヒトラーもモスコーの冬には負けたじゃありませんか。気にしないことです。気にしない、気にしない。いい日もあればわるい日もあります。》

（『もっと広く！（下）』文春文庫　58頁）

匂いのなかに本質がある

（『輝ける闇』新潮文庫　108頁）

『輝ける闇』のワン・シーン、戦時下のサイゴン（現ホーチミン）のレストラン『ナポレオン』における主人公である日本の小説家と米軍のウェイン大尉との会話を少し長めに引用する。

「（略）日本へ帰ったらこの国を舞台に小説を書くんでしょう？」

「いや、まだきめていません。小説を書くためにきたのじゃないんです」

「われわれのことも書くんでしょうな」

「もし書くとすれば匂《にお》いですね。いろいろな物のまわりにある匂いを書きたい。匂いのなかに本質があるんですから」

「（略）私の考えでは、文学は匂いよりも使命を書くべきものではないですか。もちろんあなたの自由ですけれど、私なら使命を書く。匂いは消えても使命は消えませんからね。私ならそうする」

「使命は消えませんか？」

「消えませんとも」

「使命は時間がたつと解釈が変ってしまう。だけど匂いは変りませんよ。汗の匂いは汗の匂いだし、パパイヤの匂いはパパイヤの匂いだ。あれはあまり匂いませんけどね。匂いは消えないし、変らない。そういう匂いがある。消えないような匂いを書きたいんです。使命も匂いをたてますからね」（108頁）

〝いろいろな物のまわりにある匂いを書きたい〟といい、〝匂いのなかに本質がある〟といったのはもちろん作中人物である「私」であり「小説家」であるが、それが小説家自身の想いであり、確信であることはいうまでもない。しかし、小説家は匂いをテーマにした作品は書いていない。後年、音の記憶をたどって自身の半生を描いた『耳の物語』（破れた繭／夜と陽炎）を発表し、日本文学大賞を受賞しているが、匂いをテーマにした『鼻の物語』は書いていない。

『鼻の物語』は書いていないが、開高作品は実に多くの匂い、濃密な匂いに充ち満ちている。すべての作品を『鼻の物語』と括ってもいいほどだと書くと少し大げさかもしれないが、そういいたくなるほどどの作品からもさまざまな匂い、香り、臭い、悪臭、腐臭などが匂い立ってくる。だからこそ、あえて『鼻の物語』を書く必要がなかったのだと考えられる。

小説家の作品がさまざまな匂いに充ち満ちているのは、きっと嗅覚が人一倍敏感だったからだという仮説を立て、それを立証する記述がないかと気をつけつつ作品を読み進んでいたら、次のような記述にぶつかった。ビンゴ！だ。

《音楽と新劇には訓練がないので私は弱いけれど、嗅覚《きゅうかく》だけはいくらか心覚えがあり、中年になっても衰えることがないので、悪臭にはひとかたならず苦しめられる。胸苦しいのは梅雨時と夏で、こういう季節に男や女に近づいていくと、ことに女に近づいていくと、髪から足の趾《さき》まで、すべての箇所が匂いをたてているものだから、熱帯の密林がのしかかってくるようである。》（『開口閉口』新潮文庫　144頁）

小説家の作品は、物語の一丁目一番地から匂いに満ちていることが多い。初期の傑作『パニック』でさえも物語は「匂い」からはじまっている。それぞれの書き出しは次の通りである。

『パニック』
《飼育室にはさまざまな小動物の発散するつよい匂《にお》

いがただよっていた。その熱い悪臭はコンクリートの床や壁からにじみでて、部屋そのものがくさって呼吸をしているような気がした。》

『ベトナム戦記』

《どの国の都にも忘れられない匂いというものがある。私がおぼえているのはパリなら冬の夜の焼栗屋の火の匂いである。初夏の北京はたそがれどきの合歓木の匂いでおぼえている。ワルシャワはすれちがった男のウォトカの匂いでおぼえている。ジャカルタの道には椰子油の匂いがしみこんでいた。》

このような書き出しではじまり、ベトナムはどの町、どの村へ行っても〝ニョク・マム〟の匂いがしみこんでいる……と続く。

『破れた繭　耳の物語*』

《住む人もない廃屋があって、衣装箪笥がある。それにはカビの匂いがつまり、埃りがつもって黒くなっている。そういう衣装箪笥をあけてみると、ときどき古い香水瓶が見つかったりするものである。栓《せん》をとると残香がたちのぼってくる。それにふれた瞬間、昔の思出がよみがえる。》

『もっと遠く！』の第七章〈女と男のいる舗道〉ははじめて訪れたニューヨークの探訪記になっているが、地下鉄でタイムズ・スクェアに降り立った冒頭のシーンは濃密な匂いの描写でむせかえりそうになる。

《（略）とたんにむわああああッと、雲古の匂い、御叱呼の匂い。アジア人種のは塩辛くて酸っぱいが、この市のそれはコカコーラとハンバーグのせいだろうか、塩辛くて酸っぱいうえに何やらねっとりと悪甘く、かつ、しつっこいのである。それが一本の柱のかげ、一枚の壁の暗がりというのではなく、あらゆる柱、あらゆる壁、あらゆる階段、何やら薄暗い、荒涼とした、そのあたりいちめんに、むんむんたち

こめ、ツンツンと匂うのである。》

（『もっと遠く！（下）』文春文庫　21頁）

以下、印象に残った匂いの描写――『鼻の物語』――をいくつか列挙しておきたい。

《バターのとける金色の高い香りのなかをよこぎってわれわれはすみに席をとり、情事の匂いのするハイビスカスを盛った花瓶のかげにすわった。》

（『輝ける闇』新潮文庫　105頁）

《くらめくような戸外へでていくと、そこは白熱の日光がみなぎり、貧しい男や女たちがおしあいへしあい、いっせいに汗とキンマの匂いをたて、なむあみだぶつ、なむあみだぶつと唱和していた。》（同136頁）

《南の貧しい諸国の農村や貧民街からでてきて、これから北の富める国へいき、建築現場でセメントをこねたり、道ばたでアスファルトを煮たりするのである。女は料理店で皿洗いをしたり、ビルや駅の掃除をしたりする。北からおりてくる列車は花の匂いがするが、北へのぼっていく列車は汗の匂いがする。》

（『夏の闇』新潮社　49頁）

《森の道を宿に向かって歩いていると、ふいにまわりの幹や、笹《ささ》や、道が暗くなり、雨がはげしく降ってきた。森のなかが蒸れたように生温かくなり、枯葉、苔《こけ》、樹液の匂いがいっせいにきつく匂いたった。そして急速に冷えこみはじめた。はしゃぎたった匂いたちは小さな足音をたてて森のあちらこちらへ姿を消した。》

（同139頁）

《つまり本にも〝匂い〟があって、香水瓶《こうすいびん》は栓《せん》をとらないとわからないけれど、これはいつも栓をとった状態でそこにあるのだ。その匂いが第六感でヒクヒクと嗅《か》ぎわけられるようになってくる。本は、だから、読むまえにまず嗅ぐものでもあるわけだ。》

（『白いページⅡ』角川文庫　45頁）

《ただし、コトのあとでいくら顔を洗ってもバルトリン氏腺液の匂いがヒゲにいつまでものこっているようで、フッ、フッと気になってならないものだから、タクシーのなかで、いつもヒゲをいじっていた。いじらずにはいられないのである。オー・ド・コローニュをいくらなすりつけても、アカンネ。それはころから発する匂いであるからネ。》

（『あぁ。二十五年。』潮出版社　289頁）

小説家は三六歳のときに何となくヒゲを生やしてみたことがあった。このヒゲがたいそう女性に喜ばれたそうである。その頃に書かれた〈こころの匂い〉というエッセイのなかにこう書いてある。バルトリン氏腺液の匂いがヒゲにつくって、いったい……。

二十五歳までの女は
自分だけを殺す。
三十五歳までの女は
自分と相手を殺す。
三十五歳以後の女は
相手だけを殺す、

（『フィッシュ・オン』新潮文庫　226頁）

小説家がタイの殿下に教えられたタイの諺ということになっているのだが、話があまりにできすぎているので、ひょっとしたらこれは創作かもしれないと思ってタイ在住のライター、そむちゃい吉田氏に確認してみると……。

「諺かどうかは知らないが、以前タイ人の友人が同じことをいっていたのを聞いたことがある。私自身タイの女性たちを見ていてこのとおりだと思う。情熱的なんです。だからタイの男性は浮気も命がけです。というかその前に浮気すんなよという話なんですけど（笑）」

小説家はこの諺がえらく気に入ったというか、気になったようで、帰国後にわざわざ独自調査を重ね、諺の裏付けを取ったりしている。

《東京へもどってから新聞の三面記事を注意して読み、刃傷沙汰で女が積極的な行動にでたケースを読みわけて、それとなく年齢をしらべてみると、例外があることはもちろんだが、まずまずこの諺に一致していた。それを発見したときの私の愕《おどろ》きは大きかったけれど、タイ人の観察眼の鋭さにあらためて脱帽したくなった。これがほんとの万国共通だというのが私の駄洒落《だじゃれ》だが（略）》（『開口閉口』新潮文庫　236頁）

二頭の水牛がぶつかれば一匹の蚊が死ぬ

（『輝ける闇』新潮文庫　261頁）

『輝ける闇』の主人公が、ベトナム人青年に教えられたベトナムの古諺。水牛が二頭ぶつかると角にとまっていた蚊が潰されて死ぬというのが言葉本来の意味だが、それが比喩となってさまざまな場面でさまざまな意味になる応用範囲の広い諺であるようだ。『輝ける闇』のなかでは最初この諺はベトナム戦争の比喩と思われるかたちで使われている（142頁）。〝二頭の水牛〟はベトナム政府軍とベトコン（南ベトナム解放民族戦線）、あるいはその背後に控えるアメリカとソビエト、そして〝角にとまっていた蚊〟がベトナムでありベトナム人であるという戦争の本質が、この諺で表現されている。

ところが、話の終盤、最前線のジャングルのなかで、主人公はこの諺を違った解釈で思いだす。〃角にとまっていた蚊〃に自分自身を重ね合わせるのである。

《蚊か。とうとうハイエナから蚊になってしまったか。毒もなく、血も吸わない蚊。たまたま水牛の角のさきにとまったばかりに……》（261頁）

人間に不満がある限り表現活動は、無限に多様に変化していく。

（『白いページII』角川文庫 232頁）

「四畳半襖の下張裁判」の証人として証言台に立った小説家が、タブーについて訊かれた際の一言。タブーには、社会的な外圧として潜在的顕在的に存在するタブーと、個人が我と自らに課すタブーの二種類があるとまず述べ、社会的な外圧としてのタブーがあるときは個人はそれを破りたいと願うものだが、社会的外圧としてのタブーがなくなると人間は我と自らにタブーを課すものだと論を展開し、次のように結んでいる。

《これは、人間が永遠に追い続ける矛盾の夢というものではないかと思います。これがあるがために、つまり、人間は一方において満足を求めますけれども、同時に永遠に不満な動物でもあって、人間に不満がある限り表現活動は、無限に多様に変化していく。その他いろいろなことも無限に多様に変化していくというふうに私は考えるんです。》

人間の不幸は部屋のなかにじっとしていられないことである、

（『フィッシュ・オン』新潮文庫 245頁）

タイで、桟橋から落ちて右足を骨折し、以来、日がな一日デッキチェアに横たわり、ギプスをはめた右足を椅子にのせ、本を読んだり、望遠鏡で海を眺めたり、うたた寝をする生活を強いられることになる。そのときに頭に浮かんだのが、〝退屈についての最初の偉大なる理論家〟などともいわれるフランスの哲学者、ブレーズ・パスカル（一六二三〜一六六二年）の言葉だった。

その数頁あとに小説家は次のように記している。

《パスカルは人間の不幸が部屋のなかにじっとしていられないことからくる、と賢く指摘はしたが、では部屋のなかにじっとしていることが幸福であるとは、けっして正叙法で指摘していなかったはずである。》（248頁）

『夜と陽炎　耳の物語＊』（新潮文庫）のなかでも、この言葉が二カ所に登場する。

《人の不幸は部屋の中にじっとしていられないことである。たしかパスカルだったと思うのだが、そういう箴言《しんげん》がある。（略）旅行癖が昂進《こうしん》してとどめようがなくなり、枯草に火がついたみたいにひたすら燃えるだけとなってくると、自身にたいする弁解としてはもっともしばしばこの言葉がよみがえってきて、爪《つめ》か髪のようになってしまった。ゲーテ、ボードレール、E・パウンドなど、旅への誘いの名言はいくらでも引用できたが、これ以上に短くて的確なのは他になかったので、他人にたずねられるとしじゅうこれを口にして返答とするのも習慣となってしまった。》（131頁）

部屋にじっとしていられないので外へ出る。作家同盟の誘いで中国へ行く、東欧へ行く。アイヒマン裁判の傍聴のためにイスラエルへ行く。戦争を見るためにベトナムへ行く。中東へ行く。ナイジェリアへ行く。北米大陸の北端から南米大陸の南端まで一気通貫で釣り歩く。等々……。

珍しく自宅にいて、珍しく外食などし、帰宅後、パリから持ち帰ったブルゴーニュの赤ワインなぞの栓を抜き、上機嫌で妻と娘と三人で飲んでいるときに、小説家の日頃の行状に対する家族の不満が爆発する。

《気がつくと二人は爛々《らんらん》と眼を輝かせ、頬《ほお》を紅潮させ、声をかぎりに罵っていた。何事だ。なめるのもほどほどにしろ。女房《にょうぼう》子供をほったらかしてあっちこっちほっつき歩いて。てめェの家を母子家庭みたいにしておいて、よその国の切った張ったを覗き歩いて、御大層なことを書きまくりやがって……というのであった。》（143頁）

妻や娘に烈しい言葉で罵られても、それでも部屋にじっとしていられない。不幸な心理であり生理なのだ。

《部屋にとどまることも不幸なら、とどまっていられないことも不幸である。いささか激しく響くが、いっそ、自殺したくないから旅に出るのだといってみてはどうだろうか。すでにそうメルヴィルが吐いているのではなかったか。たしか、メルヴィルであったはずだ。だったな？……》（146頁）

人間のやること全ては変態ではない、〝変態〟というものは人間にはない。

（『シブイ』TBSブリタニカ　48頁）

小説家最後のエッセイ集『シブイ』に収録されている〈ニューヨークの魅力と魔力……その2　性と死〉のなかで、はじめて訪れたニューヨークで目の当たりにしたセックス産業にみる変態ぶり、露出狂ぶりについて触れた上で、《人間のやること全ては変態ではない、〝変態〟というものは人間にはない、という考え方を俺はするのであるが、〝人間的〟という言葉ででも表現しておくしかない。》と述べている。

『シブイ』とほぼ同時期に書かれた『珠玉』の最後に、主人公の小説家と女――新聞社の家庭部で働く阿佐緒が、山間の宿の露天風呂に入るシーンが描かれている。ここで主人公はそばに誰もいないのに女の耳に口をつけ、あることをささやく。自分におしっこをかけてほしいと頼むのである。

《これは子供のときからの念願だったけれど、まだ果していない。生まれてはじめてのことなんだ。杯《さかずき》のふちに口をつけたら底までとことん飲み干さなきゃいけない。バッチイだの、不潔だのなんてことはここにはない。この湯の清潔さと豊かさをごらん。あふれるまま。流れるまま。まるで川じゃないの。ここによこたわる。そこへまたがって。やって頂戴。ヘンタイなんてこともない。自分がしたいと思うことは誰もがしたがってることとか、とっくにやってることじゃないの。》（167頁）

「人間」らしくやりたいナ
トリスを飲んで
「人間」らしくやりたいナ
「人間」なんだからナ

（『トリスウイスキー』の広告　一九六一年二月）

奈良女子高等師範学校（現奈良女子大学）の物理・数学出身で、教職を経て戦後寿屋（現サントリー）の研究室でウィスキーの熟成の基礎研究をしていた妻・牧羊子の紹介で、育児に専念するため退職する牧と交代する形で小説家が寿屋にに入社するのは一九五四年二月二二日。二三歳のときのことである。配属先は宣伝課。ここにコピーライター・開高健が誕生することになる。以後、五八年二月に『裸の王様』で第三八回芥川賞を受賞し、同年五月に寿屋を退職するまでの間、小説家はトリスウイスキー、赤玉ポートワイン、角瓶、サントリービール等々について膨大な広告コピーを書きつづけるのである。

〈「人間」らしくやりたいナ〉はトリスウイスキー（大瓶三三〇円、ポケット瓶一二〇円）用に書かれたコピーであり、小説家が手がけたコピーの中でも代表作と呼ばれるものである。〝人間らしくやりたいな〟ではなく、なぜカギ括弧付きの「人間」なのか、なぜ「な」ではなく「ナ」なのか。小説家が生きていたらぜひ聞いてみたいものだ。

ぬくときに舌うちするよな大年増

（『私の釣魚大全』文春文庫　116頁）

《どういうものか南の魚の肉はボワボワ、ダラリとしていて、シマリのないところがある。ふと『末摘花』の一句を思いだしたくなるようなところがある。》

（『私の釣魚大全』文春文庫　116頁）

ふと思い出した『末摘花』の一句、それが「ぬくときに舌うちするよな大年増」である。

どのような場面での舌うちかは適当に想像していただきたい。『末摘花』とは正式には『俳風末摘花』といい、江戸時代末期にもっぱら恋愛や性的な事柄、糞尿など下世話な事を詠んだ川柳を集めて編纂されたものである。小説家の愛読書の一つだったのだろうと推察される。

引用文は南西諸島の奄美群島に属する離島の一つで或る徳之島へ行ったときのもの。このとき小説家は地元の漁師の舟に乗せてもらって太平洋から東シナ海にかけておよそ一一時間釣りをし、クロマツ八本、シロダイ二本、アカダイ一本を釣り上げている。このうち食味の評価が高かったのはシロダイで、塩焼きにして食べると〝体は大きいが味わいは《青い麦》で、思わず眼を瞠ったことであった。〟と記している。クロマツは醤油で煮て食べたところ〝何やら南の魚独特の茫洋とした歯ざわり、そこへ妙な脂臭が匂って、ヘンなものだった〟と不評であり、刺身で食べたアカダイは〝やっぱり歯ざわりが茫洋としていて、シコシコと練り上げられたタッチがない〟とこれまた不評だった。これらを総合的に判断すると《南の魚の肉はボワボワ、ダラリとしていて、シマリのないところがある。》という評価になり、そこからの連想で耳の底で大年増の舌うちの音が聞こえたような気がしたのだろう。

ネズミの仔《こ》は野原のイワシである

（『開口閉口』新潮文庫　21頁）

《田ンぼのネズミをはじめて食べたのは一九六四年のことである。はじめてヴェトナムへいった年である。はじめてそこへいき、はじめて前哨《ぜんしょう》陣地へいって暮し、某日はじめてパトロール作戦に従軍し、その日の昼飯どきになって兵隊といっしょに洗面器をかこんで飯を食べているうちに、はじめて野ネズミを食べたのだった。》（同21頁）

《肉は兎《うさぎ》のようでもあり、鶏のようでもありつつ、もうちょっと上品で、しねくねと柔らかく、噛《か》みしめると何やら潤味めいたものも分泌されてきて、なかなかいいのだった。》（同22頁）

『もっと広く！（下）』のなかでは〝高貴で精妙な美味〟（文春文庫　127頁）とも表現している。この味覚は、ベトナム戦争の強烈な印象とともに小説家の舌に生涯残り続ける。

　とある講演旅行で一緒になった陳舜臣氏相手に小説家が田ンぼのネズミがいかに美味であるかを説い

たところ、それを丸ごと酒に漬け込んだものがあると陳氏が言い出し、後日、その酒を送ってくれた。『田乳鼠仔酒』というのがそれである。田ンぼのネズミ同様、この酒についても小説家はエッセイの中で何度か書いている。

某日。オーパ隊の結団式が茅ヶ崎の開高邸で開かれたとき、このネズミ酒を小説家はオーパ隊の面々に振る舞ったそうだ。カメラマンの高橋曻氏にそんな話を聞いたことがある。

「野ネズミの酒を飲まされて、そのあとに瓶から引っ張り出したネズミの仔を食わされた。エーッって思ったけど、前に何でも食えるっていっちゃったもんだから、もうしょうがないじゃない。これ食えばアマゾンへ行けるんだって思ってヤケクソで食べた。他の連中も食べた。それを見て先生は面白がっているわけよ。何がなんだかわからない夜だったなあ」

あまりいい趣味とはいえない……。

眠りにも、名作、駄作、凡作、愚作とある。

(『白いページⅡ』角川文庫　240頁)

「四畳半襖の下張」裁判の証言台に立った小説家に対し、特別弁護人を務めた丸谷才一氏は『夏の闇』を取り上げ、これだけ主人公がむやみによく眠る小説は世界文学で唯一最高のものではないかと思われると感想を述べた上で、偶然よく眠る主人公になったのか、それとも方法的意図があってそのような主人公になったのかと尋問する。

我が意を得たりとばかりの小説家の証言を要約するとこうなる。主人公は東南アジアの戦場で激戦に巻き込まれて、かろうじて生き残って帰還した男で、そういう体験をした結果、社会の一切の現象に対して興味と関心と情熱を持つことができず、倦怠と分解に落ち込んでしまう。一切のものを拒んでいるのだが、拒めないものが三つある。眠ることと、食べることと、交わること。それだけが主人公にとって現実であると感じられるものなので、それを書かなければならなかった。この三つのうち、眠るということと食べるということを二〇世紀の文学はおろそかにしすぎている向きがあるので、失敗するかもしれないがあえて書いてみたかった。

何が眠りの名作であり、何が駄作であるかは、残念ながらここでは証言していない。

《中には、悪夢にさいなまれて何とも言いようのないものもある。名作と言われるくらいの眠り、あとになって、あれはいい睡眠だったと思いかえせるくらいの眠りというのは、一年に一ぺんあるかなしですし、生涯の内でも最後まで記憶できるような眠りというのは、実に少ない。》（同241頁）

『夏の闇』の主人公のモデルである小説家自身、眠るのが大好きだったことは付け加えておくべきだろう。《一日じゅうトロトロうとうととそうやって寝たままで暮し、夕方になると、いてもたってもいられない焦躁《しょうそう》と不安をこらえて酒をする。（略）トイレとベッドこそはわが聖域であったし、いまでもそうである。》（『白いページⅢ』角川文庫　105頁）

ノー・ストライク、ノー・ヒット、ノー・バイト、ノー・フィッシュ

（『オーパ、オーパ!! アラスカ篇　カリフォルニア・カナダ篇』集英社文庫　367頁）

何時間釣り続けても、何日間通い詰めてもまったく一匹も魚が釣れないときの常套句である。言葉の

重ね方によって、そのときどきの小説家の落ち込み度合いを判断することができる。「半日やってノー・ヒット、ノー・バイトだった」という二語重ねはまだショックが少ない。「降りしきる雨の中、数え切れないほどキャスティングを繰り返したがノー・ヒット、ノー・ストライク、ノー・フィッシュだった」という三語重ねになるとかなりショックを受けている。そのマックスが四語重ねだ。

四つの言葉の語順は決まってはいない。『オーパ、オーパ!! アラスカ篇 カリフォルニア・カナダ篇』では、〝ノー・ストライク ノー・ヒット ノー・バイト ノー・フィッシュ〟という順だが、『白いページⅡ』に収録されている〈続・試す〉のなかでは《合計一一時間やったが、ノー・フィッシュ、ノー・ストライク、ノー・ヒット、ノー・バイト、とことん坊主であった。》（66頁）という語順になっている。

この四つの言葉は英語だとなんとなく違いがわかる気がするが、日本語にするとノー・ストライクもノー・ヒットもノー・バイトも要は〝アタリがない〟の一語になってしまい、なんともしまらなくなってしまう。

飲むのはつめたく
寝るのはやわらかく
垂れるのはあたたかく
立つのはかたく

（『風に訊け』集英社 220頁）

『週刊プレイボーイ』の名物人生相談『風に訊け』のコーナーで、質問が採用された読者にプレゼントされていたTシャツに印刷されていたのが、この言葉。ルイ一一世（一四二三〜一四八三年）が残した「人生の四つの楽しみ」というのだそうである。〝慎重王〟と呼ばれたルイ一一世らしからぬ言葉のようにも思えるのだが……。四つの楽しみのうち三つはわかるが、ひとつだけ、〝垂れるのはあたたかく〟の意味がわからない。当時の担当編集者にも確認してみたがわからなかった。あたたかく垂れるものとは何だ？

ノンフィクションの場合は、自分の想像で物を書いてはいけない。

（『あぁ。二十五年。』潮出版社 302頁）

『あぁ。二十五年。』に収録されている〈作家の生き方、書き方〉という講演録のなかで、三〇代から四〇代前半まで一五年くらいは諸外国の戦争や紛争を取材し、小説としては『輝ける闇』『夏の闇』『歩く影たち』が生まれ、ノンフィクションとして『フィッシュ・オン』『ベトナム戦記』などが生まれたと語っている。フィクションとノンフィクションを書き分けるなかで、小説家はその違いは何か？——を考え続けたという。

《仮にノンフィクションの場合でも見たもの全てを描くわけではないから、言葉を選んで、取捨選択して書いている。この点では全く区別がない。ただ一つ、ノンフィクションの場合は、自分の想像で物を書いてはいけない。想像で書くときには、自分の想像であると断わらなければいけない。これがノンフィクションの最低の約束ですね。ところが最近のノンフィクションには、自分の想像をあたかも事実であるかのように書いたものが多いですね。》（同）

この話の前に、小説家は次のようなことも語っている。

《この十年来、新潮社の《闇》シリーズ（『輝ける闇』『夏の闇』）の第三部『花終る闇』がいつまでも完成しないで、日夜書斎にたれこめて、とらえようのな

いイメージと言葉のお粥のなかを、ねばねばぐずぐずと漂い暮していた。》（同301頁）

《私の気質から、書斎のなかに朝から晩までたれこめていると、《字毒》に冒されてくる。（略）これではいかんというので、鬼のような編集者の目をかすめて外国に出発するんです。そうして生れたのが『オーパ！』『もっと広く！』（集英社刊）と、今度刊行した『もっと遠く！』です。これは、いわば浮気から生まれた子です。》（同）

こういう作品の評価、分類の仕方もあったか――。

ノン・フィクションを書くと、フィクションが書けなくなってくる。

（『白昼の白想』文藝春秋 192頁）

一九五八年二七歳で芥川賞を受賞した小説家は、一九六〇年野間宏を団長とする訪中日本文学代表団の一員としてはじめて外国を訪れたのを皮切りに、以後一〇年以上にわたって新聞社の臨時海外特派員などの立場で精力的に諸外国を訪ね歩き、多くのノンフィクション作品を発表し、それらは『過去と未来の国々―中国と東欧』（一九六一年）、『声の狩人』（一九六二年）、『ベトナム戦記』（一九六五年）、『饒舌の思想』（一九六六年）などの本にまとまっている。国内においても各地を巡って『日本人の遊び場』（『週刊朝日』一九六三年七月～九月）や『ずばり東京』（『週刊朝日』一九六三年一〇月～一九六四年一一月）などのノンフィクション作品を書いている。

また六八年になるとその後の釣行記の先駆けとなる『私の釣魚大全』の連載が雑誌『旅』でスタートし、六九年には地球を半周する釣りと戦争の旅に出かけることになる。この取材旅行のうち、釣りの部分だけを集めたのが『フィッシュ・オン』（一九七一年）である。

『パニック』(一九五七年)や『裸の王様』(同)、『流亡記―F・K氏に……』(一九五九年)などの純文学作品を書いていた気鋭の芥川賞作家が、一九六〇年以降ノン・フィクションにのめりこんでいく理由について深く考察すると、『開高健の闇』と題してもおかしくないような大部の一冊を書かなければならなくなるので、ここではごく浅くいくつかの点を指摘するにとどめておく。

一、サルトルの『嘔吐』との出会い

学生時代に結婚し、子供をもうけ、家族を養うためにパン焼き工や旋盤見習い工をしていた頃にサルトルの『嘔吐』に出会い、それによって決定づけられた目指す文学の方向性。それがまずある。

《文学はもう止めの一撃をうけたと感じた。密室にこもった一個人の内心の探究という、ここ一世紀か二世紀かの文学の主流となっていたものはここで息を止められてしまったのだと私は感じた。》

(『白昼の白想』文藝春秋　15頁)

《『嘔吐』のような作品が書かれた以上、もう私にはすることが何もないと感じられた。それをしのぐ構想、それをしのぐ肉性は私にはなかった。内心への道がここでつき、物を物そのものとして言葉で定着することも、この作品の顕微鏡的に精緻、執拗な描写のかずかずを読むと断念するよりほかなくなった。私は敗れた》

(同17頁)

《私はおとなしくなり、剣を鞘にもどし、ウィスキー会社の宣伝部に入って、煙りのように言葉を書きかさねはじめた。個人の内心を小説の主題とすることを切りおとしてから、何かしら別の形式を発見してモノを書く衝動を温存するにいたるまでには何年もの歳月が必要だった。》

(同18頁)

〃個人の内心を小説の軸にすることを切り落とす〃

ということについて、『青い月曜日』のあとがきからさらに小説家の言葉を引用すると――。

《(略) 受賞以前からひそかに思うところがあって、自身の内心によりそって作品を書くことはするまいと決心していた。だから受賞後の七年間に書いたものは出来のよしあしはべつとして、ひたすら〝外へ！〟という志向で文体を工夫すること、素材を選ぶことにふけったのだった。求心力で書く文学があるのなら遠心力で書く文学もあっていいわけだし、わが国にはその試みがなさすぎると私は感じていたのである。》

（文春文庫　474頁）

ひたすら外へ！という志向で、遠心力で書く文学を目指したために、戦場であれ釣りであれ〝現場主義〟が一つのスタイルになるのである。

二、芥川賞受賞直後のスランプと武田泰淳の言葉

〝リンゴ箱一杯の原稿を書きためてから賞をもらえ〟という戒語が文学界にはあるそうで、小説家はあちこちにそう書いている。芥川賞や直木賞などを受賞するとさまざまな出版社から原稿依頼が殺到し、受賞のよろこびもつかの間、かつて経験したことのない締め切り地獄に叩き落とされ、エライ目に遭うからだ。実際、小説家は原稿が書けずにパンクしてしまう。

《つぎからつぎへほとんど毎日のようにべつべつの出版社から人がやってきて、短篇だといい、中篇だといい、いや、書きおろしでもいいという。酒を飲んで話しあううちに何だっていい、随筆以外なら何だってエエんですわ、短篇でも中篇でもおかまいなし、テーマも枚数もおかまいなし、とにかく書いて下さいと、哀願、脅迫、叱咤《しった》、激励、泣訴、とめどない。しかし、そうされればされるだけ、いよいよ不毛、荒涼、沈滞に陥《お》ちこみ、不安と狼狽《ろうばい》でドキドキしてくる。》

（『夜と陽炎　耳の物語＊＊』新潮文庫　84頁）

その不安と狼狽を紛らわすために酒を飲み続けているうちにひどい抑鬱症になり、それを紛らわすためにさらに飲み続けるうちに急性肝炎になって寝込んでしまう。

《芥川賞をもらったあとでひどい抑鬱症《よくうつしょう》にかかり、毎日、トリスを一本か、角瓶《かくびん》を一本、ぶっつづけに飲むうちに、とうとう肝臓が音をあげて、三か月ほど寝こんだことがある。》（『白いページⅢ』角川文庫　56頁）

そんな状態の小説家の頭の中で、繰り返し思いだされる言葉があった。小説家が敬愛する作家、武田泰淳氏の言葉だ。『ずばり東京』の冒頭、〈前白―悪酔の日々―〉と題して小説家は次のように書いている。

《「……小説が書けなくなったらムリすることないよ。ムリはいけないな。ルポを書きなさい。ノンフィクション。これだね。いろいろ友人に会えるから小説の素材やヒントがつかめるし、文章の勉強になる。書斎にこもって酒ばかり飲んでいないで町へ出なさい。これは大事なことなんだド」

昔、ある夜、クサヤの匂いと煙りのたちこめる新宿の飲み屋のカウンターで、武田泰淳《たけだたいじゅん》氏にそういう助言を頂いたことがあった。（略）他人の意見などめったに耳に入ることのない年齢だった私の耳に、どういうものか、この忠告が浸透した。コタエたし、きいたのである。》（光文社文庫　9頁）

三、若い頃の夢

《私自身は、中学校三年生のときに戦争が終わって、まあ、焼け跡・闇市《やみいち》世代ということになるんだけれど、食う物がない、何もかもない。あれもない、これもない。見る物、聞く物ことごとく苦痛だった。たった一つの夢は、日本を脱出することだった。》（『地球はグラスのふちを回る』新潮文庫　273頁）

主としてこの三つのことが重なって小説家は精力的に国内外を歩き回り、見聞を広め、ノンフィクションを数多く手がけることになる。それが小説家の救いになり、蓄えになると同時に、小説家を苦しめることにもなるのだった。

《〝事実〟と呼ばれるものにはフィクションで書いたほうが本質が明瞭《めいりょう》にあらわれると感じられるものと、ノン・フィクションのほうがいいと感じられるものと、二種類あるような気がする。では、どういう種類の事実がフィクションを求め、どういう種類の事実がノン・フィクションを求めるのか、その判断の基準は、となると、私には答えようがない。》

（『開口閉口』新潮文庫　96頁）

《ノン・フィクションとして書いたものはまぎれもなくそれぞれの現場からの報告だったが、いっぽう小説家としての私はそれを創作メモの一種として考えることにもした。》

（同97頁）

《ノン・フィクションといっても、目撃したり感知したりしたすべてのイメージを言葉におきかえることはできないのだから、それはイメージや言葉の選択行為であるという一点、根本的な一点で、フィクションとまったく異なるところがない。》

（『ずばり東京』光文社文庫　422頁）

《ところが、ノン・フィクションを書きつづけていると、《私ハ見タ》という信念が小説家の中に棲《す》む何人もの人間のうちの小説家そのものを窒息させるのである。この信念が体内にはびこり、繁殖すると、言葉を事実に変える作業のうちの、柔らかくて、繊弱で、おびえやすく、傷つきやすいものが沈黙してしまうのである。》

（『白いページI』角川文庫　152頁）

《しかし、事実から事実へと、眼やペンで追いつづけていると、ある日、書斎でフィクションを書きかけて、ひどい苦痛をおぼえた。食べるぶどうばかり食べつづけたので、飲むぶどうをどう飲んでいいか

わからなくなってしまっていることを発見したのである。》

（『白昼の白想』文藝春秋　155頁）

《ノンフィクションを書くとフィクションに戻るのはむずかしい。文体が肉離れをしている。これは苦しい。》

（『あぁ。二十五年。』潮出版社　307頁）

入ってきて、人生と叫び、出ていって、死と叫んだ。

（『夏の闇』新潮社　225頁）

『夏の闇』の最後のシーン。主人公の提案で、主人公と女が東西ベルリンにまたがって環状に走る高架電車に乗り、西と東を行ったり来たりする。何のためにそんなことをしたのかは『夏の闇』には書かれていないが、『サイゴンの裸者と死者』のなかに次のような記述がある。

《七月の末、《Sバーン》という荒涼とした高架電車に乗って東西ベルリンをいったりきたりしながら、東へいこうか南へいこうかと迷っていた。東はプラハ、南はサイゴンである。》

（『サイゴンの十字架』光文社文庫　8頁）

チェコスロバキアの国境をソ連と東独の軍隊が大群をなして移動しているという噂のあるプラハへ行くか、八月にはサイゴン陥落を目指す全土大反攻があると噂されているサイゴンへ行くか、だ。フィクションとノンフィクションをないまぜにして語るのは意味のないことだが、小説家はひと夏を一緒に過ごした女と高架電車に乗って東西ベルリンをいったり来たりしつつ、素知らぬ顔でプラハへ行くか、サイゴンへ行くかをあれこれ考え、女との裸の暮らしにピリオドを打ってサイゴンへ行くことを決めた……ということになる。〝入ってきて、人生と叫び、出ていって、死と叫んだ。〟はそんなシーンに使われている。

「入ってきて、人生と叫び、出ていって、死と叫ぶ。」……色紙を頼まれたときなどに小説家がこの言葉を好んでこう書くようになるのは、ベトナム戦争から帰国したあとのことである。ベトナムでの苛酷な体験が小説家の人生観、死生観に多大な影響を与えたことの、ひとつの証左ということができるだろう。

　言葉自体は『老子』の第五〇章「出生入死」によるものだと思われる。生ニ出デテ死ニ入ル・・〃人は皆この世に生まれては、いずれ死んで行く〃という意味だ。さらに続けて、生に執着する人間は生をまっとうできず、生に執着しない人間が生をまっとうする……といった内容の言葉が『老子』には記されている。

パイプの楽しさを知る人は、静謐《せいひつ》の貴さを知る人だ、と私は思う。

（『あぁ。二十五年。』潮出版社　233頁）

《どういうものかタバコだけは贅沢をしたい。お金がなければ何でも喫《す》うが、お金があると上等のタバコを買いたい。それも、なるたけ上等のを買いたい。》

（『地球はグラスのふちを回る』新潮文庫　143頁）

　小説家は無類の愛煙家だった。シガレット（紙巻）、パイプ、葉巻、何でも吸う。当然、タバコにまつわる名言や独自の考察を記した文章も少なくない。

《「シガレットはビジネスであり、パイプは男の孤独の伴侶だ」といった意味の一文をどこかで読んだこともある。パイプこそ遊びとしての喫煙の楽しさをもっとも満喫させる手段なんだナ。》

（『あぁ。二十五年。』潮出版社　233頁）

《シガレットはオープンであり、小さくあり、誰の眼にもとまらないが、パイプは書斎にひとりきりでたてこもるときの用具であるからして、いわば夜の虚具である。シガレットは昼の実具である。ここに

微妙な差があって、虚具と実具を混同してはならないのである。》

（『生物としての静物』集英社　44頁）

《アインシュタインはいくつもの名句を吐いたが、パイプについても一言のこしてくれている。彼はパイプ党であったので、アメリカのパイプスモーカー・クラブの会長に推されたが、ある年の新年の挨拶のスピーチで

「パイプには吸う人の思考を方法的ならしめる何かがあるようです」

といったのである。これはありがたい。こういう名句があると助かる。〝方法的思考〟は哲学者だけのものではあるまい。深夜に机のまえでパイプをくゆらしてそこはかとなき白想にふけっているとき、その朦朧《もうろう》をすら私は何かしら方法的なのであると考えることにしよう。》

（『開口一番』新潮文庫　84頁）

〝もし、女性とタバコと酒のうちどれかひとつをやめなきゃならないということになったら……〟というような会話は男同士の酒席での定番の一つだが、それに対する小説家の答えは以下の通りである。

《まずやめるのは女やろな。その次は酒か。タバコは最後に残るね。人生をケムにまくわけじゃないけど……。》

（『あぁ。二十五年。』潮出版社　265頁）

how はわかるけれど why はわからない。

（『破れた繭　耳の物語*』新潮文庫　34頁）

《（略）いかにして生きのびてこれたかはいくらか書くことができるが、何故《なぜ》それだけがそうなったのかは書くことができない。ここでもまた、how はわかるけれど why はわからない。》

（同）

名言というわけではないが、小説家が愛用し多用

した言い回しの一つである。『もっと広く！（下）』のなかでは、ナスカの地上絵がどのようにして描かれたかを実証してみせた『ナスカ気球探検』の著者ジム・ウッドマンに触れてこう書いている。

《つまり彼は苦心に苦心して〝いかにして？〟の解明に全心身を捧げ、それはあっぱれというしかないのだが、〝なぜ？〟はついに疑問のまま残してしまったのだった。しかし、よくよく考えてみれば、この地に生をうけたものがことごとく、〝ＨＯＷ〟に熱中していて、〝ＷＨＹ〟はついにどんな時代にも答えられることはないのであるから、ウッドマンを責めることはなかなかむつかしい。》（文春文庫　107頁）

川へのぼってくるサケは決定的に食欲を失っているにもかかわらず、毛鉤やルアーにしばしば精力を込めて食いついてくるのはどうしてか――。

《こうすれば川のサケが釣れるということはわかっても、それが何故《なぜ》なのかは誰も決定的に答えられない。つまり、How（いかに）はわかっているが、Why（なぜなのか）は、誰にもわかっていないということになるのである。》（『開口閉口』新潮文庫　106頁）

胆石の除去手術のため入院した病院について――。

《そういう次第だからこの病院について私は〝Why〟を語ることはできないのだけれど、そこに働らく人々の〝How〟を語ることは、いくらかできる。》（同173頁）

バクチでもいいから手を使え

（『オーパ！』集英社文庫　112頁）

《ややもすれば剥離《はくり》しやすい人のこころを見抜いて、昔、孔子は、バクチでもいいから手を使えという戒

語を吐いたが、至言である。》（同）

この孔子の言葉は、ある対談の席で作家の石川淳氏に教えられたもの。教えられた小説家は〝謎でも何でもなく、まさにそのとおりだと直下に感じ入った〟と〈故郷喪失者の故郷〉というエッセーに記している。

『知的経験のすすめ―何んでも逆説にして考えよ』（青春文庫）のあとがきには次のように書いている。

《ヒトの心のたよりなさ、あぶなっかしさ、鬼火のようなとらえようのなさをよく見抜いた名言と感じられたのです。孔子が太古の異国の哲学者というよりは現代の最尖鋭の精神病理学者のように感じられたほどです。現代人は頭ばかりで生きることをしいられ、自分からもそれを選び、それだけに執して暮らしていますが、これでは発狂するしかありません。発狂か。自殺か。または、たとえそうでもなくても、それに近い状態で暮らすしか……》

〝手を使え〟という言葉は、〝頭ばかりで生きていてはいけない〟という意味を込めた戒語であり、これを小説家という職業に当てはめれば〝書斎にこもってばかりではいけない、現場を踏め、現場を見ろ〟という意味になろうか。ある時期まで遠心力で書く文学を目指し、何であれ積極的に現場に足を運び、もっぱら〝手の人間〟を書くことに専念していた小説家であればこそ、この言葉が心に響いたのだと推察できる。

橋の下をたくさんの水が流れました

（『あぁ。二十五年。』潮出版社　139頁）

『あぁ。二十五年。』に収録されている〈タマネギスープと工場〉というエッセイの冒頭にこう記されている。

《しばらくぶりで出会ったとき、握手をして、さてそれから、その後いろいろなことがありました、という意味のことをいうのに「橋の下をたくさんの水が流れました」という。》（139頁）

小説家の数ある常套句のなかにあって、この言葉はとりわけ印象的である。日本人の感覚にはなじみにくい言葉であるからかもしれない。この言葉、シャンソンにもなっているギョーム・アポリネール（一八八〇から一九一八年）の詩「ミラボー橋」が下敷きになった表現だという説がある。

ミラボー橋の下をセーヌ河が流れ
われらの恋が流れる
わたしは思い出す
悩みのあとには楽しみが来
（堀口大學訳『月下の一群』新潮社文庫）

しかし、〈タマネギスープと工場〉のなかで、小説家はこういう挨拶の仕方があることを、とあるイギリス人に教えられたと書いている。とすると橋の下を流れているのはテムズ川なのか？

はたまた、あるとき。パリでつれづれなるまま読んでいたジャック・プレヴェールの詩の冒頭にこの言葉がそのまま記されていて驚いたというようなことも小説家は書いている。プレヴェールは世界的にヒットしたシャンソン「枯葉」の作詞者として知られるフランスの詩人である。やはり橋の下を流れているのはセーヌ川なのか。……わからない。


「何年ぶりかしら」

「十年だね」

「そうね」

「かれこれ十年だよ」

「そうね」

「たくさんの水が流れたのさ」

ふいに女が高い声で笑い、

「橋の下をね」といった。

（『夏の闇』新潮社　11頁）

「お久しぶりね」
「ほんとだ」
「何年ぶりかしら」
「橋の下をまたまた水が流れましたのさ」
「たくさんね」

（『花終る闇』新潮文庫　162頁）

腹のことを考えない人は頭のことも考えない

（『最後の晩餐』光文社文庫　17頁）

雑誌『諸君！』に『最後の晩餐』を連載するにあたっての心構え、狙いを、小説家は〈どん底での食欲 i〉と名付けた連載第一回目に次のように書いている。

《わが国の文学には食談、食欲描写、料理の話というものが、めったに登場してこないのは、奇妙だけれど事実である。》

（同15頁）

《わが国の文学界では食談は一貫して私生児扱いをうけてきたわけだが、今後その偽善癖を、この誌面を借りて、いささか是正したいという微意が私にある。》

（同）

《食談を軽蔑する知的偽善者に一矢報いるために碩《せき》学《がく》サミュエル・ジョンソン博士の『腹のことを考えない人は頭のことも考えない』という絶好の一行を毎号、タイトルのよこに掲げる。そして、やおら、ウヤムヤを説きおこしにかかるのである。喝。》

（同17頁）

明治、大正、昭和の日本の文学界、文豪、大家、巨匠たちに対する告発状であり挑戦状とも受け取れる大言壮語である。

春の肉体に秋の知慧の宿る理屈があるまい。

（『白昼の白想』文藝春秋　243頁）

『白昼の白想』に収録されている〈私の青春前期〉と題されたエッセイの中に記されている言葉である。その日暮らしの貧乏のさなかに、駆け落ちしたうえに子供までつくってしまうような愚行を演じてしまった青春時代を振り返って書きつけた一言だ。すでに〝秋の知慧〟を身につけた読者であるならば、思い当たる心の傷が少なからずあるはずだ。〝春の肉体〟を懐かしむ人も少なくないだろうが。

美食家《グルメ》は同時に大食家《グルマン》である

（『オーパ、オーパ!! アラスカ篇　カリフォルニア・カナダ篇』集英社文庫　46頁）

『オーパ!』から五年後、新たにはじまった『オーパ、オーパ!!』シリーズには新たなメンバーが加わる。大阪あべの辻調理師専門学校の谷口博之教授（シリーズ・スタート当時二九歳）である。乏しい食材を工夫して同じ料理は二度と作らないという離れ業をやってのけて開高隊の面々を声なく圧倒し、誌面をおおいに盛り立てた異才である。

《料理人は舌覚、歯覚に唇覚、および想像力と官感にたけた人物でないとつとまらないが、フランスでは、美食家《グルメ》は同時に大食家《グルマン》であるという通念が定着しきっている。教授はあっぱれその一点でも異才を発揮し、（略）》

（同46頁）

『眼ある花々』には、〝美食家はかならず大食家であり、その哲学は《量ガ質へ転化スル》を第一条としている。〟（中央公論社　187頁）という記述がある。つまり、そういうことなのである。

美食と好色は両立しない

（『夏の闇』新潮社　21頁）

一〇年ぶりにパリで再会した主人公と女が、主人公が滞在していた学生街の安宿にこもり、食べるのもそっちのけで色事にふけって数日経ったあとの会話——。

「だけど私たち、ヘンよ。こんなとこでキャンプ生活などして。御馳走を食べにもでず、散歩にもいかず、穴のなかにこもったきりで、何だかヤドカリみたいだわ」

「御馳走はいずれ食べにいくよ。この季節じゃろくな店はないけれど、探せばそれなりのはあるさ。二、三軒、知ってる。だけど、もうちょっとしんぼうするんだね」

「どうして？」

「美食と好色は両立しないよ」

「そうかしら」

「どちらかだね。二つに一つだよ。一度に二つは無理だよ。（略）」

『週刊プレイボーイ』に連載されていた『風に訊け』に、あるとき六二歳の男性からこんな質問が寄せられた。「年配の紳士としてお尋ねしたい。美食と好色は両立するや、否や？」。『夏の闇』の主人公と女の会話を踏まえた質問であることは間違いない。それに対して小説家は次のように答えている。

《ずばり、年配の紳士としてお答え申しあげたい。ふつうの食生活では、美食と好色とは両立しないものとされている。通常のご馳走《ちそう》というものであると、そのご馳走が精妙であればあるだけ、神経が知らず知らずのうちにそちらに注がれ、食われ、麻痺《まひ》してしまうから、そして消化のために血が胃へ集まり、その後でお色直しがきかなくなる。お床入りもはかばかしくない。女の味も落ちてしまう。これがふつうの美食である。》（『風に訊け』集英社　333頁）

　このように答えたあとに、〝天上的な美食〟であれば美食と好色とは完全に両立しうると付け加えている。天上的な美食……?!

美食とは
異物との衝突から発生する
愕《おどろ》きを愉しむことである。

（『最後の晩餐』光文社文庫　373頁）

《（略）名酒の名酒ぶりを知りたければ日頃は安酒を飲んでいなければならないし、御馳走という例外品の例外ぶりを味得したければ日頃は非御馳走にひたっておかなければ、たまさかの有難味がわからなくなる。》（同）

　これは小説家の持論である。この持論を展開したあとに〝美食とは異物との衝突から発生する愕きを愉しむことである。〟と断じ、さらに続けて〝日頃から美食ずくめでやっていたら異物が異物でなくなるのだから荒寥の虚無がひろがるだけとなり、（略）〟と説いている。

　右の文章を引いて、小説家の盟友、谷沢永一氏は骨董の世界と比較して《それに較べれば飲み食いの次元で上物を尋ね歩いて堪能するまで、道はそれほどは険しくないと思われる。》（『開高健の名言』ＫＫロングセラーズ　146頁）と書いている。小説家が読んだらきっと「ムッ」としたのではないだろうかと想像する。

人の一生の本質は二十五歳までの経験と思考が決定する

（『最後の晩餐』光文社文庫　121頁）

雑誌『諸君！』に連載された『最後の晩餐』は、〝食〟をテーマにした読み物であるが、美味礼賛的グルメ本とはかなり色合いが異なる。〈どん底での食欲〉〈女帝を食うか、女帝に食われるか〉〈華夏、人あれば食あり〉という見出しが続く出だしの三分の一ほどで紹介されているエピソードは重く、暗い。小説家自身、〝毎度毎度、酷烈、無残、悲惨に終わるエピソードばかりであった〟と認めている。

《人の一生の本質は二十五歳までの経験と思考が決定するという原則を考えれば、やっぱり、サクランボのような唇をしていた年頃にオトナになりたい一心で闇市で空《すき》ッ腹にドブロクだの、バクダンだのというまやかしをしたたかに飲んだために、ついついこうなってしまうのだろうかと、反省してみるけれど、いまさらどうしようもない。》

（同121頁）

あとに続く文章を読むと、ここでいう〝人の一生の本質〟とは主として味覚についてのことかと思えるが、二五歳までの経験と思考が決定するのは何であれそのとおりだろう。

しかし、〝人の一生の本質は二十五歳までの経験と思考が決定する〟……というのはあくまで一般論であって、小説家の場合にはあてはまらないのかもしれない。小説家の場合は、大阪の南郊に住んでいた少年時代に経験した大空襲と焼跡での経験と思考がその後の一生の本質を決定した。

《天王寺の丘のうえにたつと赤い荒野のかなたに地平線が見え、乱雲ごしに真紅の夕陽が落ちていくのを私は毎日つぶさに眺めていたのだが、餓死の潮のように迫ってくる恐怖に追いたてられながらせかせか、イライラと、歩き、蹴とばされ、こづかれ、おしのけられ、酔っぱらい、吐き、ふいに口走り、とつぜん黙りこみ、はたらき、旋盤をまわし、パンを焼き、期待していたにしてはあまりにあっけなく童貞を失い、とめどなく自慰をし、栄養失調でたちぐらみがし……あの数年の記憶が私を決定した。》

（『あぁ。二十五年。』潮出版社　136頁）

人は昨日に向うときほど今日と明日に向っては賢くなれない。

（『白昼の白想』文藝春秋　31頁）

一読して「なるほど！」と理解、納得できる言葉である。あえて説明するまでもないが、〝四畳半襖の下張裁判〟の際の小説家の証言を蛇足的に紹介しておく。

《つまり昨日起こったことを今日になって振り返ってみればああしなければよかった、こうしたほうがよかったと考えることがある。つまり賢くなれる。しかし今日現在、目の前に起こってることについては迷ってしまう。明日になればそのことについてまた悔やむ。で、昨日に対するときほど今日に対して賢くなれないということがあり、それは事実なんですが、（略）》

（『白いページII』角川文庫　233頁）

一人の小説家の内部には、作家と、批評家と、読者の三人が同棲していて、のべつケンカしたり握手したりして暮している

（『開高健の文学論』中公文庫　505頁）

自ら書きつつ、自ら批評し、自ら味わってもみる。この一人三役をその内部において延々繰り返すのが小説家である、と言い換えることもできる。同棲している三人の中では往々にして作家の立場が一番弱く、批評家にやり込められ、読者の反応を気にするあまり、筆が進まなくなってしまうのである。批評家の立場が弱いと易きに流れて作品の質が落ち、読者の立場が弱いと独りよがりの作品になる。作家の立場は弱いほうがいい、ということになりそうだ。

一人のドイツ人は哲学を書く。
二人のドイツ人は交響曲を演奏する。
三人のドイツ人は戦争する

(『声の狩人』光文社文庫 55頁)

アイヒマン裁判(元ナチス親衛隊大佐アドルフ・アイヒマンの戦争責任などを断罪するために開かれた裁判)を傍聴した小説家がエッセイ「裁きは終わりぬ」のなかで引用している格言である。〝有名な格言〟と書いてあるが、どの国の、誰の格言であるかについては書かれていない。不幸な時代の格言である。格言ではなくブラック・ユーモアの類だというべきだろう。

広い川では狭いところを釣れ
狭い川では広いところを釣れ

(『開口一番』新潮文庫 63頁)

ロシアの諺として小説家は紹介しているが、日本の釣師の間でもこれはよく知られている鉄則である。釣りに国境はない、ということだ。

ぶどう酒の鑑定は一つしかない。レッテルではなく、舌だ。

（『開口閉口』新潮文庫　151頁）

〝レッテル〟は酒瓶に貼られているレッテルはもちろんのこと、外食時であれば店のレッテル、酒店であれば価格のレッテル、あるいはその銘柄を薦めてくれたワイン通のレッテルなども含めてのものだと思いたい。そういったものに左右されずに自分の舌で鑑定しなさいと小説家はいっているのだと。

《君がウマイと思えば、酒はそれで成就《じょうじゅ》するのだ。》

（同151頁）

《（略）きみにとってうまい酒がうまいのである。それ以外の評価基準は何もない、というのが私の信念というか忠告です。》

（『文藝別冊　生誕80年記念総特集　開高健』河出書房新社　184頁）

ぶどう酒のない食事は片目の美女である

（『ああ。二十五年。』潮出版社　288頁）

食事と情事に関するフランスの諺はたくさんある。ときどきあまりにフランス的すぎて理解しにくいものを除外すれば、いずれも機微をついていて、感心させられる……こう前置きした上で、小説家は〈こころの匂い〉と題するエッセイのなかでふたつの諺を紹介している。

《ぶどう酒についてよく知られているのでは、《ぶどう酒のない食事は片目の美女である》というのがあるが、その食事のあとでのコトについては、《ヒゲのないキスはぶどう酒のない食事である》というのがある。いずれも機微をついていて、なにやら、ウムと微笑させられる名句である。》

（同288頁）

〝片目の美女〟というのは、〝画竜点睛を欠く〟に相当するフランス流の言い回しなのだろう。ワインこそが食事を引き立てるもっとも大事なものだということである。これとよく似た言葉がブリア・サヴァランの『美味礼賛』に書かれている。《チーズのないデザートは片目の美女である。》もしかしたら、小説家はこの文章を覚えまちがえているのかもしれない……。

〝ヒゲのないキスはぶどう酒のない食事である〟という諺を紹介したあとには、小説家は決まって次のような文章を書き足している。

《そのヒゲで御婦人にキスしてとろとろにコナしたのだが、とりわけどの一点でのキスであっただろうかは、うだうだと書くまでもあるまい。》

（同288頁）

《ひとくちにキスといってもいろいろと場所があるが、どこにするのがキクかは、女友達に聞いてごらんなさい。》

（『生物としての静物』集英社　187頁）

ぶどう酒のよさがわかるにはやはりかたっぱしから安酒を飲みまくるのが初歩入門です。

（『開高健の文学論』中公文庫　498頁）

《そのうちおぼろに、赤がいいか、白がいいか、ボルドォがいいか、ブルゴーニュがいいか、自分の好みがわかってくるし、きまってもくるのです。山の頂上から頂上へ尾根を縦走するのも登山の愉しみかもしれませんが、これをぶどう酒でいえばいつもいつもシャトォ物を飲めということになり、とてもポケットの許すところではござらぬという おきまりの事情がある。》

（同498頁）

かたっぱしから安酒を飲みまくるという飲み方は小説家の持論であり、実際に小説家はそれ実践したのだろうと思うが、その実践の場はもっぱらパリであり、フランス各地であり、ヨーロッパ各地であり、いわばワインの本場のあちこちである。そのことを割り引いて考えるべきだろう。日本国内でかたっぱしから安酒を飲んだところでぶどう酒の良さはわからないのではないだろうか。

《(略)お粗末品すべてにつきまとうイヤらしさをよくよくおぼえておくのが上物を味得するもっともたしかな、狂いのない方法である。言葉をちょっと変えると、日頃どれだけお粗末をたしなんでいるかによってどれだけ上物の全域と真髄が察知できるかがキマる。安物を知れば知るだけ、それだけ上物のありがたさがわかる。そういうことなのである。》

(『白いページⅡ』角川文庫　185頁)

**ぶどう酒は
栓を抜いてみるまで
油断ができない。
パイプは火を入れて
何年もたってみなければ
わからない。**

(『生物としての静物』集英社　46頁)

『生物としての静物』のなかに収録されている〈哲人の夜の虚具、パイプ〉と題するエッセイのなかに登場する言葉。エッセイのタイトルからして、この言葉はパイプが主であり、ぶどう酒は従である。それを承知の上で次の言葉を並べてみる。

**ぶどう酒は栓を抜いてみなければわからない。
女は栓をしてみなければわからない。**

ニヤッと笑う小説家の顔が浮かんでくるような艶っぽい言葉だ。教えてくれたのは『オーパ！』や『オーパ、オーパ!!』シリーズ、『生物としての静物』など、小説家の作品の構成・デザインを多く手がけ、本書の構成・デザインもお願いした三村淳氏である。
小説家はこの言葉をルーマニアで仕入れたようだ。

《ジョークではないけれども、次のようななぞなぞを、ルーマニアにいるとき、毎日、運転手に聞かされたことがありますナ。
Q　ぶどう酒と女はどう違うか？
A　ぶどう酒は栓をぬいてから楽しむが、女は栓をしてから楽しむ。
Q　劇場と女はどう違うか？
A　劇場ではドラマが終わって幕がおりるが、女は幕をあけてからドラマが始まる。》

（『風に訊け2』集英社　206頁）

文学には絶望ということはあり得ない。

（『地球はグラスのふちを回る』新潮文庫　281頁）

《小説家というのは、どんな悪魔的な文学、どんなに冷酷無残、どんなにニヒリスチック、ペシミスチックな小説を書こうとも、ものを書いてるかぎり、彼はヒューマニタリアン（人道主義者＝著者注）さ。なぜなら、彼の書く文字というものは人間につながっているから。彼が意識してないとしても、誰かがっているから。彼が意識してないとしても、誰か他者に向かって何ごとかを訴えているんで、訴えているかぎり、彼は絶望者であるとはいえないわけだ。だから、絶望という名の希望をどこかに持っているんだということになる。これが認識論の出発やな。》

（同280頁）

だから、〝もし、ほんとうに彼が絶望するなら、何も書かないはず〟であり、〝真の絶望者は、何も言わない、何も書かない……〟と続く。あちこちの現場で〝真の絶望者〟をつぶさに観察した小説家だからこその言葉だといえるだろう。

《この世には書かれ得ず、語られ得ずして消えてゆく物語がいかに多いかということを自分についてつくづく私はさとらされた。》

（『ベトナム戦記』あとがき　朝日文庫　291頁）

文章は片足で一歩ずつ歩きながら、片足で跳躍しなければいけない。

（〈諸君すべからく飲みたまえ〉『サントリークォータリー』一九九〇年八月号　200頁）

夜中に起き出して酒をちびちびすすりつつ原稿を書くのが小説家の執筆スタイルだった。みんなが寝静まった夜中でなければ原稿に集中できない。酒の力を借りなければ〝連想飛躍が起こらない。両足とも地べたについたきりの文章になってしまう〟という理由で、そのような執筆スタイルをとるようになった。

片足で一歩ずつ歩きながら、片足で跳躍する原稿を書くのには何の酒が一番いいのか。その研究に日夜没頭した挙げ句の結論は以下の通りだ。

【ビール】ビールはいいけれども、天啓を呼ぶ飲料にはならない。クラッとこない。かつのべつオシッコに立たなきゃいけない。わずらわしい。失格。

【日本酒】だらーんとなって眠くなっちゃうからだめ。

【焼酎、ウィスキー、ブランデー、ウォッカ】全部悪くない。ただし、チビチビチビチビと素面でなし酔うでなしという状態を保つには、多年の経験と失敗と熟練が必要である。飲み過ぎると筆が走って、翌る朝、折角の原稿を破って捨てる破目になる。

文体はその背後にある作家の姿勢に究極的に連なるものである。

（『言葉の落葉Ⅰ』冨山房　54頁）

『言葉の落葉Ⅰ』に収録されている〈眼を洗う海の風〉は、作家であり翻訳家であるきだ・みのる氏のいつまでもかわらぬ若々しい文体について書かれたエッセイである。

《そのときはじめて『世界』かなにかで『気違い部落周游紀行』の走りを読んだときには、まったくつめたい水で顔を洗ったような思いをさせられた。本屋の店さきで氏の文体の二行、三行を読んだとき、私はとつぜん、ザラザラ、テラテラの紙に白い窓をあけはなたれたような気がした。まったく新鮮な経験であった。海の風に眼を洗われたような思いを私は味わった。》

（同52頁）

《私はその後ずっと眼にふれるかぎり「きだ・みのる」というサインのある文章にはかならず眼をとおすように努力してきた。いまでも私は氏の文体にある硬質の輝き、乾いて新鮮なリリシズムにたいしては敬意を表したい気持でいる。》

（同53頁）

《私はひそかにきだ氏がどうして文体にいつまでも出発時の若さを保っているのか、その秘密を知りたいものだと考えていた。》

（同54頁）

そのチャンスがやってきたとき、小説家は迷わずにきだ氏に質問する。「文体にどうして若さを保ちますか？」と。きだ氏の答えは次の通りである。

①しじゅう横文字の本を読め。
②文壇づきあいをやめ、文士劇にでるな。
③女と寝るときに上にのるのをやめ、よこたわって、

側面位でやれ。

《①と②はいいたいことがよくわかるし、そのとおりだと思うし、私も及ばずながら日頃から実行しているから、さほどおどろくことはないのだけれど、③はいかにも唐突であり、奇抜であって、面喰《めんくら》った。きださんは悠々《ゆうゆう》、自信満々、正常位でピストン運動をやるとたいへんなエネルギーを消耗する。その疲労が精神を蝕むのだ。精神のある部分に影が射すのだ。それがいかん。側面位でやれと、わしは君に助言、忠告しておくぞ。ほかにいうことはない。とおっしゃるのだった。》（『白いページIII』角川文庫 51頁）

小説家は、文体についてはさまざまな挑戦を繰り返した。もっとも顕著でわかりやすい例は『週刊朝日』に連載された『ずばり東京』だろう。最初から最後までカギ括弧つきの会話体だけで押し通した〈師走の風の中の屋台〉、小学生の作文を模した〈ぼくの〝黄金〟社会科〉、新劇の女優の日記の形を借りた〈新劇の底辺に住む女優たち〉、ひらがなをいっさい使わず漢字とカタカナだけで書いた〈デラックス病院の五日間〉などなど、よくぞ編集部がここまで許したなと感心するほど大胆な文体の試みをしている。それもこれも〝芥川賞作家〟の威光なのだろうか……。文体とは関係ないが、小説家の代わりに妻の牧羊子がトルコ風呂（現在のソープランド）探訪に出かける〈夫婦の対話「トルコ風呂」〉などという奇抜な実験も行っている。

小説家自身、最終回の〈サヨナラ・トウキョウ〉のなかで《（略）文体にいろいろ苦しんだ。独白体、会話体、子供の作文、擬古文、講談、あれこれと工夫をこらしてみた。しばしばシャレを狙って穴におち、ときどきほんとに楽しんで書き、一カ月、二カ月たってから読みかえして、いつも憂鬱な気持におちこんだ。》（『ずばり東京』光文社文庫 415頁）と書いている。『ずばり東京』は作家デビュー間もない頃のルポルタージュで、新進気鋭の若手が自分なりの文体を確立すべく、さまざまな文体を模索することはよくあるのだろうと理解もすれば納得もできる。しかし、小説家の場合は少し変わっているといっていいだろう。四〇代、五〇代になり、周囲から〝巨匠〟〝文豪〟などといわれるようになったのちも文体を模索し続けるのである。『輝ける闇』は主人公を一人称にして「私」で書きすすめた。『オーパ！』の各章はそれぞれ文体に工夫が凝らしてあると担当編集者の菊池治男氏に聞いたことがある。『ロマネ・コンティ・一九三五年』はワインを題材にしながらも「ワイン」「ぶどう酒」という単語を使わない等々……。

文体の模索は小説家にとってはある意味で密かな愉しみだったと思うが、しかし、同時にそれは茨の道でもあったと思われる。

《作家にとって文体を変えるということはシャツを変えるようなことではなく、むしろ、皮膚を変える、といいたくなるような苦業であることがしばしばなのであるから、（略）》（『白いページⅠ』角川文庫　223頁）

味覚と嗅覚《きゅうかく》には無数の段階があります。記憶、経験、主観、偏見、演出、無数の要素によって好悪が一瞬に決定されます。

（『白いページⅡ』角川文庫　151頁）

『白いページⅡ』に収録されている〈罵る〉というエッセイに出てくる言葉だ。ここで小説家が罵っているのは日本酒である。《日本酒について申上げると、すでにかなり以前から私は何の期待も抱かないようになっています。どこへいってもおなじ味の酒にしか出会えないからです。》（同148頁）《どいつもこいつもベタベタと甘くて、ダラシがなくて、ネバネバしていて、オチョコを持ちあげたついでに食卓までついてあがりそうなのばかり。》（同149頁）――と手厳しい。
その一方で酒や香水のブレンダーを高く評価している。ここでいう〝酒〟はウィスキーに他ならないし、〝ブレンダー〟が親交の深かったサントリーの佐治敬三元会長をイメージしていることは間違いない。
味覚や嗅覚は記憶、経験、主観等々の不確定要素に左右されるが、もし不確定要素だけに左右されるのであれば名酒も名香水もありえないとした上で、名酒、名香水を創り出すブレンダーは〝作家や彫刻家や音楽家よりもはるかに人間と同時代とかを一瞬の直感でつかむことのできる狂人〟だと思って尊敬することがあると書いている。

味覚は芸術なのだ。

（『もっと遠く！（上）』文春文庫 206頁）

車でアメリカ大陸を縦断する釣りの旅の途中では、小説家らはハイウェイ沿いの店で食事をすることが多かった。小説家の言葉を借りればそれは〝荒涼たるハンバーガー、荒涼たるフライド・チキン、荒涼たるピッツァ〟などなどの繰り返しということになる。ところが……。

《しかしダ。人間、何にでも慣れられるのであって、明けても暮れてもハンバーガーばかり食べていると、そのうちに奇妙に魅力をおぼえるようになる。ふとしたはずみにうまいと感ずる一瞬があって、オヤと思ったりする。そんなことが起こるようになるのである。味覚は芸術なのだ。してみれば、拘束と抑圧において発達する原理なのである。》（同206頁）

《味覚は徹底的に個人的で、徹底的に偏見なのであるから、たとえ大科学者であっても、それはあくまでも博士個人の見解にすぎぬと見ておくべきである。》（同119頁）

《カキや、ハマグリや、マッセル(ムール。貽貝)や、蒸したロブスターなどになると一も二もなく私は共感し、脱帽し、尊敬したくなる。味覚は普遍の悟性であるなと、ほのぼのとしてくるのである。》(同249頁)

右の眼は
冷めたくなければならず、
左の眼は
熱くなければならないのである。
いつも心に
氷の焔《ほのお》をつけておくことである。

(『夜と陽炎　耳の物語＊＊』新潮文庫　149頁)

一九六四年。朝日新聞社の臨時海外特派員として戦渦のベトナムを訪れた小説家が、どの意見が正しくてどの意見が正しくないのか、何が事実で何が事実でないのかが容易には判別できぬ混沌とした状況を記録し、報道するための心得として胸に刻んだ一語が〝非情多感〟だった。この心得をいかにも小説家らしく表現したのが冒頭の言葉だ。

〝目は口ほどにものをいう〟という諺があるが、小説家は目により多くのことを語らせるために「右目」と「左目」にそれぞれ別の感情を語らせる表現法を多用した。以下はそのほんの一例。ちなみに、小説家は独自のこだわりで「め」は必ず「眼」と表記したことを付け加えておく。

《書くにあたってもっとも必要なことは偶然性であり、細部である。女の髪の匂いであれ、水田のほとりの農民の死体であれ、右の眼は非情、左の眼は多感、固定観念をいっさい排して現実に接しなければならない。》

(『叫びと囁き』文藝春秋　698頁)

《右の眼で一方の抑圧を見て見ぬふりをし、左の眼でもう一方の抑圧を見ないのに見たふりをして〝正義〟を叫ぶ人があまりに多いのでこんな文章をついつい書いてしまうハメとなる。》

（『開口閉口』新潮文庫　143頁）

《E・グレイの『フライ・フィッシング』というソッケない題の本があるが、これは一生を毛鈎《けばり》でマスを釣ることに費してきたイギリス人の外交官の自伝である。右の眼は冷めたく、左の眼はあたたかく、〝歌〟を歌としないで書きつづった、淡々とした名文である。》

（同338頁）

《編集長の眼というものはどの新聞社、どの出版社でもおなじことだが、右の眼はよどみ、左の眼は感じやすくてよくうごくという構造になっている。》

（『もっと遠く！（上）』文春文庫　22頁）

《魚が釣れなくて右の眼はグッタリしているけれどしばらくぶりで川の瀬波の音にふれたので左の眼はイキイキしているという妙な状態の私（略）》

（『もっと広く！（下）』文春文庫　200頁）

《まず。去年の十一月にニューヨークで別れた『旅』の石井昂君がやってきて、私の部屋の隣室を陣取り、五十枚、ニューヨーク記を書けという。（略）彼は朝、昼、晩、三度ずつ顔をだし、右眼はニコニコ、左眼はギラギラ、債鬼のようにとりたてにかかる。》

（同227頁）

《右の眼で花を眺めたり、茶をすすったり、辞書を読んだり、菜単を読んだりしつつ、左の眼で作品が接近してきたり、遠ざかっていったりするのをうかがっていた。》

（『花終る闇』新潮文庫　41頁）

《ごとごとと音がして、ドアが少しひらき、弓子がのぞく。鼻の隆《たか》い、端正な顔が少しくたびれてやつれている。右の眼が怒り、左の眼が笑うという表情だった。》

（同83頁）

《アパートの一室によこたわってパンツ一枚になり、右の眼をつむり、左の眼をあけ、半ば眠り、半ばさめて、待つ。》

（『サイゴンの十字架』光文社文庫　18頁）

三つの真実にまさる一つのきれいな嘘を！

《〈釣師をさしてホラ吹きだというよくある批評はネコをさしてニャオーといって鳴くという程度の指摘にすぎず、精神の貧困もいいところである。よしんば釣師があきらかにホラと判別できるホラを吹いたところで、やっぱりその批評は貧困である。《三つの真実にまさる一つのきれいな嘘を！》という名句がラブレーにあると知っていただきたいものである。

（『フィッシュ・オン』新潮文庫　32頁）

これは文学の妙諦でもある〉》

（『フィッシュ・オン』新潮文庫　32頁）

《開高　文学の核心をつく言葉がいくつかあります。いまのあなたの発言で思いつきました。差し上げます。「三つの真実にまさる一つのきれいな嘘」

吉武　それが文学ですか。

開高　文学の発端、そして終末。きれいな嘘よ。ここが難しい。この一語。

〈諸君すべからく飲みたまえ〉》

（『サントリークォータリー』一九九〇年八月号　207頁）

〈三つの真実にまさる一つのきれいな嘘を！〉——これはフランスの作家、フランソワ・ラブレー（一四八三〜一五五三年）の名言であり、小説家はある時期この言葉を座右の銘として自分に言い聞かせ、色紙などにも好んでよく書いていた。

《（略）これは芸術の核心をついた言葉なのである。フィクションと人生の関係を、じつに見事に要約している。》

（『風に訊け』集英社　79頁）

《（略）ラブレーの場合の〝真実〟は微妙さと広大さを含み、鋭敏でありながら寛容でもある。フィクションとか、文学とか、言葉の生理の奥深いところを洞察《どうさつ》した匂いを帯びていて、私の好きなマキシムである。》

（『白いページⅠ』角川文庫　155頁）

〈嘘の形でなければいえない真実というものもある〉――これは芥川龍之介の言葉。この言葉も小説家は好んで使っていた。

宮本村の武蔵《たけぞう》と、宮本武蔵《むさし》の違いということになるか。

（『私の釣魚大全』文春文庫　89頁）

『私の釣魚大全』や『フィッシュ・オン』を書いていた頃にしばしば使っていた言い回しである。若さと力任せの無手勝流で刀を振り回していた宮本村の武蔵《たけぞう》が、厳しい修行を積み、己を見つめ、幾多の試練を乗り越え、心技体充実した剣豪・宮本武蔵《むさし》になる。凡人素人がその道の達人に変身変貌することを、その心境の違いを、小説家はこう表現した。

《これを剱の道で申せば斬人斬馬の宮本村の武蔵《たけぞう》から宮本武蔵と名が変るまでの生であり涯である。そうであるはずのものである。それに逆らって武蔵《たけぞう》の身分である者が武蔵《むさし》の真似をしたらどうなるか。》

（同253頁）

《さしあたり私のキャスティングを宮本村の武蔵《たけぞう》とすれば、ウィルヘルムスン氏や佐々木画伯のそれは宮本武蔵《むさし》ということになるだろうか。》

（『フィッシュ・オン』新潮文庫　78頁）

みんな酒を飲むときはそれと知らずに弔辞を読んでいるのだよ。

（『白いページⅠ』角川文庫　162頁）

《「酒を飲んでいるとたいてい昔のことを思いだす。昔のことを思いださずに酒を飲むというようなことはあり得ないね。ということはダ、なつかしいか、にがいか、それは人によるとして、つまり弔辞を読んでいるということなんだよ。弔辞と意識しているかどうかの別はあるけれど、みんな酒を飲むときはそれと知らずに弔辞を読んでいるのだよ」》（同162頁）

読売広告社の岩切靖治元社長は、『オーパ、オーパ!!』の取材旅行で中国の山奥にあるハナス湖へ行ったとき、毎晩小説家に呼ばれ、小説家の枕元で弔辞を読まされたという。小説家が死んだという想定で、祭壇に飾られた小説家の写真を頭の中に思い浮かべつつ、本人の目の前で毎晩日替わりで弔辞を読まされるのである。「あれはたまらなかった」と岩切氏は苦笑したものである。故人のことをどれだけ深く理解しているか、どれだけ正しく評価しているか、その死をどれだけ悼んでいるか等々を本人に採点されるのだから、たしかにたまったものではない。

小説家がハナス湖へ行ったのは五七歳のとき。亡くなる前の年である。小説家はどんなつもりで岩切氏に自身の弔辞を読ませ、どのような気持でそれを聞いていたのだろうか。

無駄を恐れてはいけないし、無駄を軽蔑してはいけない。

（『河は眠らない』文藝春秋）

〝ナース・ログ〟という言葉を知っているとしたら、十中八九はＤＶＤ版『河は眠らない』の視聴者であり、文藝春秋から出版された同名の本の愛読者であるといって間違いないだろう。アラスカのそこかしこに人跡未踏、手つかずの森があり、森の中には強風に押し倒された風倒木が倒れっぱなしになっている。一見、無駄な存在のように見える風倒木が実は貴重な資源であり、森を看護している。すなわち〝ナース・ログ〟としての役割を果たしている。

《風倒木が倒れっぱなしになっていると、そこに苔が生える、微生物が繁殖する、バクテリアが繁殖する、土を豊かにする、小虫がやってくる、その小虫を捕まえるためにネズミやなんかがやってくる、そのネズミを食べるためにまたワシやなんかの鳥もやってくる、森にお湿りを与える、乾かない、そのことが河を豊かにする、ともう全てがつながりあっている。》（同）

風倒木／ナース・ログを引き合いに〝自然には無駄なものは何もない〟と語り、続けて〝人間にとって「ナース・ログ」とは何でしょうか〟と問いかけ、そして〝無駄を恐れてはいけない、無駄を軽蔑してはいけない〟と小説家は説くのである。

物書きならば何がなんでも捏《こ》ね上げて表現しなければならないと思う。

（『河は眠らない』文藝春秋）

この言葉こそ、小説家が小説家として持ち続けた矜持であるような気がする。眼を瞠り、耳を立て、舌で味わい、手で触れ、皮膚で感じたものすべてを、ありとあらゆる言葉や古今東西のアフォリズムを総動員し、比喩や隠喩を駆使し、それらを組み合わせ、捏ね上げ、磨き上げ、表現し尽くすことに没頭した人生であったように思える。
《よく物書きでご馳走に出くわして「言う言葉がない」とか「筆舌に尽くし難い」とか「声を呑んだ」とか、「言葉を忘れた」とか、こういうことを書いている人がいるんだけど、これは敗北だなぁ。》（同）
《何しろ私は言葉の職人なのだから、どんな美味に出会っても、〝筆舌に尽せない〟とか、〝いうにいわれぬ〟とか、〝言語に絶する〟などと投げてはならぬという至上律に束縛されているのである。（略）何が何でも筆舌を尽し、こねあげなければならない。》
（『最後の晩餐』光文社文庫 372頁）

モンゴルのものはモンゴルに。ジンギス汗のものはジンギス汗に。

（『開高健のモンゴル大釣行』文藝春秋 Numberビデオ）


小説家はモンゴルへ二度釣りに出かけている。狙いはメーター・オーバーのイトウである。日本では〝幻の魚〟といわれている北の大物だ。

最初のモンゴル釣行は一九八六年。七月三一日から八月三一日までの一カ月の日程を組んで出かけたが、雨にたたられて来る日も来る日もノー・ストライク、ノー・ヒット、ノー・バイト、ノー・フィッシュの連続。ようやく念願のイトウが釣れたのは釣行最終日。残念ながらメーター・オーバーとはいかず、九三センチのイトウだった。小説家は、釣り上げたときについた泥を川の浅瀬で丁寧に落としてやったのち、このイトウを逃がしてやる。キャッチ・アンド・リリースだ。そのとき小説家が口にしたのが《モンゴルのものはモンゴルに。ジンギス汗のものはジンギス汗に。》である。

この言葉、小説家の肉声としてテレビで流れ、ビデオにもなっているので開高ファンの間ではつとに有名だが、キャッチ・アンド・リリースするときの決まり文句みたいなものであって、他の釣り場で、他の魚をリリースする際にも、小説家は同様の言葉を口にしたり活字にしたりしている。

バイエルンの湖にカワカマスを釣りに行ったときは……。

《私は日本の、小説家だといって、リールや竿や道具を見せ、ただ釣りたいために釣るのだ、釣った魚はみんな逃してやる、ドイツのものはドイツに返すつもりなのだといった。》（『私の釣魚大全』文春文庫　175頁）

ニューヨーク沖で三人で、二時間で、ブルー・フィッシュを二四匹釣ったときは……。

「この魚、どうしますかね」
「カイゼルのものはカイゼルにといいますね」
「くれてやりますか」
「アメリカのものはアメリカ人に」
「プレゼントしますかね」
「そうしましょうや」

（『もっと遠く！（上）』文春文庫　270頁）

闇が凝縮してくれたものに眼は集中してそそがれる。

（『夏の闇』新潮社　50頁）

《はじめての町にいくには夜になって到着するのがいい。灯に照らされた部分だけしか見られないのだからそれはちょっと仮面をつけて入っていくような気分で、事物を穴からしか眺めないことになるが、闇が凝縮してくれたものに眼は集中してそそがれる。》

（同）

『夏の闇』に出てくる一節だが、ここに書かれている〝闇が凝縮してくれたものに眼は集中してそそがれる〟という一文は、闇三部作――『輝ける闇』『夏の闇』『花終る闇』の〝闇〟に相通じるものがあるように思えるがどうだろうか……。

闇三部作の第一作『輝ける闇』はドイツの哲学者、マルティン・ハイデッガー（一八八九〜一九七六年）の言葉——現代は輝ける闇である——を借りたものである。

《ある日、一人の友人に作品のテーマを説明して、もしうまくいったらこういう感覚を表現してみたいのだといった。何でも見えるが何にも見えないようでもある。すべてがわかっていながら何にもわかっていないようでもある。いっさいが完備しながらすべてがまやかしのようでもある。何でもあるが何にもないようでもある。

友人はウィスキーのグラスをおき、それはハイデッガーだといった。ハイデッガーにその観念がある。彼は現代をそういう時代だと考えた。それを〝輝ける闇〟と呼んでいる、と教えてくれた。たしか梶井基次郎の作品のどこかには〝絢爛たる闇〟という言葉があったような気がする。どちらをとろうか。しばらく迷ってから私は『輝ける闇』として、家にこもり、書きおろしの仕事をすすめた。》

（『あぁ。二十五年。』潮出版社 125頁）

闇三部作の第二作『夏の闇』、第三作『花終る闇』のタイトルの由来については、小説家自身が書いたものは読んだことがないのではっきりしない。『夏の闇』は一〇年ぶりに再会した主人公と女の一夏の物語を描いた作品であるので『夏の闇』とつけたのだろうと想像する程度。安易な想像ではあるが的外れではないだろう。未完のまま終わった第三作『花終る闇』の由来はまったくわからない。小説家の好きな表現を借りれば、まったくまさぐりようがない。

ちなみに『輝ける闇』の英訳本のタイトルは『Into a Black Sun』、『夏の闇』は『Darkness in Summer』である。『花終る闇』の翻訳本は残念ながら出ていないが、もし英訳するとしたらどんなタイトルになるのだろう……。

悠々として急げ

『河は眠らない』のなかでは、小説家は正確には以下のようにいっている。

君は悠々として急げということやな。悠々として急げと言ってるんだよ。

（『河は眠らない』文藝春秋）

〝悠々として急げ〟はラテン語の〝Festina Lente〟の訳であるが、これは直訳すると「ゆっくりと急いで」となる。意訳すれば「急がば回れ」という意味だ。しかし、このように直訳、意訳したのではこの言葉は多くの人の心に届かないし、残らなかっただろう。小説家がおそらくは呻吟しながら精錬したり研磨したりして「悠々として急げ」と訳してみせたからこそ、これが名言としていまなお生き続けているのだ。

〝悠々として急げ〟は、調べてみると古代ギリシャの悲劇作家ソポクレースの作品『アンティゴネー』に出てくる言葉だという説があった。しかし、岩波文庫から出ている同作（呉茂一訳）を二度、三度読み返してみたが、それらしい訳語は見つけられなかった。ちなみに同書は一九六一年九月の初版だが、二〇一〇年九月には第五四刷が発行されている超ロングセラーである。

もっとも、小説家自身は『アンティゴネー』から直接この言葉をピックアップしたわけではなさそうだ。

《魚釣りも一瞬である。そのときの手がおくれるとだめだ。同時に一方、ゆったりとした気持でもなければならない。君の言うとおりである。昔、フランスの王様は、国家を治めていくに当たり、『フェスチナ・レンテ』というラテン語の諺を座右の銘にしていたという。これは訳してみると、悠々として急げという意味だ。》

（『風に訊け』集英社　192頁）

よくできた辞書は白想で時間をうっちゃるには最適である。

（『開口閉口』新潮文庫　237頁）

《気ままに頁を繰り、気ままにコトバを拾い、そこから起る想像としばらくたわむれたらいいのである。よくできた辞書には一人よがりの著者の大仰なたわごとや、思わせぶりなポーズや、威猛高《いたけだか》な説教などが何もなくて、ただ最短のコトバの説明だけして読者の想像力を目ざめさせると、あとはさりげなくそっぽ向いてくれる謙虚さにみちているから、何といってもありがたいのである。ただ一つ困るのは、味のある、いい辞書というものがめったにないことである。》

（同）

めったにいい辞書がないと嘆く小説家が絶賛してやまなかったのが『言海』である。盟友・谷沢永一が大阪の古書市で見つけたのを贈ってくれた明治時代に出版された和綴じの四冊本である。芥川龍之介や佐藤春夫、その他たくさんの文人に愛読された辞書で、小説家はこれを東南アジアや中近東、アフリカなどへも持っていって読みふけったりしたものだった。

《この辞書は文体がいぶし銀のような、無味の味ともいうべきもので一貫して書かれ、それ以後の無数の辞書のようなベルト・コンベア方式で作られたものではないから、ウトウト、白暑と汗と酒精にまみれるまま、読んでは忘れ、忘れては読みするのに、まことにほのぼのとしたものであった。》

（『生物としての静物』集英社　140頁）

冒頭の文章に続けて小説家が紹介している辞書は珍しく『言海』ではなく、〝某社の『米俗語辞典』〟である。出版社名を明かしていないので特定のしようがないが、小説家はこの俗語辞典を出色の出来栄えであり、〝キリキリと角のたった、泣いてない氷ばかりで仕上げたマーティニのように新鮮で、ピリピリし、しかもあちらこちらに深さが顔をのぞかせている〟と絶賛している。早漏を「ワイアット・アープ」あるいは「ヘヤー・トリガー」(毛髪引金)、遅漏のことを「ロング・フューズ」(長い導火線)などと説明している辞書……というのがヒント。さて、どこの出版社のものだろう?

横文字の国にいて縦文字を書くのは、なかなか楽ではなかった。

(『開口閉口』新潮文庫 95頁)

海外に長期滞在している間は、現地のホテルの一室にこもって原稿を書くはめになるのだが、そんなときは〝横文字の国にいて縦文字を書くのは、なかなか楽ではなかった〟と小説家はいうわけである。

《私はあぐらをかいてすわり、日本机にむかって、しかも夜ふけでなければ一語も書けないという永年の習癖があるので、人知れず苦労した。椅子に毛布や、ふとんや、ときには枕をつみあげ、そのうえにあぐらをかくと、ちょうどテーブルが日本机の感覚になってくれるのだが、尻のおちつきがわるくてしようがない。》

(同)

小説家であれ、ノンフィクション作家であれ、ジャーナリストであれ、詩人や脚本家であれ、原稿に向き合う仕事をしている人は誰であれ、執筆活動の産みの苦しみから無縁ではいられない。誰も彼ももがき苦しみながら原稿用紙に立ち向かっているわけだが、小説家ほどその苦悩、苦痛——平たくいえば「原稿が書けない」ということを原稿に書いている例はないかもしれない。

《旅行から帰ってくるたびに私はこの相剋《そうこく》にもみくちゃにされ、文体を失ってしまった。一定の、特定の文体で切りとるにはあまりにも豊富で多様な人の眼を覗きこんだために、しばらくはただ漂うままに漂よっているしかなかった。胸苦しい空白がつづいた。書きたい光景はすぐそこの戸口まできてひしめいている気配なのに、ペンをとると、つぎの瞬間、おいてしまうしかないのだった。》

（『開口閉口』新潮文庫　98頁）

《書きにくくて、あまり本心から書きたくもないと感じている原稿を書こうとするために、胸苦しくうつろに部屋で寝たり起きたりをくりかえす毎日であった。書きたいことは光、匂い、色彩、ささやき、眼、花、女、死屍、傷口、閃光《せんこう》、炸裂音《さくれつ》、優しさ、沈湎《ちんめん》、衰頽《すいたい》、激情、荒寥《こうりょう》……数知れずあったが、どれも激しすぎ、また、遠すぎたし、まだ発酵《はっこう》桶のなかでピクピク跳りすぎていて、文体を求めるところまで達していなかった。》

（『白いページⅠ』角川文庫　194頁）

《ある作品の書きだしの一語が決定できなくて私はもう何か月もあがいている。その一語を蒸溜《じょうりゅう》することが目下の私の大仕事で、何をどうしていいのやら、見当がつかず、とどのつまり、寝たり起きたりしている。》

（『白いページⅡ』角川文庫　5頁）

《書くこともあり、書きたい気持もあったのだけれど、どういうものか字がペンさきにひっかかってこようとせず、しきりにウィスキーを飲んでみたり、水を飲んでみたり、昼寝してみたり、いろいろやってみたのだけれど、とうとうだめだった。》（同62頁）

《作品が顔をこちらに向けてふりかえってくれていると感じながら一字も書けなかった理由はいろいろあると思われるが、動機《モチーフ》と静機《キエチーフ》が一箇の果実の肉となり種となっていなかったのが最大の理由であるはずだった。しかし、山をおりて東京へもどり、穢れた秋と濁った冬を費して文体に着手してから悪戦をかさねていくうちに、これまでの十年間にルポを書

きすぎたのではあるまいかと、思いあたるようになった。》

（『白昼の白想』文藝春秋　170頁）

《悪戦苦闘したけれど新作は来年へ持越しとなった。何しろ六ヶ月こもってたったの三十七枚しか書けないのだった。六〇〇枚の予定なのに三十七枚である。》《書きたいことはたくさんあり、いくつかのキーになるイメージがみんな顔をこちらに向けているのがありあり見えるのに、ついついペンをおいてしまうのだった。ブランクでもスランプでもないのにどうしてか書けないのである。》《イメージ群は顔を正面にむけて肉薄してくるのに一歩手前でたちどまり、そして消えてゆく。呼べばあらわれる。呼ばなくてもあらわれる。鉱石の断面のように輝いて、堅固で、手でさわれそうである。けれどペンをとると、ふいに陽炎のように消えてしまうのである。》

（同　258頁）

きわめつきは未完のまま終わってしまった『花終る闇』だ。この作品では冒頭から延々と「書けない」という話が書かれている。むろん、それは作中の〝小説家〟ではあるが……。

《漂えど沈まず。

新しい作品の題をそうときめ、原稿用紙に書きつけたけれど、それきりである。一歩もさきへでられない。かれこれ一年にもなるのだが、一語も書きだせないでいる。毎日、ただ寝たり、起きたり、沈んだ大陸のことを書いた本を読んだり、推理小説を読んだりするだけである。》

（『花終わる闇』新潮文庫　9頁）

夜に働らくしかない。
夜を蒸溜《じょうりゅう》するしかない。
夜から言葉をしぼりとるしかない。

（『夜と陽炎　耳の物語**』新潮文庫　86頁）

妻子が寝静まった深夜に寝床から這いだして机に向かうのが小説家の執筆スタイルだった。さらにいえば自宅では思うように筆が進まず、ホテルや旅館、出版社の別荘などにこもって原稿を書くことが多かった。

どこであれ、夜中、周囲が寝静まった頃に起き出して、ウィスキーやウォッカをちびちびとすすりつつ原稿用紙に向かう。その様子を小説家はよくエッセイなどに書いているので、それらを手がかりに夜中の姿を思い浮かべることはできる。しかし、原稿を書いている現場に居合わせ、原稿用紙の上をペンが走っている瞬間を見た人は誰一人としていないはずである。「絶対に中を覗かないで下さい」といって部屋にこもり、自らの羽毛を抜いてきらびやかな布を織った『鶴の恩返し』を思いだすといったら、あまりにイメージが違いすぎるだろうか。

ヨーロッパ三大ブス国——ベルギー、オランダ、スイス

（『白いページⅡ』角川文庫　120頁）

ベルギーに永く住む日本人の見解として紹介している。この三カ国は定評があるのだという。小説家自身はオランダとスイスについては言及していないが、はじめて訪れたベルギーの首都ブリュッセルを到着後にざっと一時間ほど散歩した感想として《むこうからやってくる女性が、上流、中流、下流を問わず、身なりはそれぞれちがうけれど、ことごとく山出しの女中さんのような顔をしているのにおどろいた。》（同120頁）と書いている。

ライオンはライオンと名づけられるまではえたいの知れない凶暴な恐怖であった。

（『輝ける闇』新潮文庫　209頁）

この言葉は以下のように続く。《けれどそれをライオンと名づけたとき、凶暴ではあるが一個の四足獣にすぎないものとなった。》

《言葉が、文字が発明されるについては、このような必然性があったんじゃないのかね。ライオンという言葉がつくられた瞬間に、ライオンのある部分は本質的に殺されてしまったと言える。人間が外界を征服するにあたって、火とか、棍棒とか、弓とか、槍とかという道具と同じくらいの働きを言葉がしていたんだ。》

（『風に訊け』集英社　78頁）

《（略）いつからともなく〝ライオン〟と命名されてからは、それはやっぱり爪と牙を持った、素早くて、おそろしい、しかし、ただの四足獣となってしまったのである。必要にして完全な条件をみたした定義がアマゾンにあたえられて不安が人間から消え、ただの大きな河となってしまうのはいつのことだろうか。》

（『オーパ！』集英社文庫　64頁）

名前がつけられ、必要にして完全な条件を満たした定義があたえられたとたん、すべては人間に征服された事物になりさがってしまう、ということなのだろう。ところが、一九六四年にはじめて訪れたベトナムで体験した「戦争」は例外だった。「戦争」という名前がついていても、どうにもこうにもとらえようのないものだった。

《人びとが《持てるものと持たざるものとの争闘》といい、《お袋とやりな》というとき、戦争はちょっと傷ついてそこにたちどまり、形を見せた。しかしつぎの瞬間、戦争は解体してもとのとらえようのない多頭の蛇となり、野をこえ山をこえ、とめどなくひろがってわだかまり、屍臭《ししゅう》も血ものこさずにガラス窓から消えていった。》

（『輝ける闇』新潮文庫　209頁）

流行にして不易なのは、つねにシンプルである。

（『生物としての静物』集英社　123頁）

〈開高流アウトドア、砂糖キビの帽子〉と題した章で、さまざまな帽子について触れるなかで、〝流行にして不易なのは、つねにシンプルである。〟と結論づけている。さらに続けて——。

《文学でも、何でも、それはそうである。ただし、そこに到達するためには、無数の軽薄だったり荘重だったりする試行錯誤、つまり爛熟や腐敗をくぐりぬけなければならぬ、ということであろう。永く続き、永く愛されてきたものにはやはり何かしらそれがそうなってきた不動のサムシングがあるのであり、鬼火のようにゆれてとどまることのないヒトのこころを諸国においてとらえてやまない何かの公分母があるのだと、思いをいたされたし。》

（同123頁）

量は質に転化するという哲学の命題もある

（『もっと広く！（下）』文春文庫　144頁）

南北アメリカ大陸を縦断する大釣行に、ペルーの首都リマから新たに通訳として参加した日系二世のオーバ・ミツオ君は、当時まだ二九歳だというのにざっと数えて五〇〇人近い女性と関係を持ったというソノ道の猛者。それでいて、数を自慢するわけでなく、むしろ「アレは数じゃなくて質ですよ」と真摯に反省する好青年（？）である。そんなオーバ君に対して小説家が〝量は質に転化するという哲学の命題もあるのだよ〟といいかけてやめた——というエピソードが『もっと広く！（下）』に書かれている。息子ぐらいの年齢の若者の経験量に圧倒されたからだ。

小説家が〝量は質に転化する〟という哲学の命題を追求したのは、もっぱら「食」の分野である。その哲学を自身の実践を通して教えてくれたのは作家であり翻訳家であるきだ・みのる氏だった。

《いつかきだ・みのる氏が、オレはナマコが食いたいと思ったらナマコ、カキが食いたいと思ったらカキ、朝、昼、晩、三度三度食べに食べ、徹底的に食べるのだ。四日、七日、十日、そればかり食べてすごすのだ。そうしないとモノの核心はつかめないのだぞ、と私に教えてくれたことがあった。》

（『白いページⅠ』角川文庫　33頁）

以後、これが小説家にとっての哲学になり、この哲学をひたすら実践していくことになるのである。二〇代の頃はまだやせ細って鋭角的だった小説家が、三〇代、四〇代とどんどんふっくらと丸くなっていくのはこの哲学のせいであり、実践のせいである。

《昭和四十五年、銀山湖にこもったとき、私はフキのトウ、ヤマウド、アケビの芽、コゴメ、ミズナなどのとれたてをウンと食べて探究にふけった。山菜はそれぞれの時期がきわめて短いので、ワッとでたときにワッと食べることである。データが豊富であるほど評価が正確になるのは医学と同様であるから、雲古が緑になるくらい食べてみた。》

（『白いページⅠ』角川文庫　30頁）

《入口にすえつけた銅壺《どうこ》で麺《めん》を湯掻《ゆが》く男のシャツは雑巾のようによごれ、爪はまっ黒である。けれど私は十数件も食べ歩いたあげくにこことときめて、サイゴンにいるあいだは毎朝食べにくることにしてい

る。》

（『輝ける闇』新潮文庫　93頁）

《（略）毎日、朝からカレーライスを食べてきた。朝、昼、晩と、毎日三食ともカレーライスである。イヤになったらその場でやめられることだし、そのつもりでもいるので、気楽に実験をつづけてきた。（略）三食カレーという食生活がもう一週間も、十日も、二週間もぶっつづけになっているのである。》

（『オーパ、オーパ!!　モンゴル・中国篇　スリランカ篇』集英社文庫　340頁）

〝量は質に転化する〟という哲学を実践し続けた結果、小説家は次のような確信を得ることになる。

《美食家はかならず大食家であり、その哲学は《量ガ質ヘ転化スル》を第一条としている》

（『眼ある花々』中央公論社　187頁）

《およそ物の核心に迫ってその神髄を把握するには精神を量と質に集中して徹底的にたたきこまねばならない。》

（『私の釣魚大全』文春文庫　65頁）

浪費しない作家なんておよそ存在理由がない。

（『新しい天体』光文社文庫　192頁）

《しっかり仕事してくれたまえ。取材費を惜しんじゃいけないよ。精神が貧寒になる。いまの日本の小説家の小説がつまらないのは、私にいわせれば、作家が浪費をしないからだよ。私の見るところ、そうだね、浪費しない作家なんておよそ存在理由がない。おわかりだろう。》

（同）

これは大蔵省のとある局の局長が、余った予算を文字通り食いつぶすために任命した部下の〝相対的景気調査官〟に対して発した言葉だが、小説家自身の気持ちが乗り移った言葉であることはいうまでもない。「浪費」は小説家の創作活動における重要なキーワードの一つである。

《感情、お金、女、旅、命、言葉、嘘、真実、官能、時間、酒。何でもいい。一つでもいい。三つでもいい。とめどなくでもいい。とにかく〝浪費〟という言葉にふさわしいような生の浪費をすることが小説家にとっては蓄積になるのだという厄介な原理が金持国でも貧乏国でもおかまいなしに襲いかかってくるので私はつらい。》

（『白いページⅠ』角川文庫　155頁）

《小説家にとっての栄養源は旅と女と酒だといわれます。これは昔からの鉄則のようです。私としては、旅、酒、女、精力、時間、何でもいいから浪費をすること、それが文学を養うのだ、作品の肉を厚くしてくれる、コクをつくってくれるのだと思いこんでいます。けれど、小説を書くためと意識して浪費をしている、そういう浪費では二番手のダシしかとれないように思えます。取材のためではない、書くためではない、生きていくのに浪費しか知らない、そういう浪費をかさね、しかもその人物がたまたま小説家であったら、これは一番手のダシがとれます。》

（『あぁ。二十五年。』潮出版社　195頁）

六月の風は魚の口に餌を吹きこむ

（『開口一番』新潮文庫　63頁）

ロシアの諺だそうだが、釣りをする人であれば誰でも納得できる言葉であり、何となく気持がそわそわするような魅力的な言葉でもある。もっともこれは北半球の魚、北半球の釣師に限ったことで、南半球の魚、南半球の釣師のためには季節を反転させて《一二月の風は魚の口に餌を吹きこむ》と言い直さなければならないが。

若きの日に旅をせずば、老いての日に何をか語る。

（『あぁ。二十五年。』潮出版社　241頁）

「旅」ということを考えるときに〝きまって唇にでてくる言葉の一つ〟だと小説家は書いている。

《老いての日に飲む一人酒がとめどもなく愉しくて底なしになるのは若きの日の旅の記憶がサカナになるからである。》（同）

ゲーテの言葉も念頭に置きつつ、小説家は〝若いうちに旅をすべきだ〟といった趣旨のことをよく書いている。以下に二つの例を並べてみた。同じ人物の言葉とは思えないかもしれないが……。

《若い人は若きの日に旅をするがいい。国内、国外を問わず旅をするがいい。つらい旅ほどあとで愉しい。自身から逃げだすための旅でも、自身に追いつくための旅でもいい。日常の定点から自身をはずして異物に衝突し、ヤスリにかけられ、人と事物を観察し、観察される。日常は無数の菌絲で君をからめとっていて、君が感じているよりはるかに君は根なし草ではないことが、旅にでると、あざやかな不安で知覚できる。それはめざめの不安である》（同）

《なにしろ初めて外国へ行ったとき、私にはすでに世帯があり子供があり、世間知も積み、サラリーマン生活もやり、いろいろな垢《あか》がついてしまっていた。だから、長い間、憧《あこが》れていたパリへ行って、キャフェの椅子にもたれて若い女の子のスカートが揺れるのを眺めてても、そのスカートの奥がどうなってて、何があって、それに手を伸ばしたらどうなるか、頭で先に組みたててしまう。ちっとも面白くない。やっぱり旅というのは、若くて貧しくて、心が飢え、感覚がみずみずしいときにすべきなんだと、つくづく

思わされたな。》

（『地球はグラスのふちを回る』新潮文庫　275頁）

私のなかの何かが粉砕された。

（『ベトナム戦記』朝日文庫　168頁）

一九六五年一月二九日早朝。サイゴン市場。一人のベトコン少年が公開処刑された。一〇人の憲兵が一〇挺のライフルで少年を撃ち、直後に将校がこめかみにとどめの一撃を打ち込んだ。朝日新聞社の臨時海外特派員としてこの場に居合わせた小説家はその瞬間のことをこう書いている。

《銃音がとどろいたとき、私のなかの何かが粉砕された。膝がふるえ、熱い汗が全身を浸し、むかむかと吐気がこみあげた。》

（同）

《（略）この広場では、私は《見る》ことだけを強制された。私は軍用トラックのかげに佇む安全な第三者であった。機械のごとく憲兵たちは並び、膝を折り、引金をひいて去った。子供は殺されねばならないようにして殺された。私は目撃者にすぎず、特権者であった。私を圧倒した説明しがたいなにものかはこの儀式化された蛮行を佇んで《見る》よりほかない立場から生まれたのだ。安堵が私を粉砕したのだ。》

（同）

このシーンは小説家の脳裏に焦げ付いて生涯消えることがなかった。二五年後に発表された遺作『珠玉』（文藝春秋）のなかでこのシーンが再現されていることからもそれはよくわかる。

《引金がひかれると学生の首、胸、腹などにいくつもの小さな黒い穴があき、血がひくひくしながらいっせいに流れだして、腿を浸し、膝を浸す。学生はうなだれたままゆっくりと頭を二度か三度ふる。

将校が、拳銃で一発、こめかみを射つ。学生は静止する。》

（108頁）

私は栄養といっしょに思い出で体重がふえている。

（『夏の闇』新潮社　117頁）

《思い出も贅肉となって体のあちらこちらにだらしない姿でぶらさがっている。毎日々々なぶりまわすものだからすっかり指紋でよごれてしまって形も顔も失われてしまった。それでいて私はソファにたおれこむときや、体を起すときや、食事でテーブルにつくときなどに、思い出で体がずっしりと重くなっていると感じたがるのである。》

（同117頁）

久しぶりに会った友人、知人に「太ったね」といわれたら、こう言い返してニヤッと笑ったら恰好よくないだろうか。「思い出で体重が増えているんだよ……」

私は挑戦し、征服するが、殺さない。支配しない。

（『フィッシュ・オン』新潮文庫　139頁）

キング・サーモンを釣るためにはじめて訪れたアラスカで、その前哨戦で釣り上げたニジマスの大物を、正しいリリース法をガイドに習った上で小説家は逃がしてやる。その日の帰り、ガイドに「どうしてあなたは釣った魚を逃がしてやるのか」と聞かれたときの答えが、これだ。

《どうにも大げさでキザで、こう書いていてもペンが赤くなりそうだが、そう答えちまったのである。

（略）この大将軍風の、マッカーサーあたりがいいだしそうな大見栄には、魚を逃がしてやるときの私の気持ちの何かがハッキリとでているように思える。》

（同）

キャッチ・アンド・リリースが小説家のスポーツ・フィッシングの基本であり、その根幹をなす哲学が──私は挑戦し、征服するが、殺さない。支配しない。──これなのである。

《遊びはつまり何らかの意味で自分を征服し、拡大することにある。それは相手を殺すということではない。スポーツマンは征服するけれども支配しない。》

（『私の釣魚大全』文春文庫　61頁）

《釣った魚を自分で食べる釣師は多い。こういうのをアメリカ英語で、ミート・フィッシャーマンという。肉を釣る人。私はミート・フィッシャーマンではない。原則として、私は釣って逃がす。釣りをスポーツだと考えている。つまり、山に登るとき、君は山に登りたくて登るのであって、高山植物を折りとったり、雷鳥をとったりするために山に登るのではなかろう。私はたまたま魚を媒介にして川や森を知りたい。だから釣った魚はとりこまなくてもいいんだ。》

（『風に訊け2』集英社　136頁）

私はついに私に追いついた。

（『オーパ、オーパ!!　アラスカ至上篇　コスタリカ篇』集英社文庫　173頁）

私はついに私に追いついた。……小説家独特の表現だが、これだけだと意味がわかりづらい。というか、はっきりいって、わからない。しかし、『アラスカ至上篇　王様と私』と『コスタリカ篇　雨にぬれても』の頁を注意深く繰っていくと、そこにヒントと回答を見つけ出すことができた。
ヒントは、『アラスカ至上篇』の見開き写真（182〜183頁）につけられたキャプションである。

自殺したくないばかりに旅に出るんだ。自分を追ってここまで来たんだ。自分に追われて黄昏に会った。

このキャプションの最後に〝私はついに私に追いついた〟を書き足すと、その意味がおぼろげに浮かび上がってくるというもの。

さらに文庫本を読み進むと、『コスタリカ篇』の最後のほう、一七〇センチ強のターポンを釣り上げたあとの記述に、これが回答だと思える箇所を見つけることができる。

《これだけみごとな相手になると私の心のなかでは〝エゴの転移〟が起る。そんな精神分析用語があるかないかは知らないけれど、そう呼びたい心がうごきはじめる。あれは私だ。あの魚は私なのだ。そういいたくなってくるのである。相手を自身になぞらえて尊敬したくなる。》（同371頁）

《この心のうごきを見ると、自己愛の一つの純粋で無償な形かと思いたいが、私は魚を介して自身を追跡し、再発掘し、更新し、獲得し、全身で体感したがっているらしい。はっきりとそう読めてくる。釣師は魚を追いつつも自身を追っているのだ。何かの、おそらくは、心の一つの傷から、いや、一つどころではない傷から。それと気づかないで。何の傷かわからないまま。》（同）

私は人間嫌いのくせに、人間から離れられない。

（『地球はグラスのふちを回る』新潮文庫　280頁）

芥川賞を受賞し、作家デビューを果たしたあとの小説家しか知らない人間にとっては実に意外な感じがするのだが、小説家は子供の頃はひどい赤面症で、人に出会うとろくろく口もきけないような子供だったという。

《しかし、どうしても他人と接触し、手と足で働き、かつ頭も働かせ、何とかしてお金を手に入れなければこの世で生きていけない、そうして自殺する元気もないとはっきりわかったので、それからはいくらかずつ赤面症が治るようになった。》

(『風に訊け2』集英社　291頁)

赤面症は治っても、二〇代になっても人と接するのは苦手だった。寿屋の宣伝部に勤めていた頃も、人疲れとか対人疲労とでもいうようなものを覚える毎日を送っていた。

《しかし、生きていくしかないとわかり、それには人とまじわりあうしかないとわかり、好き嫌いを言っていられないとわかってサラリーマン生活に少しずつなじんでいったのだったが、いつからか、一日に会う人は三人までと内心できめるようになった。(略)それだけでへとへとになる。夕方になるとはっきりその疲労だと感知できるものが体内に澱《よど》み、ろくに口もきけなくなる。顎《あご》が出そうになる。》

(『夜と陽炎　耳の物語**』新潮文庫　36頁)

ただ単に人間嫌いだったら小説を書く必要はないと小説家はいう。人間から離れられないから小説を書く。だけれども人間嫌い。そこに小説家が抱える内なるジレンマがひとつあったということなのだろう。

第二部◉開高健が愛した

「言葉」

阿堵物【あとぶつ】

金銭。お金。中国六朝時代の俗語で、このもの、の意。晋の王衍《おうえん》が金銭を忌んで呼んだところからという。

小説家は「阿堵物」に〃おかね〃とルビをふって使った。

《阿堵物《おかね》がほしいのと息ぬきの小さな旅行がしたいのとで、毎年、某社の講演旅行にでかける。》

（『開口閉口』新潮文庫　190頁）

基本的に講演は引き受けない小説家が、ある出版社の講演だけは引き受けていた。そのことに対する後ろめたさと、物書きが講演をすることでお金をもらうことに対する後ろめたさみたいなものを「阿堵物」という言葉に滲ませているのだろうと想像する。

雲古【うんこ】

大便をいう幼児語。うんち。

いうまでもなく「雲古」は小説家が考案した当て字である。同じような当て字に「御叱呼」「御鳴楽」「御珍々」「御饅子」「御芽子」などがある。自ら考案したこれらの当て字を小説家は非常に気に入っていたようで、多くの作品中にたびたび登場する。釣りの紀行文やエッセイなどだけでなく、純文学作品のなかでも用いているのには少々驚かされる。

《そしてしじゅうシット（雲古）だの、ファック（御芽子）だの、ブルシット（牛の雲古）などと叫んだり呟やいたりしているが、これは日本語でいうクソ、ヤロー、オキャアガレなどであるから、読者諸兄姉は、何も顔をおしかめになることはないのである。》

（『もっと遠く！（上）』文春文庫　50頁）

《アヒルは毒蛇を怖れて声をたてるけれど、毒蛇は毒蛇でアヒルの雲古にふれて火傷するのを恐れて近づかないのだという説明を聞かされた。》

（『珠玉』文藝春秋　70頁）

これらの当て字についての小説家の弁はというと——。

《むかし、渡辺一夫先生はペンネームとして雲谷斎（ウンコ臭い）と名のり、悠々自適で暮らしておられたが、その悠々自適を幽々自擲と綴りがえしたりして遊んでいた。これをフランス語で jeu de mots ——言葉の遊びと言う。私もこの荒涼たる時代に、退屈きわまる文章を書かなければならないので、ちょっとは遊ばせていただきたい。職業には遊びがなければ務まらないからね。それでこういう字を当てて遊んでいるんだが、オナラ、オシッコ、ウンコなど、かなり実感がでてるとは思えないかナ？》

（『風に訊け』集英社　136頁）

戒語【かいご】

戒語——いかにもありそうな言葉だが、「大辞泉」にも「広辞苑」「大辞林」にも、この言葉はのっていない。「戒めの言葉＝前もって注意する言葉」を意味する小説家の造語である。もっとも「戒め」だけで「前もって注意する言葉」という意味であるので、わざわざ戒語とする必要はないのだが。

小説家の作品の中には独自の造語が少なからず出てくる。何か表現したいことがあって、それにピッタリの言葉がなければ、自分で作ってでも表現する——その貪欲なまでの表現欲とある種の遊び心からさまざまな造語を生み出したのだと想像される。この創作姿勢は若い頃からのもので、『裸の王様』で芥川賞を受賞した際に、選考委員の一人だった佐藤春夫氏は「但し文中には往々誤植か独自の造語かを疑わせる文字のあるのは気になるもこの生硬も一種の表現と見て看過する。」と書いている。

《一斑《いっぱん》を以《もっ》て全豹《ぜんぴょう》を察すべからずという古人の戒語はわきまえているつもりだが、事程さように誤綴《ごてつ》が氾濫しているのは誰もが認めるところである。》

（『花終る闇』新潮文庫 119頁）

海綿【かいめん】

①海綿動物の総称。②モクヨクカイメンの繊維状の骨格。網状で黄色く、水分をよく吸収する。スポンジ。

さまざまな場面で小説家は「海綿」を比喩的に用いている。お気に入りの比喩表現の一つである。

《この十年間、私は旅ばかりしていたが、こうしてソファによこになって火酒をだらしない海綿のように吸いとりつつ考えてみると、（略）》

（『夏の闇』新潮社 109頁）

《顔も何もわからないのだが、たしかに声は不快指数にうんざりしていて、全身に夏の倦怠《けんたい》を海綿のように吸収しているらしい気配であった。》

（『白いページI』角川文庫 59頁）

仮死【かし】

死んだように見えるが、実際には生きている状態。「仮死」という言葉を、多くの場合、小説家は隠喩的に用いている。

《ホテルだろうとモーテルだろうと、その部屋での時間は仮死のそれである。旅の眠りは仮死の、仮睡の、甘睡である。》

（『もっと遠く！（上）』文春文庫 207頁）

引用文の中に出てくる「甘睡」も辞書にはのって

いない言葉だ。

《真冬でもギラギラした白熱の光が道にあふれ、人びとはたまゆらの仮死に沈みこむ。》

（『ベトナム戦記』朝日文庫　19頁）

《ちょうど日曜日だったので町は清潔な仮死に陥ちこみ、自動車も人も見えず、史後の都市にそっくりで、明るく空虚である。》

（『開口閉口』新潮文庫　209頁）

〝史後〟も辞書にはのっていない言葉である。

開門紅【かいめんほん】

中国の言葉であるが、小説家がこの言葉を覚えたのはベトナムでのこと。朝日新聞社の臨時海外特派員として戦時下のベトナムを訪れたとき、食事のために足繁く通っていたサイゴン（現ホーチミン）のチョロン地区（ベトナム最大の中華街）で、華僑の人たちと談笑しているときに教えてもらった言葉だという。〝門を大きくひらき、なかにしきりにチラチラと赤い色彩が陽動し、見るからに心浮いて盛大でめでたい光景〟というのが本来の意味である。ところが、小説家は自分勝手にこの言葉からエロチックなイメージを膨らませ、とんでもない意味で使っている。

《ある作品のなかで私は数年寝かしたあとで使用し、ベッド・トーキングの一節に頂いた》

（『開口閉口』新潮文庫　244頁）

〝ある作品〟とは『夏の闇』である。ベッド・トーキングの一節とは……

「カイメンホンという中国語知ってる？」

「知らないわ」

「開く、門、紅と書く。サイゴンの華僑に教えられたんだけどね。正月とか、お祭りとか、祝いごとのあるときに使う言葉らしい。門が大八文字に開かれていて通りがかりにのぞいてみるとなかでチラチラ赤いものが見え、まことに盛大なるさまをいうらしい。やっぱり文字の民だよ。見えるようじゃないか」

「うまいことというじゃない」

「やってみようじゃないか」

「灯を消して」

「それじゃ開門黒になるね」

「しょうがないですね」

鼻さきすれすれのところに壮観があらわれる。

（新潮社　25頁）


これでは「開門紅」が何のことだかまだよくわからないという人のために、別の文例を一つ紹介しておく。

《その上を例によって毛の生えた赤ん坊という状態の白人娘や黒人娘がハイヒールだけつけて給餌係のように歩きまわっている。御註文があればそちらへいってしゃがみこみ、両手をうしろにつき、思いっきり開門紅《カイメイホン》を客の鼻さきすれすれのところに持っていってグリグリとねじる。これが一ドルである。》
（『もっと遠く！（下）』文春文庫　62頁）

おわかりいただけただろうか。

気品【きひん】

どことなく感じられる上品で気高い趣。

食べものに関する表現のなかにひんぱんに登場する。たとえば「上品な甘さですね」は一般的によく使われる表現だが、このような場合に小説家ならば「気品のある甘さだ」と表現したりするわけである。

《とれたての山菜にあるホロ苦さはまことに気品高

いもので、だらけたり、ほころびたりした舌を一滴の清流のようにひきしめて洗ってくれる。》

（『開口閉口』新潮文庫　81頁）

《ワカサギはこのあたりでは〝アマサギ〟と呼ぶらしいが、おなかいっぱいに卵をつめていて、照り焼きにすると、まことに気品がある。》

（『新しい天体』光文社文庫　100頁）

《あまり知られていない逸品にバイ貝がある。（略）それを殻ごと火にかけてジュクジュクわいてくる口へ醤油をつぎつぎして壺焼きにするのであるけれど、その肉の柔らかさ、おつゆと香りにある気品の高さ、（略）》

（『眼ある花々』中央公論社　188頁）

懈怠【けたい】

なまけること。おこたること。仏教用語で善行を修めるのに積極的でない心の状態。

仏教用語としては「精進」（雑念を去り、仏道修行に専念すること）の対義語にあたる言葉であり、小説家はその意味合いを込めて「懈怠」という言葉を使ったのではないだろうか。小説家にとっての〝善行〟とはいうまでもなく原稿を書くことである。さらにいうならばルポやエッセイを書くことではなく、純文学を書くことだといってもいいだろう。

《仕事の手があいたときに私はブラジルとアマゾンと大湿原についての文献を眼につき次第に買い集めてせっせと読みあさって懈怠《けだい》の憂鬱をやりすごした。》

（『オーパ！』集英社文庫　61頁）

ちなみに、ここでは「懈怠」に〝ケダイ〟とルビがふられているが、ケダイと読んだのは近世頃まで、と辞典には書いてある。

下痢【げり】

大便が液状もしくはそれに近い状態で排泄されること。

大雨がザーッと降ったり、いつまでもシトシトと降り続いたり、それによって川が増水したようなときに「下痢」という表現がよく使われる。

《毎日、朝から雨が降り、古綿のような空がひくくたれさがり、熱や輝きはどこにもない。夏はひどい下痢を起し、どこもかしこもただ冷《つめ》たくて、じとじとし、薄暗かった。》

（『夏の闇』新潮社　3頁）

《ひょっとしたらヴァンクーヴァーを襲った雨がおなじ日にこの川に下痢を起こさせたのではないだろうか。》

（『もっと遠く！（上）』文春文庫　149頁）

玄虚【げんきょ】

ごまかし、からくり。

《（略）そこで事態が完成したとは感じず、さらに玄虚についてなごやかに愉しみ、もてあそび、かつ畏《おそ》れる精神もまた（略）》

（『開口一番』新潮文庫　52頁）

文中でさらっと使っているので、当然日本語だろうと思って国語辞典を調べても「玄虚」はのっていない。それもそのはずで、これは中国語である。あまり小説家の文章のなかでは見かけない言葉だが、小説家が好きな言葉の一つである。冒頭の文章につづけて次のように書いている。

《（〝玄虚〟は私の好きなコトバだが、ある人に教えられるところによると、古語としてはこのコトバは万物の根源としての虚無をさすものとして使われたが、のちの時代になって、ハッタリ、ごまかし、こけおどし、英語でいう〝ブラッフ〟などの意に使われることになったそうである。両義ともどこかで一脈通じあいそうな気配があるという意識において、いま、使った)》（同）

更新【こうしん】

新しく改めること。また、改まること。

「改める」には〝これまでのをやめて別のものにする〟という意味と、〝あるべき状態になおす・正す〟という意味があるが、小説家は後者の意味を込めて「更新」という言葉を使っていたように思う。英語でいえば「リセット」である。あとで触れる「滅形」の対語といえる。「滅形」は小説家の精神世界を解き明かすキーワードであり、同じ意味で「更新」もまたきわめて重要な言葉だといえる。

以下の文章は『夏の闇』（新潮社）のなかで主人公と女がバイエルンの湖で悪戦苦闘の末にバイクを釣り上げたシーンである。

《私が叫び、女があやしみながら叫び、オールを捨ててたちあがった。ボートがにぶく右に左にゆれた。更新された。私は一瞬で更新された。私はとけるのをやめ、一挙に手でさわれるようになった。》（149頁）

《氷雨にうたれるまま何時間もすわったきりだったので、たちあがると体のあちらこちらが音をたてた。しかし、もういい。大丈夫だ。私は更新された。簡潔で、くまなく充填され、確固としている。》（154頁）

肛門【こうもん】

消化管の終わりにある、大便の出口。しりの穴。

「肛門」はかなりの頻度で小説家の作品のなかに登場する。漢字の頻出度ランキングなどというものがもしあったら、かなり上位に来るはずだ。そのものずばりを指す場合もあれば、比喩的隠喩的に用いられている場合もある。

《眼の前に張りつめた白い臀が迫り、貪婪なような、とぼけたような、可愛い肛門が迫ってくる。首をもたげてそれを舐めたり（略）》（『珠玉』文藝春秋　173頁）

《それはもう身辺のいたるところに登場し、舌から肛門《こうもん》まで、全身を貫流するようになった。》（『破れた繭　耳の物語*』新潮文庫　45頁）

《人情紙風船の時代の特質がまざまざと読みとれて肛門がヒリヒリしてくるじゃないか。》（『最後の晩餐』光文社文庫　279頁）

さらに仔細に表現したとでもいえばいいのか、〝肛門の皺のすみずみまで……〟という表現も小説家は多用している。

《雨はすきまというすきま、乾いた箇所々々へアミーバーのようにのびていき、全身を蔽ってしまった。肛門の皺のすみずみまで濡れてしまった。》（『夏の闇』新潮社　146頁）

《湖からの爽やかな微風が草をわたってきて私の肩と腹に達し、羽毛のように撫でてから臀へまわり、肛門の皺のひとつひとつを舐めてくれる。皺が歓んでひりひりしている。》（同156頁）

燦爛【さんらん】

光り輝くさま。華やかで美しいさま。

いろいろな場面で使われるが、とりわけ印象的なのが夕陽の描写。南国の空を赤く染める壮麗な夕焼けを描写するときの必須アイテムとでもいうような言葉だ。世界各地で見た夕焼けを、小説家はこの言葉を使っていかにも小説家らしく表現している。

《夜明けの雲は沈鬱な壮烈をみたして輝き、夕焼けの雲は燦爛《さんらん》たる壮烈さで炎上する。そそりたつ積乱雲が陽の激情に浸されると宮殿が燃えあがるのを見るようである。》

（『オーパ！』集英社文庫　37頁）

《（略）東南アジアの夕焼空があらわれた。あそこでは短いけれど燦爛たる黄昏が見られ、毎日、宮殿が炎上するのである。空いっぱいに火と血が流れ、紫、金、真紅、紺青、あらゆる光彩がその日の最後の精力をふるって氾濫するのである。》

（『珠玉』文藝春秋　65頁）

《黄昏は北半球のように長くない。陽は空いちめんに赤、紫、金、青、あらゆる色彩を燦爛と輝やかせ、燃えたたせ、火と血の叫喚を出現させたかと思うと、たちまち巨大な闇に音もなく、苦もなく呑みこまれてしまう。》

（『もっと広く！（下）』文春文庫　76頁）

直下【じきげ】

すぐ下。ちょっか。また即座。

「直下」は〝ちょっか〟と音読みして「すぐ下」の意味で使うのが一般的で、小説家のようにこれを〝じきげ〟と訓読みするのも、「即座」という意味で使うのも珍しい。そのため、小説家の配慮か編集者の配慮か分からないが、「直下」には必ず〝じきげ〟とルビがふられている。パソコンの漢字変換機能で〝じきげ〟と入力しても「直下」とは変換されない。

《いつだったか、石川淳氏と対談すると、バクチでもいいから手を使えと孔子がいってるよと紹介され

て、謎《なぞ》でも何でもなく、まさにそのとおりだと直下《じきげ》に感じ入ったことがある。》（『開口閉口』新潮文庫 217頁）

《訴えるものがあることはまざまざと感じられるのだが、直下《じきげ》に迫ってこないのである。》（『珠玉』文藝春秋 128頁）

史前【しぜん】

有史以前。先史。

「有史以前」も「先史」も〝文献で知られる以前の時代〟を意味する。そういう本来の意味で使うこともあれば、指紋も手垢も何もついていない手つかずの状態、足跡一つない人跡未踏の状態を強調（ときに誇張）するような使い方をしていることも多い。

《（略）全市の建物が洗滌されてほぼ白くなり、冬の淡い陽に輝くところを見ると、寺院も、国民議会も、塔も、壁も、窓も、まるで風雨に漂白されきった史前期の巨獣の骸骨の堆積のようである。》（『あぁ。二十五年。』潮出版社 193頁）

《紅海は両岸が砂漠で、町も工場もないし、誰もとらないので、マーリンはとてつもない巨大さに育ち、ほとんど史前的です。》（『フィッシュ・オン』新潮文庫 202頁）

〝史前期〟と書くかわりに、〝聖書以前〟と書いているケースもある。意味はまったく同じである。

《このロウアー・ウガシク・レイクを横断し、その水の出口が河になっている場所では、今、シルヴァーの乗ッこみがはじまっていて聖書以前的な釣りが味わえるはずなのだが、（略）》（『オーパ、オーパ!! アラスカ至上篇 コスタリカ篇』集英社文庫 222頁）

字毒【じどく】

小説家の造語である。原稿が書けないことを原稿に書いている文章のなかによく登場する。

『あぁ。二十五年。』（潮出版社）に収録されている〈字毒と旅と部屋〉というエッセイに次のように書いてある。

《酒を飲みすぎたためにでてくる症状を昔の人は〝酒毒〟といったが、私にいわせると〝字毒〟というものもある。これは文字の精たちが指紋をベタベタとつけられることをいやがって起こす叛乱である。字を書きすぎても、読みすぎても、また、字をじッと眺めすぎても字毒は発生する。（略）字毒にかかって起る症状は人によってさまざまで、なかにはハッカ入りのチョコレートみたいな小説がやたらに書けて家が建つという結構なケースもある。私の場合には小説も書けなくなり、エッセイも書けなくなる。原稿用紙を見るのもペンを見るのも苦痛になってくる。》（156頁）

字毒に冒されると字が書けなくなり、窓ぎわに座り込んでウィスキーを飲み、飲んでは眠り、起きては飲むという日々を送ることになる。そこで原稿を書くことをあきらめ、釣竿をもって旅に出る……とエッセイは続くのである。

女陰【じょいん】

女性の陰部。

小説家の書くものにはさまざまな〝匂い〟が充ち満ちている。さまざまな匂いをさまざまな言葉を駆使して表現している。その一つが「女陰」である。なにもある種の匂いを表現するときの定番である。「女陰」という言葉を使わなくてもいいのに……と感じる場面がないではない。

《生温かくて臭く、血が鳴動し、すべてが汗と垢《あか》でべとべとし、栄養と叫喚にみち、その道ばたにしゃがんで車夫たちと肩をふれあいながらギザギザに欠けたドンブリ鉢で豚の内臓を煮こんだ粥《かゆ》をすすっていると、腐った道が絢爛《けんらん》たる熱をふくんで一週間も洗わなかった女陰のその匂いをたてる。》

（『輝ける闇』新潮文庫　246頁）

《ダカオ界隈の一週間も洗わなかった女陰にそっくりの、分解過程にある蛋白物質、熱くねっとりして挑発的なニョクマムの匂いと汗のなかをあてどなく歩きまわり、（略）》

（『私の釣魚大全』文春文庫　214頁）

《クサヤの匂いがもうもうとたちこめる、薄暗い、小さな、生温い、まさに女陰そのものといった新宿裏の安酒場で（略）》

（『白昼の白想』文藝春秋　57頁）

蒸溜【じょうりゅう】

液体を沸騰するまで加熱あるいは減圧して蒸発させ、その蒸気を冷やして再び液体にすること。液体の精製、混合液体の分離などに用いる。

ウィスキー会社の宣伝部に在籍していたことがたぶん関係しているのだと思うが、小説家がよく使う言葉であり、小説家によく似合っている言葉だという感じもする。その使い方は理屈をこねればわかるようでありながらイメージ的でもある。

《これまでのところ私は書きおろしの仕事を三年に一作のペースでやってきて、その計算でいくと、まだあと一年たたなければ蒸溜がはじまらないのではないかと思うのだけれど（略）》

（『私の釣魚大全』文春文庫　263頁）

《(略)食事をぬいてまでして映画館に入るのだから、入ったかぎりは及ばずながら徹底的に吸収してやろうと思い、二度も三度も繰りかえし見物して、耳にのこる一言半句をヤスリにかけ、蒸溜《じょうりゅう》し、精錬することにふけった。》

(『破れた繭　耳の物語*』新潮文庫　136頁)

水銀【すいぎん】

亜鉛族元素の一つ。常温で液状である唯一の金属で、銀白色で重い。

水銀をプラスチック板の上にぶちまけると、好き勝手な球体になってキラキラ光りながら板上を転げ回る。そこから次のような表現が生まれることになる。

《バンコックにきたのはヴェトナムへいくのが目的である。ここでしばらく休養して気力を回復し、また、ヴィザを手に入れようというのが目的であった。渇望に駆られるまま水銀粒のようにあちらこちら走り、地球をほぼ半周してここまで流れてきたが、(略)》

(『フィッシュ・オン』新潮文庫　207頁)

水銀粒のかわりに、同様の比喩としてパチンコ玉を使ったりもしている。

《三十代から四十代初めにかけての十数年、しじゅう都内のホテルからホテル、旅館から旅館へパチンコ玉のようにころがって暮していたことがあった。》

(『生物としての静物』集英社　79頁)

視覚的にはパチンコ玉のほうがイメージしやすいが、水銀粒のほうが文学的だという気がする。

瑞兆【ずいちょう】

よいこと、めでたいことのある前兆。吉兆。

音の響きからしても、字面からしても「瑞兆」にはどこか高貴で清廉潔白な印象があるが、この言葉自体がもつそんな〝オブラート効果〟を利用して、小説家はもっぱら男性の下半身の関心事について「瑞兆」という言葉を使っている。

《（略）これでガラナの棒をこすり、できた粉を酒なりジュースなりに入れて飲用すれば、どんなくたびれた男ものんのんずいずいの瑞兆、十八歳の朝のようになるという。》

（『オーパ！』集英社文庫　57頁）

オブラートに包まれているので話が下品にならないし、くたびれた男性のほのぼのとした哀愁が感じられて思わずニヤッとしてしまう。

静機【せいき】

「動機」（モチーフ）に対する「静機」（キエチーフ）として小説家の小説やエッセイなどに登場する。しかし、「動機」は国語辞典に出ているが「静機」は出ていない。「モチーフ」も国語辞典に出ているが「キエチーフ」は出ていない。ネットで調べてみると「キエチーフ」はドイツ語で［Quietiv］、フランス語で［Quiétif］と書いてあるものがあったが、手持ちの独日辞典で調べたところ［quietiv］は「鎮静剤」の意味であり、またフランス語を勉強している知人に調べてもらったところ［quiétif］という言葉は辞書には出ていないということだった。

《旅はとどのつまり異国を触媒として、動機として静機として、自身の内部を旅することであるように思われるが、（略）》

（『夏の闇』新潮社　110頁）

《作者の心の渇きが感じられないのである。だから、動機が稀薄と評されることになる。動機だけでなく、静機で書く文学というものもあるのだけれど、それもまた冴えが見られない。》（『言葉の落葉Ⅳ』冨山房　149頁）

この二つの文章を読んでも「静機」が何であるかよくわからない。そこで改めていくつかの作品をひっくり返したところ、『オーパ、オーパ!!』シリーズの〈アラスカ至上篇〉のなかに次の文章を発見した。〝静機がそそのかした動機なんだ。〟と書いたあとに、『野暮な註』として以下の解説を書き添えている。

《人びとは芸術を論ずるときにモチーフについて熱中するけれど、これは日本語では〝動機〟と訳されて、定着している。しかし、それを生みだした潜在的なものについては用語すらつくられていない。それはしいていえば、〝静機《キエチーフ》〟と呼ばれるものである。そモチーフをイルカにたとえるなら、このキエチーフは海である。》

（『オーパ、オーパ!!　アラスカ至上篇　コスタリカ篇』集英社文庫　126頁）

静謐【せいひつ】

静かで落ち着いていること。また、そのさま。世の中が穏やかに治まっていること。また、そのさま。

小説家がもっとも愛した言葉の一つで、使用頻度もきわめて高い。ちなみに「謐」は〝しずかなこと、ひっそりとしていること〟を意味する言葉である。なぜ、この言葉を小説家が好んだのかは不明だが、静謐な心持ち、静謐な暮らしこそが、もしかしたら小説家の理想だったのではないかなどと想像してみる。

《あぐらをかいた両膝に手をのせ、少し首を傾けた彼女には不動と静謐《せいひつ》があった。それは寝床に死体がある人の静謐かもしれない。》（『輝ける闇』新潮文庫　192頁）

《この夫婦の頭上には満月がある。母は年齢にもかかわらず活発で清朗、父は寡黙で静謐だった。》

（『もっと遠く！（上）』文春文庫　145頁）

《ずっしりとした、壁画のように輝く緞帳をかきわけて倒れこむと、そこには荘重な、昂然《こうぜん》とした薄明が漂っていて、未明とも黄昏《たそがれ》ともつかない。幕舎のなかには果実の芯《しん》にならありそうな、つまった、親密な静謐《せいひつ》がたちこめている。》（『花終る闇』新潮文庫　59頁）

濁文学【だくぶんがく】

小説家の造語である。「純文学」に対する「濁文学」という言葉の遊びだ。

《（略）私が老化したせいでしょうか。純文学も濁文学も、老も若も、男も女も、よくこれで大きな顔してゼニがとれると感嘆したくなるようなお粗末のメッキ物ばかり。自分の書くものはナイショ、ナイショで棚上げにしといて口幅ったく罵るのでありますが、（略）》

（『あぁ。二十五年。』潮出版社　259頁）

黄昏【たそがれ】

夕方の薄暗いとき。夕暮れ。盛りを過ぎて終わりに近づこうとする頃。

《朝には空約束の鮮やかさがあり、昼には廃人の額の枯瘦《こそう》があるけれど、黄昏にはぬかるみも光るといいたくなることがある。懈怠《けたい》のままでいるのにういういしく、みずみずしく身動きをはじめるものがあって、じっとしていられなくなる。》

（『花終る闇』新潮文庫　27頁）

黄昏時は、小説家・開高健にとっても、そして釣師・開高健にとってもとくべつな時間帯だった。小説家にとっての黄昏時は書斎にこもっているときも、旅先でも〝宵酒〟の時間だった。

《外出してもしなくても、毎日、黄昏《たそがれ》どきになるとそわそわしてくるので瓶《びん》とグラスに手がのびないということがない。それもビールや日本酒などどというう温和なのではどうしようもないから、ブランデー、ウィスキー、ジン、ウォトカなどを手あたり次第にすする。》

（『夜と陽炎　耳の物語＊＊』新潮文庫　83頁）

《（略）とにかく酒精で黄昏をうっちゃって夜ふけを迎えないことにはペンが持てなかった。》

（『地球はグラスのふちを回る』新潮文庫　85頁）

釣師にとっての黄昏時はサカナたちの喰いがたつ〝まずめ時〟。釣竿を持って川岸や湖岸にいたらこれまたそわそわしてくるというものである。

ちなみに『大辞泉』の【黄昏】の項には〝古くは「たそかれ」。「誰そ彼は」と、人の見分けがつきにくい時分の意〟という解説がついている。小説家は〈影を剥がすと家がこわれる〉というエッセイ（『白いページⅢ』角川文庫　137頁）のなかで、「彼は誰？・時（かわたれどき）」を黄昏の古語として紹介し、その表現を〝まことに優雅ではござらぬか〟と書いている。どちらの言い方も正解だが、黄昏時を「誰そ彼」、まだ明けやらぬ朝方を「彼は誰」と区別して使っていたと辞書にはある。

中景【ちゅうけい】

これも小説家の造語であり、「近景」と「遠景」があるならば「中景」があってもいいだろうという小説家の言葉遊びの一つである。

《さまざまな彼の問いを一つずつハグらかしながら

答えるときのおばさんの眼は画でいうと遠景でもなく近景でもなく、いわば中景を眺めているまなざしになった。》

（『新しい天体』光文社文庫　41頁）

澄明【ちょうめい】

水・空気などが澄みきっていること。また、そのさま。

小説家はそのとき気に入ってる言葉を、そのとき書いている作品のなかで多用する傾向が見られる。たとえばこの「澄明」は『夏の闇』のなかにたびたび登場する。作品の構想を練った銀山湖の澄みきった水と空気に影響されたからかもしれない。ベトナムで阿片を吸ったときのことを思いだすシーンでは、わずか二頁（新潮社　102頁、103頁）のなかに六回も「澄明」が登場する。

《その澄明の感触がいまでも顔をこちらに向けている。》

《骨、肉、内臓、皮膚、すべてが消え、純粋そのもののなのにきびしさがなく、ただおだやかな澄明が音もなくひろがっている。》

《ただ私は安堵しきって澄明にまじまじと見とれていた。》

《安堵と澄明の徹底が熟眠のあとの爽快となって全身に優しいこだまを漂わせていた。》

《疲労のない忘我を私はそれまでに味わったことがなかったが、《無》の晴ればれとした澄明はそこまで浄化してくれたらしかった。》

《（略）あの静穏で澄明な《無》が、いまだにどこかで、私のどこかで、指紋ひとつつけられないで生

きのこっている証拠であるかもしれない。》

清蒸【ちんじょん】

中国風の蒸し物。素材に下味を薄くつけ、あるいは下味をつけずに蒸し上げる調理法。

『オーパ、オーパ!!』シリーズで、アリゾナ・ネバダ州境の砂漠のなかの湖、レイク・ミードにブラック・バスを釣りに行くことが決まったとき、小説家は旅に同行する料理人……谷口博之教授（大阪あべの辻調理師専門学校）にひとつの宿題を出した。

《「けどな、教授、ブラック・バスは身はうまいんやが、皮がダメ。苔臭《こけ》いんだわさ。ちょいとウロコをすかなあかんかもしれんな。せっかくのうまい魚やで、清蒸《チンジョン》で食うてみたい。どないしたらええか、よう研究しといてや」》

（『開高健先生と、オーパ！旅の特別料理』集英社　42頁）

小説家はグルメで知られるが、その小説家の大好物の一つが白身魚の「清蒸」（清蒸全魚）であり、作品中に登場する料理関係の言葉としては「清蒸」がもっとも多いのではないかとさえ思えるほどだ。

レイク・ミードで谷口教授が作ったブラック・バスの清蒸全魚のレシピは『開高健先生と、オーパ！旅の特別料理』61頁に紹介されているが、さて、小説家の評価はというと――。

《とりわけ中華風の『清蒸全魚《チンジョン》』にすると、皿こわしといいたくなるくらいに人気沸騰する。みんなだまって争いあって箸をつっこみ、アッというまになくなってしまう。》

（『オーパ、オーパ!!　アラスカ篇　カリフォルニア・カナダ篇』集英社文庫　314頁）

強助【つよすけ】

『新しい天体』のなかで、主人公が知床にある日本でたった一軒のトド料理屋へ行ったとき――

《成長したオスは四メートル、五〇〇キロにもなる。そんな怪物はざらで、なかには一トンにもなるのがいる。とてつもない強助《つよすけ》であって、一頭のオスが十頭から二十頭のメスに君臨し、それぞれのメスに毎年一頭ずつ子供を生ませる。》
（光文社文庫　139頁）

辞書には出ていないので、「強助」は小説家の造語だろうと想像される。読んで字のごとく〝精力の強い助平〟の意味である。

哲学／哲学堂【てつがく／てつがくどう】

世界・人生などの根本原理を追求する学問。
ならびに学問する建物。

「哲学」も「哲学堂」も小説家が造語したわけではないが、その使い方においては造語も同然といえる。

《農民たちはクリークに椰子の葉でかこった小さな哲学堂をつくっている。家のなかでは哲学しないのである。野外で日光をさんさんと浴びながら七、八分の小さな楽しみに心ゆくまでふける習慣である。》
（『ベトナム戦記』朝日文庫　22頁）

「哲学堂」は便所、トイレの意味であり、〝家のなかでは哲学しないのである〟は、すなわち〝家のなかでは用を足さないのである〟という意味になる。ウンチング・スタイルが「考える人」のポーズに似ていることから発想を飛躍、展開させて「哲学」「哲学堂」という言葉にたどりついたのかもしれない。

毒笑【どくしょう】

東野圭吾氏の著作に『毒笑小説』（集英社）というのがある。毒のある笑い＝ブラック・ジョークが詰まったユーモア小説集である。しかし、小説家が使った「毒笑」はひらたくいえば〝毒のある笑い〟には違いないが、ブラック・ユーモアとは意味が違う。「微笑」「苦笑」「冷笑」「嘲笑」などと同列に並ぶ笑い方の一種である。人を憎み、人の気持ちを害するような毒気を含んだ笑い方ということになろうか。

《暗がりで友人はおどけてせせら笑い、いささか自《じ》嘲《ちょう》の声だったが、毒笑ではなかった。》

（『破れた繭　耳の物語*』新潮文庫　95頁）

《場末の行方のない叛骨《はんこう》を抱いたゲイジュツ家たちはたちまちこれにとびついてオッペケペ節などをでっちあげ、早くもニヒルな塩味の漂う蒼白《あおじろ》い頰をひきつらせて毒笑のための毒笑に夜な夜なふけったものであるらしい。》

（『開口閉口』新潮文庫　145頁）

白皙【はくせき】

皮膚の色の白いこと。

「皙」も白いことを意味する言葉。「白皙」はダブル・ホワイトであり、肌の色がとても色が白いことを意味する。一般的には金髪、碧眼、白皙……というように白人の肌の白さを表現するときに使われる。また、「白皙の美男」や「白皙の美青年」というように美男子を形容する言葉として使われることが多い。

しかし、小説家はそうしたルールにはあまり関心がないようで、アジア系であれ女性であれ、小説家自身が「なんて肌が白いんだ！」と感嘆したときにはこの言葉を使っている。

《中年にさしかかって胸にも腰にも堂々とした肉のついた加奈子が、（略）どっしりとした白皙《はくせき》の腕をクルミ材のバーにおき、（略）》

（『花終る闇』新潮文庫　161頁）

《空気が乾ききっているので私たち日本人の垢と御先祖モンゴル人の垢とでは性質が違うかもしれないのだが、その美しい白皙《はくせき》の素肌には眼を瞠《みは》る。》

（『オーパ、オーパ!!　モンゴル・中国篇　スリランカ篇』集英社文庫　124頁）

白想【はくそう】

《そこで、べつにこの話があろうとなかろうと、昔からの習慣で、さまざまな釣りの本や雑誌を洋書店を通じてとりよせ、白想しかない日にうつらうつらと読んで胸苦しい時間をうっちゃってすごした。》

（『もっと遠く！（上）』文春文庫　27頁）

小説家の著作に『白昼の白想』（文藝春秋）と名づけられたエッセイ集がある。その〈後記〉のなかで「白想」について次のように書いている。

《昔々のその昔、子供のときに、大人の読む雑誌を何ということもなく寝ころんで読んでいて、物思うともなく物思うことを〝白想〟というのだと中国人に教えられたことがあるという、随筆の一節を読んだ。その筆者の名も、その随筆の内容も、ことごとく忘れてしまったが、〝白想〟という言葉だけはときどきよみがえり、いかにも美しいので、いつか何かの本の表題に入れてみたいものだと、思うようになったが、なかなかチャンスがなかった。》（374頁）

この文章を読むと「白想」は中国語のように思えるが、その後、小説家自身が調べたところ中国語でもないということになり、《ひょっとしたらこれは私の妄想癖の産物なのではあるまいかと思うようになった。》と〈後記〉に書いている。

放下【ほうげ】

仏語。禅宗で、一切の執着を捨て去ること。

《朝になると形がもどっている。無碍《むげ》の放下は消えている。私は脂っぽい、大きな袋に封じこめられ、顔をねっとりした脂と汗で蔽われてソファかヤクの皮にころがっている。》（『夏の闇』新潮社　83頁）

「無碍《むげ》」は妨げのないこと。何ものにもとらわれないことの意味であり、〈無碍の放下〉とは、禅宗でいうところの「身心脱落《しんじんだつらく》」……一切のしがらみから脱して心身共にさっぱりした境地、一切を放下し、何の執着もない自由無碍の精神状態を表現している。

これとよく似た表現が『眼ある花々』（中央公論社）のなかに出てくる。

《熱いお茶のなかから清艶な香りが陽炎のようにゆらめきつつたちのぼってくるのに出会うと、しばらく無碍《むげ》の放心にふけることができる。》（65頁）

放射能【ほうしゃのう】

放射線を出す性質、または能力。

小説家は「放射能」を隠喩的によく使った。3・11以降の今の状況でも小説家が果たして同じような表現をしたかどうか……。

《（略）このネズミ酒場で知り合った人物は傑出していたなと、つくづく感じ入らせられる。少くとも三十年近くもたってからペンで素描を試みたくならせるだけの放射能を持っていたのである。》（『珠玉』文藝春秋　17頁）

豊饒【ほうじょう】

土地が肥沃で作物がよく実ること。また、そのさま。

この言葉も、「開高ファミリー」といってもいいほどさまざまな作品に実に数多く登場する。必ずしも〝土地が肥沃〟だという意味で使っていないところが小説家らしいところ。

《ちかくには美術館と動物園という、似たようなものが二つあるが、この豊饒《ほうじょう》ではじしらずな町にはなんの影響もない。》

（『日本三文オペラ』新潮文庫　6頁）

《彼は博識恐るべき人物で、連想飛躍がめまぐるしいまでに豊饒、かつとめどない能弁家であるが、（略）》

（『新しい天体』光文社文庫　6頁）

《原野に入ってからはあちらこちらでシラカバ林が雪の白と照応しあうのを見たが、その雪には靴跡も、獣の足跡もなかった。容赦なくて、徹底し、不毛だが、このうえなく清潔であり、これほど豊饒で華麗な《無》を見るのは、（略）》

（同145頁）

魔味【まみ】

《そこで味覚の世界に移ってみると、「臭い匂いのするうまいもの」というジャンルがれっきとしてある。これは言うなれば魔味というもんだ。果実で言えばドリアンである。スパイスで言えば東南アジアから南方、中国にある魚醤《ぎょしょう》、ベトナムでニョクマムと呼ばれ、広東でユイチャンと呼ばれている。それから日本のショッツル。こういう物である。これは要するに魚類蛋白が分解して発酵してそれからできたものでフィッシュ・ソースであるけれども、こういうジャンルの味覚というものがある。塩辛、クサ

ヤ、チーズ、皆そうだ。蛋白の分解した匂いである。臭い。》

（『シブイ』TBSブリタニカ　67頁）

「魔味」は国語辞典には載っていない。なのでこれも小説家の造語かと思ったが、調べてみると小説家より早い時期にこの言葉を使っている例を見つけた。エッセイストであり、釣りジャーナリストであり、食にも通じていた佐藤垢石《こうせき》氏（一八八八〜一九五六年）の『「たぬき汁」以後』（つり人社）という著書のなかに〈魔味洗心〉というエッセイが収録されていた。

このなかで佐藤垢石《こうせき》氏は夏から秋にかけてのマスの鮮醤《せんしょう》は「魔味と称して絶賛するほかに言葉がないであろう」と書いている。鮮醤とは、香港や中国の広東地方で使われている、独特のコクと甘味がある甜麺醤に似た甘味噌のこと。

小説家がこのエッセイを読んで、「魔味」という言葉を頭にインプットしていたと想像することはさほど突飛なことではない。ただし、「魔味」の意味するところはまったく異なるが。

魔羅【まら】

①仏語。人の善事を妨げる悪神。魔王。転じて、悟りの妨げとなる煩悩をいう。②陰茎。

「魔羅」という単語は作品中ではめったにお目にかからないが、『珠玉』（文藝春秋）のなかでそれに関するウンチクを披露しているので、ここで紹介しておく。

《修道の妨げになるものはすべて魔羅と呼ばれた、と。権力慾も、虚栄心も、金銭慾も、ケチンボも、すべて魔羅という。だけどそれだけがいつからか魔羅と呼ばれるようになって、ほかのものはすべて忘れられた。権力慾はあるやつもいるし、ないやつもいる。虚栄心は持っているやつもいるし、持っていないやつもいる。稀ですがね。だけど、この、セックスというやつ。こればかりは誰にでもある。いつもある。どこにもある。だから生きのびられたんじゃないか。たしか、大槻文彦が『言海』のなかでそう言ってたと思うな。》（172頁）

三三途【みみず】

貧毛綱の環形動物の総称。

ミミズは漢字では「蚯蚓」と書くのが正しい。「三三途」は小説家が考え出した当て字だが、漢数字の「三」をニョロニョロとのたくった三本の横線で手書きすると、なるほど「三三途」はぐっとミミズっぽくなるというもの。小説家はミミズのことを〝眼なく耳なき暗黒の友〟と表現したりもした。

『私の釣魚大全』（文春文庫）のなかに、三三途《みみず》の完璧な疑似餌ができて、これを「四三途《しみず》」と名付けて売ったらさぞ儲かるぞという話が出てくる（17頁）。同じ『私の釣魚大全』に収録されているエッセイ〈探究する〉のなかにはゴカイそっくりの疑似餌を作り、「ロッカイ」と名付けて売ってみたら——という話が出てくる（294頁）。ネタがダブってしまったかっこうだ。

明澄【めいちょう】

曇りなくすみきっていること。また、そのさま。「明澄な秋空」。

小説家はときに漢字を独自の解釈で使うことがある。少なくとも国語辞典にのっている意味では理解できない使い方をすることがある。以下の文章における「明澄」もさらっと読み下してしまうと何のことだか意味がわからない。読者はしばし考えたあとに「こういうことなのかな……」とおぼろげに解釈するしかない。

《一般報告というものがあって今後の景気見通しについてのさまざまな説が紹介されたあと、混沌《こんとん》があるばかりでそのなかからどうしても明澄が蒸溜《じょうりゅう》できなかったこと、そのためついに一人の相対的景気調査官を任命して実感探求を広く深い領域にわたってやってもらうよう措置をとったことなどの説明がおこなわれた。》

（『新しい天体』光文社文庫　23頁）

明滅【めいめつ】

あかりがついたり消えたりすること。光が明るくなったり、暗くなったりすること。

灯りや光はもちろんのこと、視覚的に何かが見え隠れすることや、頭の中に物事が浮かんだり消えたりすることも「明滅」という言葉で表現するのが開高流。

《アングロ・サクソン以外の白、黒、褐、黄、あらゆる顔と皮膚があらゆる場所と時間に明滅する。》

（『もっと遠く！（上）』文春文庫　143頁）

《ボブ・ジョーンズは、明滅するリスを指さしながら、おれはリスを射つ趣味は持ってはいないけれど、あれはパイにすると、とてもおいしいのだよと、教えてくれた。》

（『もっと遠く！（下）』文春文庫　139頁）

滅形【めっけい】

以下に引用するのは『オーパ！』の第六章〈水と原生林のはざまで〉の最後の部分である。

《数日後にテコテコでクイヤバの空港にもどった。空港のロビーの人ごみのなかを釣竿を持って歩いていると、ふいに背後から滅形が襲いかかってきた。肩を殴られたような衝撃があり、一瞬で私は崩れて

しまった。空と、水と、ジャングルと、魚がつくりあげてくれたものが、カードのお城のようにへたへたと倒れてしまった。》

（集英社文庫　236頁）

《クイヤバ空港を歩きつつ私は羽田空港を歩いているのだ。一瞬で私は滅形し、なじみ深い、荒寥とした、いいようのない憂鬱がたちこめてくる。これからはもう犯されるままに私は形を失い、澱んで腐った潮溜りとなって日々をやりすごしていくのである。》

（同）

「滅形」は、このように小説家の精神世界を垣間見せるような形で、開高作品のなかに頻繁に登場する。国語辞典に出ていないので、これまた小説家の造語かと思いきや、そうではない。これは、小説家が若い頃に愛読した梶井基次郎氏が代表作の一つである『冬の日』で使った言葉である。梶井基次郎氏の造語だと考えられる。

《風景は俄《にわか》に統制を失った。そのなかで彼は激しい滅形を感じた。》

（『梶井基次郎全集　全一巻』ちくま文庫　143頁）

小説家が参加していた同人誌『えんぴつ』の同人であり、小説家の盟友の一人である向井敏氏は『これぞ、開高健。』（面白半分臨時増刊号）に寄せた〈作家の成熟―開高健の場合〉のなかで、開高健と梶井基次郎はその文学的資質において〝ときに双生児的とさえいいたいほどの相似を示す〟と書いている。また、「滅形」については次のように書いている。

《（略）開高健にとっては単なることばぐせではなくて、描かずにはすますことのできないある崩落の知覚を端的に言いあらわそうとして慎重に選ばれた、作家的思考のかなめ石ともいうべきことばだからである。》

（121頁）

《開高健においてはここが眼目なのだ。ここに開高

健がいるのだといいたくなるような鮮明な刻印としての役割をさえ、それは果たすことになる。》（同）

小説家自身は『風に訊け2』（集英社）のなかで、「滅形」についての読者からの質問に対してこう答えている。

《この言葉は、私の造語ではない。梶井基次郎の短篇のひとつに、はっきりと現われている言葉です。解釈とすれば、君が自由に解釈すればいいんだけれども、言葉の字面《じづら》を見れば、おおよそわかるでしょう。》（299頁）

《なお、私は今でも心だけは若く持ちたい、感ずる力だけは持ちたいと思っているので、しばしば〝めっけい〟を覚えることがある。そういうときはどうしていいのかわからなくなり、十八歳のときのように自殺を思うこともある。しかし、私は自殺する力がないということを知っているので、いよいよどうしてよいのわからなくなる。困ってるんだ……。》（同）

「滅形」は、それをキーワードとして「開高健論」が一冊書けるくらいの重さを持った言葉なのである。

朦朧【もうろう】

①ぼんやりとかすんで、はっきり見えないさま。②物事の内容・意味などがはっきりしないさま。③意識が確かでないさま。

「物書きならば何がなんでも捏ね上げて表現しなければならないと思う」——これこそ、小説家が原稿用紙に向かうときの心構えである。そんな小説家が「朦朧」という言葉を多用していることにどこか引っかかる。朦朧としたものを「朦朧」と表現することに何ら問題はないのだが、それでも何がなんでも捏ね上げて表現して欲しかったと感じてしまう。「まさぐりようもない」という表現も開高作品のなかに頻繁に登場するが、これについても同じような不満を覚えてしまう。一種のファン心理がそう思わせるのだろう。

《出国のときには純白の原稿用紙をまえにしたような不安の新鮮な輝きがあり、朦朧《もうろう》がいきいきと閃《ひらめ》きつつ漂っているのだが、帰国となると、点を一つうって、行を一つ改めるだけのことで、そのさきにあるのはやはり朦朧だけれど、不安の閃きもない。》

（『ロマネ・コンティ・一九三五年』文春文庫　10頁）

流謫【るたく】

罪によって遠方へ流されること。

国語辞典で「流謫」を調べると、どの辞典も必ずといっていいほど用例として「流謫の身」をあげている。言葉自体がきわめて限定的な意味しか持っていないため、限定的にしか使われないからなのだろう。ところが、小説家は「流謫」を独自に解釈、意訳し、自らの心の動き、思いを表現する言葉としてこれを使っている。そのため読者にとっては「流謫」は非常に難解な言葉になっている。

《暗くした部屋のなかによこたわっていると、待つこともなく眠りがきた。眠りは流謫《るたく》感を消したが、蓋はやっぱりあきっぱなしになっているのか、そこから何かがすべりこんだ。》（『輝ける闇』新潮文庫　188頁）

《しばしば夜あけ、めざめぎわに流謫《るたく》される。》（同226頁）

《私は流謫される。暗く、狭く、温かい、いつまでもやすらかに盲《めし》いていられる。初夏の野にけむる黄《たそ》昏《がれ》のような時間の漂う奥処《おくか》へ流謫される。私は鳥の

巣のかげの小部屋へなだれこんで、うずくまる。》（同228頁）

以食為天【いしょくいてん】

漢書にある孟子の言葉で、正しくは「民以食為天」（民は食をもって天となす）。民にとっては（とりわけ食を重んじる中国の民にとっては）、お腹いっぱい食べるということが何よりも大事だという意味だ。『オーパ、オーパ!! アラスカ篇』のなかで小説家はこれを〝食べて寝るだけの人生〟（集英社文庫 140頁）と訳している。また『最後の晩餐』では、「以食為天。悠々蒼天。」と書いて「たべてねろ。ゆっくりやれや」とルビをふっている（光文社文庫 320頁）。

怪力乱神【かいりきらんしん】

さすがに『大辞泉』や『広辞苑』にはこの言葉はのっていないが、三省堂の『新明解四字熟語辞典』にはのっていた。出典は『論語』であり、奇怪なこと、力わざのこと、秩序を乱すようなこと、神秘的なこと、怪しく不思議で人知ではかり知れないもののことなどを意味する——と書いてある。

この言葉を、小説家は精力剤の意味で使うことが多かった。

《象のしっぽの毛だとか、虎の肝と称するものだとか、コウモリをどうかしたのだとか、蛇を干したとかいうような性質のものである。そういう怪力乱神を売る男はたいてい口達者にわが国の〝ガマの油売り〟とおなじ表情と口調で群集に講釈をしたり、ひそひそささやいたりしている。》

（『開口閉口』新潮文庫 69頁）

『破れた繭 耳の物語*』のなかでは回虫駆除の煎じ薬のことを〝怪力乱神〟と書いている（新潮文庫 105頁）

玩物喪志【がんぶつそうし】

「玩物喪志」――「物を玩び、志を喪う」――〝玩ぶ〟はおぼれるという意味。すなわち「ひとつのものにおぼれて、本当に大切にしなければならないものを失う」という意味である。中国最古の歴史書『書経』に出てくる言葉だ。

小説家はこの言葉を二とおりに使い分けている。自身も含めた戒語としてのそれと、その逆の使い方である。

まずは戒語としての「玩物喪志」。丸沼、榛名湖、銀山湖、グダリ沼、小川原湖と各地を転戦するも連戦連敗が続き、最後に訪れた最上川でもまた完敗に終わった最後の夜、旅館近くの飲み屋でいつもより少し飲み過ぎた小説家はその帰り道……。

《（略）ぶらぶらと歩きだしかけた瞬間、おびただしい疲労と嫌悪がこみあげてきて、よろめきそうになった。魚釣りなんか二度とごめんだ。玩物喪志もいいところだ。竿もリールも人にくれてやる。いや、竿はへし折り、リールは川にたたきこんでやるんだ。くそくらえ。》

（『私の釣魚大全』文春文庫　276頁）

戒語とは逆の、「玩物」を勧めるような使い方は、たとえば次の通り。

《《食》であれ、《色》であれ、およそ《美》なるものはドストイェフスキーが登場人物の一人に痛嘆させているように、《おっかない》のである。玩物喪志を怕《おそ》れてはならない。》（『眼ある花々』中央公論社　187頁）

小説家が「玩物」を勧めるのは、何であれそれくらい打ち込まなければ物事の本質に迫ることができないと考えているからだ。

《われわれは遊ぶために遊ぶのである。志を失うために志に熱中するのである。ただし大半の人はせ

いぜいその身ぶりに熱中するだけで、けっして失うところまで肉薄、没頭できないものなのであるが……》

（『私の釣魚大全』文春文庫　51頁）

骰子一擲【とうしいってき】

一九世紀フランスの詩人、ステファヌ・マラルメ（一八四二～一八九八年）の代表作に『骰子一擲』がある。ときに『サイコロの一振り』などとも訳されるが。〝骰子一擲〟の四文字はこれに由来すると思われる。ただし、小説家はこの四文字をマラルメの作品とはまったく関係のない使い方をしている。〝骰子一擲〟の四文字を、古代ローマの軍人シーザー（カエサル）がルビコン川を渡る際に発したといわれるあの有名な言葉「賽は投げられた」の意味で使っているのである。一九世紀のフランスの詩人の言葉に、古代ローマの軍人が発した言葉を重ね、二〇世紀の日本の小説家が使った……ということだ。『骰子一擲』のルビをそのときどきで変えているのも興味深い。

《アラスカで勝ちに勝ってたのがヴァンクーヴァーでみごとに敗北、オレゴンのディシューツ川でもすばらしく敗北。敗走また敗走でここまで流れてきたのだ。やらにゃァ。骰子一擲《さいころはなげられた》。》

（『もっと遠く！（上）』文春文庫　186頁）

《私は銃のケースを抱えてステップに足をのせ、体より一歩さきに心を機内におしこむ。骰子一擲《アン・クー・ド・デ》！……》

（『オーパ、オーパ!!　アラスカ至上篇　コスタリカ篇』集英社文庫　151頁）

《これがもし、コンドームだったとする。そしてそれがラテックスの技術と微妙なちりめん皺《じわ》の技術で〝芸術品〟と呼ばれる至境にまで達している日本製だったとして、その商標が、かりに——あくまでもかりにですヨ——『骰子一擲《とうしいってき》』というのだったとする。》

（『白いページⅢ』角川文庫　10頁）

文房清玩【ぶんぼうせいがん】

ここでいう「文房」とは「文房四宝」――すなわち筆、紙、硯、墨のことであり、「清玩」とは「清らかな鑑賞に供すべきもの。他人の鑑賞の尊敬語」の意味である。

《中国の古人が毛筆や紙の選別につぎこむ愉しみを〝文房清玩〟と呼んだのはいかにも洞察力がある、つつましい、洗練の極のこころであると感じられる。文房清玩。いいコトバですよ。》

（『生物としての静物』集英社　96頁）

中国の古人が文房四宝を清玩したように、たとえば現代の釣師はルアーについた傷を眺めつつ過ぎ去ったその瞬間に遊んだりする。

《いい魚を釣って軸が曲ったり、ボディーに傷がついたり、針がのびたりした物は忘れずにタックル・ボックスに記念品として格納し、帰宅してから夜ふけにチクチクと眺め入ることにしてある。これは香水や、酒や、料理などとおなじように記憶の喚起剤として最高の事物である。》

（同211頁）

このような事物もまた「独居の文房の清玩といえるはず」だと小説家は書いている。

馬馬虎虎【まーまーふーふー】

「どうなの、近頃」

「マーマーフーフー」

「何、それ」

「漢字で書くと馬馬虎虎。昔の中国人の挨拶だそうだよ。革命前のね。馬のようにも見えるし、虎《とら》のようにも見えるってこと。日本式でいうと、ボチボチってところか。曖昧《あいまい》語法というやつだが、なかなかいい表現だよ。おれは好きだね」

（『花終る闇』新潮文庫　85頁）

きちんと数を数えたわけではないが、開高作品の中にもっとも多く登場する四字熟語といったら、この「馬馬虎虎」（馬々虎々）であるかもしれない。それくらいさまざまな作品のなかに登場する。

《「馬でもないが虎でもないというやつですな。昔の中国人の挨拶にはマーマーフーフーというのがあった。字で書くと馬々虎々です。なかなかうまい表現で、馬虎主義と呼ばれたりもしたもんですが、（略）》

（『ロマネ・コンティ・一九三五年』文春文庫　14頁）

アームチェア・フィッシャーマン【armchair fisherman】

地図を眺めたり、釣り場情報を読んだりしながら釣り場でのあれこれを想像して愉しんでいる人のことを、小説家は『私の釣魚大全』のなかで〝インドア・フィッシャー〟と書いている（文春文庫　14頁）。それが『フィッシュ・オン』以降は〝アームチェア・フィッシャーマン〟に変わる。その転換点となるのが以下の文章だ。

《部屋のなかにいて地図や写真や本を眺めつつ戸外の川のことをあれこれと想像して時間をすごす人のことを〝インドア・フィッシャーマン〟とはいわず、〝アームチェア・フィッシャーマン〟というらしい。》

（『フィッシュ・オン』新潮文庫　24頁）

〝アームチェア・フィッシャーマン〟のほうが小説家の気持ちにぴったりきたというのか、格好よく感じられたということなのだろう。

バック・ペイン【back pain】

背痛。背中の疼痛。

四五歳をすぎた頃から、小説家はバック・ペインに悩まされるようになる。それが宿痾となる。

《手がしびれ、関節が痛み、足がひきつれる。右半身に限り、首、肩、背中、いたるところに疼痛がある。このバック・ペイン（背痛）が昂進すると、右半身が完全に不随になり、ズボンをぬぐこともできなくなる。呻いて散らすこともできず、麻薬で霧散させることもできず、呼吸もできなくなる。》

（『オーパ、オーパ!! アラスカ篇 カリフォルニア・カナダ篇』集英社文庫 20頁）

バック・ペインのことを、ときに小説家は〝オンブオバケ〟と表現することもあった。

《首、肩、背、腰、腕、手、これら各部が右半身にかぎってキリキリ痛む。きしむ。つっぱる。しびれる。電流が走る。このオンブオバケはすでに二、三年前に陰鬱な顔で登場し、そのままそこにすわりこんで、両手をひろげて私をしめつけている。》

（『ああ。二十五年。』潮出版社 281頁）

バック・ペインに痛めつけられるようになる前は、小説家はまったく違う意味でオンブオバケという言葉を使っていた。さしずめ疫病神、貧乏神というような意味合いで、主として釣りの場面でそれは登場する。

チョーイヨーイ【Choi oi!】（ベトナム語）

《これはベトナム語の〝ニチェヴォ〟であり、〝没法子《メイファーズ》〟である。腹がたったとき、どうしようもないとき、しくじったとき、こんちきしょうといいたいとき、ああ、ヤレヤレと嘆息をつきたいときにベトナム人がもらす言葉である。フッと肩で吐息をついて、〝チョー〟とのばし、〝ヨーイ〟と口の中でつぶやくと、みごとに感じがでる。これくらいいまのベトナム人の気持ちを代表する言葉はない。すべてがこの一語にこもっている。』

（『ベトナム戦記』朝日文庫　55頁）

ベトナムで覚えたこの言葉がよほど気に入ったのだろう、ベトナム戦争の体験をもとに書かれた『輝ける闇』や『夏の闇』をはじめ、『私の釣魚大全』や『フィッシュ・オン』といった釣りの紀行文学作品などにも「チョーイヨーイ」は登場する。ときには何の説明もなく出てくるので、その意味がわからずに戸惑う読者もいるのではないかと心配してしまうようなケースもある。

『夜と陽炎　耳の物語＊＊』（新潮文庫）でも、ベトナム戦争に触れた箇所に登場する。

《（略）老女は何か叫んではチョーイヨーイと呻《う》めき、ふたたび背をもたげて何か叫んではチョーイヨーイと呻めくのだった。〝チョーイヨーイ〟は朝鮮語の〝アイゴー〟であり、中国語の〝アイヤー〟である。》

（151頁）

朝鮮語と中国語の意味は書いてあるが、日本語の意味は書いていない。

ナーダトーダ【nada toda】（ポルトガル語）

ナーダ＝何もない。トーダ＝すべて。

『オーパ！』の取材旅行のとき、アマゾン河を遡る「無敵艦隊のオオカミ」号の船上で繰り返し流れている音楽の歌詞から生まれた言葉だ。

《つぎつぎと変る曲目はことごとくラヴ・ソングら

しいが、ひとことも理解できない。ただ冒頭でいきなり「ナーダ！（何にもない）」と歌いだすのと、「トーダ！（すべて）」と歌いだすふたつ、それもその冒頭の一句ずつだけが耳にのこる。》（集英社文庫　61頁）

この「ナーダ！」と「トーダ！」が二頁後には開高流の言葉になっている。

《ナーダにしてトーダ。何にもなくてすべてがあると歌うあの二つの恋歌はこの河の上でこそふさわしいのかも知れない。絶妙の暗合を感じさせられる。》

（同64頁）

「ナーダ！」単独では次のような表現も『オーパ！』のなかに登場する。

《（略）とうとう一回のヒットもなくて終ってしまった。ピラーニャ学は何頁も進んだし、カラチンガというフエフキダイによく似た華麗な魚を釣ったりもしたけれど、あとはナーダ・ナーダ・ソ・アグア（無また無、ただ水のみ）であった。》（同164頁）

［nada］はスペイン語でも「何もない」という意味なので、この言葉はスペイン語圏での釣りの場面にも登場する。たとえばコスタリカへターポンを釣りにいったとき――。

《うろおぼえのスペイン語の知識によると、〝何もないったら何もない〟というのを〝ノー・アイ・ナーダ〟というが、そういう歌がちゃんとあるというので、しっかり大声でその歌をやってくれとたのんだ。》

（『オーパ、オーパ!!　アラスカ至上篇　コスタリカ篇』集英社文庫　319頁）

歌の出だしは以下の通りである。

何もない《ノー・》ったら《アイ・》何もない《ナーダ》
何もない《ノー・》ったら《アイ・》何もない《ナーダ》
ダメなやつには何もないさ

「！」「？」「?!」「…」

開高作品には「！」「？」「?!」「…」もたびたび登場する。これら表情を持った記号を使うことで人物の微妙な感情や表情、その場の空気感を表現している。これは広告のコピーを書くことで養われた能力であるかもしれないが、記号の使い方は非常に巧みであり大胆でもある。

バイエルンの湖でカワカマスを釣る場面。何度となくキャスティングを繰り返し、何度となくリールをまいていると、あるとき不意に根掛かりかと思うような感触があった瞬間の主人公の心の動き――。

「……？」
「……！」
「……！」

（『私の釣魚大全』文春文庫　178頁）

《ふいにどこかで、
「フィッシュ・オン！」
声が走る。
その声は疑っているようでもあり、爆発しているようでもあり、殺気だっているようでもある。「！」ともひびき、「？」ともひびき、同時に「?!」とも聞える。》

（『フィッシュ・オン』新潮文庫　39頁）

少し異なる使い方をしている文例を最後に。

《猫はふてぶてしくも端正に《！》のマークのようにすわりこんだきりで、微動もしない。》

（『花終る闇』新潮文庫　19頁）

あとがき

産業界各方面で〝ビッグデータ〟が注目され、活用されはじめている。従来のデータベースでは管理しきれないようなビッグデータ（膨大なデータ群）を記録、保管し、解析することで、たとえばこれまで把握することができなかったような消費者の特性や動向、ニーズまでもを明らかにしたり、深掘りしたり、先読みしたりして、それをマーケティングや商品開発などに生かそうという試みが各方面でなされている。

電子化が進む出版界においても、今後はビッグデータの活用が進むことは間違いない。それは単にマーケティングや商品開発にとどまらず、作家論や作品論などの文芸評論のような分野にも及ぶはずだと想像する。ある作家の電子化された全作品をキーワード検索することで、その作家がどのような表現、どのような言葉を好んで使ったかを瞬時に調べることができる。データの抽出法、解析法によって、これまでは踏み込めなかった作家の精神世界に立ち入ることもできるかもしれない。作風や文体の特徴を科学的に解き明かすこともできるだろう。

今回、開高健が愛した名句、警句、冗句、多用した言葉を抽出、解析するにあたって行った作業は、それに近いものだったような気がしている。実際の作業はきわめてアナログで、ひたすら開高作品を読むことに徹しただけなのだが、その最中にも〝開高健〟というビッグデータと格闘しているのだという意識をずっと持ち続けていたし、その作業から解放された今もその意識がある。

具体的に何をしたのかといえば、まずは開高作品を片っ端から読み返し、文中で「！」とか「？」と思った一言半句や単語を選んではせっせと抜き書きした。たとえば「滅形」という単語が気になったら、その言葉が登場する箇所をどんどん抜き書きしていくのである。

『輝ける闇』（新潮文庫　146頁）
滅形が起って私はパイプ椅子の背に
『夏の闇』（新潮社　99頁）
この滅形のひどさはどうしたことだろうか。
『花終る闇』（新潮文庫　161頁）
音もなく砕けて滅形してしまう。
『オーパ！』（集英社文庫　236頁）
一瞬で私は滅形し、なじみ深い、荒寥とした、

このようにして抽出した「滅形」の使い方を各作品ごとに読み比べ、その上で「滅形」の意味を考え、「滅形」を多用した開高健の精神世界のありようを理解することに努めた。今回、この本に収録した名言や言葉はすべてこのようにして抽出し、解析したものである。

この作業を通して、これまでは見えなかった開高健像が私のなかで少しずつ鮮明になってきた。浮かび上がってきたのは戦場や紛争地域を歩いて多くのルポルタージュを書いた硬派なジャーナリストの姿ではなく、釣り竿を持って世界中の河や湖、海を釣り歩いた釣師の姿でもなく、書きたい作品が書けずに悶々鬱々としている純文学の作家の姿だった。本書はあくまでも名言の数々を紹介、解説することを目的としているので、あえてそこに深く踏み込まなかったが、全体を通して読めばそんな小説家の姿が透けて見えてくるはずである。

電子出版がより盛んになれば、ビッグデータを活用した作家論、作品論が今後は花盛りになることは容易に想像される。この「名言集」はそれを意図したわけではまったくないのだが、結果として電子書籍時代の作家論、作品論の一つの形を先取りする試みになったのではないかと思う。このような作品の出版の機会を与えてくれた小学館、ならびにそのきっかけを作ってくれた同社デジタル事業局コンテンツ営業室の大家正治氏に感謝申し上げる。

二〇一三年　五月　　　　　　　　　　滝田誠一郎

文献

【開高健 著作】

『パニック・裸の王様』新潮文庫　1960年6月25日初版
『日本三文オペラ』新潮文庫　1971年6月30日初版
『輝ける闇』新潮文庫　1982年10月25日初版
『夏の闇』新潮社　1972年3月15日初版
『破れた繭 耳の物語*』新潮文庫　1989年12月20日初版
『夜と陽炎 耳の物語**』新潮文庫　1989年12月20日初版
『新しい天体』光文社文庫　2006年11月20日初版
『眼ある花々』中央公論社　1973年8月30日初版
『ロマネ・コンティ・一九三五年』文春文庫　2009年12月10日初版
『珠玉』文藝春秋　1990年2月15日初版
『花終る闇』新潮文庫　1993年3月25日初版
『私の釣魚大全』文春文庫　1978年8月25日初版
『フィッシュ・オン』新潮文庫　1974年8月25日初版
『オーパ!』集英社文庫　1981年3月25日初版
『もっと遠く!(上)』文春文庫　1983年12月25日初版
『もっと遠く!(下)』同上
『もっと広く!(上)』同上
『もっと広く!(下)』同上
『オーパ、オーパ!! アラスカ篇 カリフォルニア・カナダ篇』集英社文庫
　1990年11月25日初版
『オーパ、オーパ!! アラスカ至上篇 コスタリカ篇』集英社文庫
　1990年12月20日初版
『オーパ、オーパ!! モンゴル・中国篇 スリランカ篇』集英社文庫
　1991年1月25日初版
『河は眠らない』文藝春秋　2009年2月25日初版
『ずばり東京』光文社文庫　2007年9月20日初版
『サイゴンの十字架』光文社文庫　2008年3月20日初版
『ベトナム戦記』朝日文庫　1990年10月20日初版
『最後の晩餐』光文社文庫　2006年3月20日初版
『開高健の文学論』中公文庫　2010年6月25日初版
『風に訊け』集英社　1984年12月15日初版
『風に訊け2』集英社　1985年9月10日初版
『生物としての静物』集英社　1984年10月10日初版

『開口閉口』新潮文庫　1979年12月25日初版
『白いページⅠ』角川文庫　1978年9月30日初版
『白いページⅡ』角川文庫　1979年6月20日初版
『白いページⅢ』角川文庫　1981年4月30日初版
『開口一番』新潮文庫　1984年2月25日初版
『白昼の白想』文藝春秋　1979年1月15日初版
『言葉の落葉Ⅰ』冨山房　1979年11月25日初版
『言葉の落葉 Ⅳ』冨山房　1982年2月15日初版
『あぁ。二十五年。』潮出版社　1983年7月10日初版
『シブイ』TBSブリタニカ　1990年5月8日初版
『地球はグラスのふちを回る』新潮文庫　1982年11月25日初版
『知的な痴的な教養講座』集英社文庫　1992年5月25日初版
『叫びと囁き』文藝春秋　1977年2月15日初版
『声の狩人』光文社文庫　2008年1月20日初版
『知的経験のすすめ』青春出版社　1993年4月初版

『サントリークォータリー』1990年8月号
『これぞ、開高健。』面白半分11月臨時増刊号　面白半分社　1978年11月
『ザ・開高健……巨匠への鎮魂歌』読売新聞社　1990年
『太陽』平凡社　1996年5月号
『文藝春秋』1979年9月号
『文藝別冊 KAWADE夢ムック 生誕80年記念総特集 開高健』河出書房新社　2010年1月22日

【映像作品】

『開高健のモンゴル大釣行』（文藝春秋Numberビデオ）
『開高健のモンゴル大縦断』（文藝春秋Numberビデオ）
『河は眠らない』（ジェネオン エンタテインメント）

【関連書籍】

『旧約聖書』
『美味礼賛』ブリア＝サヴァラン、関根秀雄訳　白水社　1996年6月
『カラー版釣魚大全』編集・著作：トレ・トリカル社／E・カグナー
　日本語版総監修：檜山義夫　角川書店　1975年5月
『開高健先生と、オーパ！旅の特別料理』谷口博之著　集英社　1995年5月
『開高健の名言』谷沢永一著　KKロングセラーズ　2009年5月1日
『開高健とオーパ！を歩く』菊池治男著　河出書房新社　2012年2月28日
『長靴を履いた開高健』滝田誠一郎著　小学館　2006年6月20日

滝田誠一郎（たきた・せいいちろう）

1955年東京都生まれ。青山学院大学法学部卒。ノンフィクション作家として各界各分野の人物を主人公にしたヒューマン・ドキュメンタリー作品を執筆する一方、ジャーナリストとして雇用問題、人事問題等をテーマにした取材・執筆活動を展開。主な著書に『長靴を履いた開高健』（小社刊）『ビッグコミック創刊物語』（祥伝社文庫）などがある。

開高健 名言辞典 漂えど沈まず

巨匠が愛した名句・警句・冗句200選

2013年6月3日　初版　第一刷発行
2021年10月24日　　　　第三刷発行

著　者　　滝田誠一郎
発行者　　飯田昌宏
発行所　　株式会社小学館
〒101-8001 東京都千代田区一ツ橋2-3-1
電話（編集）03-3230-9355
（販売）03-5281-3555
校　正　　麦秋アートセンター
編集協力　天野光法・江坂文子
印刷所　　共同印刷株式会社
製本所　　株式会社若林製本工場

ISBN978-4-09-388300-9